Très bon!

Lu juillet 2018
TRES BON

"Lynn"
Très Bon!!!

LA PETITE MAISON DU SIXIÈME RANG
2. ROSE

MICHELINE DALPÉ

Roman

Couverture et conception graphique : Mélodie Landry et Sarah-Camille Tremblay
Infographie : Mélodie Landry et Diane Marquette
Révision et correction : Fleur Neesham, Sylvie Lallier et Élaine Parisien

www.boutiquegoelette.com
www.facebook.com/EditionsGoelette

Dépôt légal : 1er trimestre 2018
Bibliothèque et Archives nationales du Québec
Bibliothèque et Archives Canada

Les Éditions Goélette bénéficient du soutien financier de la SODEC pour son programme d'aide à l'édition et à la promotion.

Nous remercions le gouvernement du Québec de l'aide financière accordée par l'entremise du Programme de crédit d'impôt pour l'édition de livres, administré par la SODEC.

Canada

Nous reconnaissons l'aide financière du gouvernement du Canada par l'entremise du Fonds du livre du Canada (FLC) pour nos activités d'édition.
We acknowledge the financial support of the Government of Canada through the Canada Book Fund (CBF) for our publishing activities.

ASSOCIATION NATIONALE DES ÉDITEURS DE LIVRES Membre de l'Association nationale des éditeurs de livres

Imprimé au Canada

ISBN : 978-2-89690-874-5

Micheline Dalpé

La petite maison du Sixième Rang

2. Rose

Les Éditions Goélette

De la même auteure

Les Batissette, roman, Éditions Au Pied de la Lettre, 1998 (réédition Les Éditions Coup d'œil, 2013).

Charles à Moïse à Batissette, roman, Éditions Au Pied de la Lettre, 1999 (réédition Les Éditions Coup d'œil, 2013).

La Fille du sacristain, roman, Éditions Au Pied de la Lettre, 2002 (réédition Les Éditions Coup d'œil, 2012).

Joséphine Jobé, Mendiante, roman, Éditions Au Pied de la Lettre, 2003 (réédition Les Éditions Coup d'œil, 2012).

La chambre en mansarde, Mendiante T. 2, roman, Éditions Au Pied de la Lettre, 2005 (réédition Les Éditions Coup d'œil, 2012).

L'affaire Brien, 23 mars 1834, roman, Éditions Au Pied de la Lettre, 2007 (réédition Les Éditions Coup d'œil, 2012).

Marie Labasque, roman, Éditions Au Pied de la Lettre, 2008 (réédition Les Éditions Coup d'œil, 2014).

Évelyne et Sarah, Les sœurs Beaudry T. 1, roman, Les Éditions Goélette, 2012 (réédition Les Éditions Coup d'œil, 2015).

Les violons se sont tus, Les sœurs Beaudry T. 2, roman, Les Éditions Goélette, 2012 (réédition Les Éditions Coup d'œil, 2015).

Faut marier Héléna, La grange d'en haut T. 1, roman, Les Éditions Goélette, 2013 (réédition Les Éditions Coup d'œil, 2016).

L'exode de Marianne, La grange d'en haut T. 2, roman, Les Éditions Goélette, 2013 (réédition Les Éditions Coup d'œil, 2016).

Les orphelins irlandais, roman, Les Éditions Goélette, 2014 (réédition Les Éditions Coup d'œil, 2017).

Victorine, La petite maison du Sixième Rang T. 1 , roman, Les Éditions Goélette, 2017.

Que d'histoires fabuleuses se sont perdues au cours des ans ! Heureusement, certaines vivent dans le souvenir des hommes au-delà des siècles, comme ce fut le cas pour celle d'Irène, une dame de Saint-Côme à qui ses enfants ont demandé d'écrire sa vie. Elle ne répondit pas jusqu'à ce que, un jour, elle leur présente un cahier noirci au crayon de plomb qui, par bonheur, s'est retrouvé entre mes mains.

*Merci à Guylaine Parent de m'avoir permis d'écrire
la vie d'Irène, sa grand-mère par alliance.*

Chapitre 1

Joliette, novembre 1922

Arrivé à la gare de Joliette, Maxime tira sur les rênes.

– Woh, bèque!

Blanche et Victorine poussèrent la peau de buffle à leurs pieds et descendirent de la carriole, la démarche un peu engourdie après être restées plus de deux heures dans la même position.

Blanche sentait comme une armée de petites aiguilles lui piquer les orteils.

– Brrr! J'ai les pieds gelés.

– Je mène l'attelage au Grand Nord, s'écria Maxime, pis je viens vous retrouver en dedans.

Le Grand Nord, un hôtel avoisinant la gare, possédait une écurie où, moyennant un prix abordable, les charretiers pouvaient laisser leur cheval en pension.

* * *

Pendant que les femmes profitaient d'un peu de chaleur devant la fournaise à charbon, Noé se dirigea vers une petite guérite percée d'un guichet grillagé derrière lequel se tenait un agent coiffé d'une casquette rigide.

– Quatre allers-retours pour Montréal, dit-il.

Soudain, le train fit entendre un cri terrifiant et la gare se mit à trembler de toute sa carcasse. Un vagabond, allongé sur un banc, eut un sursaut qui lui fit renverser son assiette d'aumônes.

Le conducteur descendit du train le premier. Après un aller et retour dans la gare, il sortit une montre de poche de son uniforme et se pressa de retourner à son poste ; il devait être ponctuel, le train était minuté.

Aussitôt, toute la station s'agita. Des marchands descendaient du train, les bras chargés d'articles invendus. Une masse d'inconnus se ruaient à l'intérieur. Parmi eux, des filles fardées roulaient des hanches et parlaient à tue-tête comme pour se faire remarquer. Noé entraîna Blanche à grandes enjambées à la jonction des voies ferrées, jusqu'au marchepied de métal noir qui menait au wagon. Maxime et Victorine suivaient deux pas derrière. Tous étaient surexcités à la pensée de retrouver leur sœur Clara, qui avait été internée à Saint-Jean-de-Dieu.

Dans le train, les deux couples prirent place sur des banquettes qui se faisaient face. L'air de la cabine sentait le tabac à pipe à plein nez, et Blanche se sentit incommodée. Elle ouvrit la fenêtre. Ses yeux fixaient une boîte enrubannée sur les genoux de Victorine.

– Qu'est-ce que c'est ?

– Des linges à vaisselle en lin que j'ai tissés de mes propres mains. Ça pourra toujours y servir.

Blanche pencha la tête vers Noé et lui murmura à l'oreille :

– J'aimerais ça donner des fleurs à Clara. Victorine y apporte un cadeau pis moé, je vais arriver les mains vides.

– Des fleurs, ma Blanche, ça pousse pas sur la neige.

Blanche savait que Noé ne lui refusait rien ; elle n'avait qu'à le supplier un peu et la partie serait gagnée. Elle pencha la tête sur son épaule et chuchota :

– Ç'a l'air qu'à Montréal, on peut en trouver à l'année chez les fleuristes.

– Si ça peut te faire plaisir, ajouta Noé.

Après un nouveau coup de sifflet, on n'entendit plus que le roulement du train qui emportait les voyageurs.

La locomotive prenant de la vitesse, l'air froid s'engouffra dans la cabine. Les usagers incommodés dévisagèrent Blanche qui se pressa de refermer la fenêtre.

Noé, comme chaque fois qu'il réfléchissait, caressait le lobe de son oreille. Il dit à voix basse :

–Si Clara s'accroche pis qu'elle demande qu'on la ramène à la maison, qu'est-ce qu'on va y dire ? Que m'man en veut pas ?

– On y trouvera ben un coin, intervint Blanche, quitte à la prendre chez nous.

– Avec le petit, chuchota Noé, penses-y par deux fois avant de t'embarquer dans une pareille aventure.

– Y faudrait pas partir en peur, intervint Maxime. Attendons de voir quel accueil notre sœur va nous réserver. Après toutes ces années, je serais pas surpris qu'elle nous considère comme de purs étrangers.

Plus la locomotive avançait, plus les bancs de neige diminuaient en hauteur.

* * *

À Montréal, les voyageurs s'arrêtèrent chez un fleuriste où Noé acheta des roses cultivées. Maxime, scandalisé, regardait la belle gerbe avec mépris.

– Un vrai gaspi ! Tu vas finir par te ruiner avec des folies pareilles. Dans quelques jours, elles vont se retrouver au poêle.

– À quoi sert de gagner de l'argent, si c'est pas pour l'utiliser ? rétorqua Noé.

Depuis sa jeunesse, Maxime bombardait son frère de conseils, comme si sa primogéniture lui conférait un droit d'aînesse et, comme toujours, il ajouta :

– Tu sais, moé, si je te dis ça, c'est juste pour ton bien.

Noé ne s'en offusqua pas. Plutôt que de s'en prendre à son frère, il ne disait rien, mais il n'en faisait chaque fois qu'à sa tête. Ils étaient deux frères si différents : Maxime était un sage qui pesait ses paroles, qui riait rarement, comme s'il n'avait nul sens du comique, sauf autrefois quand Victorine égrenait son petit rire clair ; là, alors, ses yeux s'allumaient. Noé, lui, était une bonne nature ; il aimait la vie facile et, sans regarder à la dépense, il se pliait à tous les caprices de Blanche, comme si son bonheur dépendait du sien.

* * *

La maison de pension était une somptueuse résidence à deux étages, en brique rouge, percée de basses fenêtres blanches et entourée d'une longue galerie en encorbellement.

Au pied de l'escalier, une femme, vêtue simplement d'un chandail en laine foulée, pelletait une accumulation de vieille neige sale dont le fond glacé résistait. Elle balançait ses pelletées dans la rue où le soleil finirait bien par les avaler. Son travail demandait des efforts ; elle respirait par à-coups.

L'arrivée des deux couples lui donna un répit. Elle appuya son menton sur le manche de sa pelle.

– Vous désirez ?

« Et si c'était Clara ? » se dit Noé avec moins d'assurance que plus tôt dans le train.

– Madame, qui êtes-vous ?

– Je suis la veuve Jansonne, la logeuse. Vous désirez ?

– On est à la recherche de Clara Beauséjour. Sœur Béatrice nous a dit que, avec un peu de chance, on pourrait la trouver icitte.

La veuve se figea sur place. Elle était la nièce de sœur Béatrice et une bonne amie de Clara, dont elle connaissait bien l'histoire familiale. Elle regarda les arrivants les uns après les autres, comme si elle cherchait à élucider un mystère ou peut-être à établir, entre ces gens et Clara, une certaine similitude de traits physiques.

– Entrez ! dit-elle. Mademoiselle Clara vient d'arriver, je vais la prévenir. Qui dois-je annoncer ?

– Je me charge des présentations, intervint Maxime qui craignait que Clara ne refuse de les rencontrer.

La veuve laissa les visiteurs dans le vestibule et disparut au bout d'un passage sombre qui menait à un escalier. De l'entrée, on entendait ses semelles sabler les marches.

– Vous avez vu comment la femme nous regardait ? dit Noé.

– Ça doit être à cause de notre linge d'hiver, dit Blanche. Icitte, y fait pas frette comme par chez nous.

Partis de Saint-Côme au petit matin, les arrivants, emmitouflés dans de longues écharpes de laine, portaient des bottes et des vêtements d'hiver tandis que les gens de la ville étaient vêtus de simples cardigans et chaussés de claques en caoutchouc.

* * *

La chambre était la dernière au bout du corridor. La logeuse frappa trois petits coups à la porte.

– Qui est là ? demanda Clara.

– C'est moi, Alice. Ouvre ! En bas, y a des gens qui demandent à te voir.

– Me voir, moi ? Qui sont ces gens ?

– Ils ne se sont pas nommés. Ils sont quatre. Y a une femme qui tient des fleurs dans ses bras.

– Des fleurs ?

– Veux-tu bien m'ouvrir ?

– Laisse-moi le temps de changer de robe.

– Dépêche-toi, ils attendent dans le vestibule.

– Fais-les patienter.

Clara se demandait qui pouvait bien lui rendre visite et, par-dessus le marché, avec des fleurs ; ce n'était pas son anniversaire. « Peut-être papa, maman et mes sœurs, Germaine et Catherine », se dit-elle en posant la main sur son cœur qui cognait dans sa poitrine. Puis elle se rappela les paroles de sœur Béatrice : « Vous vous préparez encore une déception. Vous ne vous dompterez donc jamais ? » Clara, nerveuse, s'aperçut qu'elle boutonnait son chemisier de travers et elle se rappela que, plus jeune, sa mère lui disait : « Tu te boutonnes en jalouse. » « Où en suis-je donc ? » se demanda-elle. Mille idées contradictoires s'enchevêtraient dans sa cervelle. Elle sortit, tourna la clef dans la serrure et s'engagea dans le corridor.

* * *

Les voyageurs s'attendaient à voir une Clara un peu attardée après avoir vécu enfermée dans une maison de fous pendant des années.

À l'étage supérieur, des petits bruits secs de talons hauts frappaient les dalles de marbre.

– Elle s'en vient, dit Noé en malmenant nerveusement ses mitaines.

Clara apparut au fond du couloir. Grande et mince, ses cheveux châtains tressés en couronne autour de sa tête lui donnaient un port de reine. Elle avait conservé son cou fin, les yeux clairs de son enfance et on pouvait reconnaître à sa bouche fine, légèrement tordue, un trait propre aux Beauséjour. Elle s'arrêta devant eux, la poitrine palpitante.

Il se fit un silence où l'émotion était à son comble. Puis Noé s'avança pour la serrer dans ses bras, mais Clara se raidit et recula d'un pas.

– Monsieur!

– Tu nous reconnais pas, Clara? Je suis ton frère Noé, lui, c'est Maxime, pis elles, nos femmes, Victorine pis Blanche.

Noé lui parlait comme s'ils s'étaient quittés la veille.

Clara, bouche bée, se figea sur place. Le sol semblait se dérober sous ses pieds. Elle s'appuya au mur.

– Non, je vous reconnais pas. Allez-vous-en, dit-elle, la lèvre tremblante.

Personne ne bougeait. C'était triste dans le vestibule. Les visiteurs se regardaient sans un mot quand Maxime saisit le poignet de Clara pour l'empêcher de s'échapper.

– Pas tout de suite, dit-il d'un ton autoritaire. Si on est venus jusqu'icitte, c'est qu'on a des choses à te dire.

Clara, sous l'effet de la surprise, ne savait pas trop comment réagir. Cette visite la ramenait des années plus tôt, le jour de son départ de la maison, alors qu'elle se débattait pour ne pas monter dans la voiture. Ce jour-là, personne n'était venu à son secours. Par la suite, on l'avait reléguée aux oubliettes. Puis maintenant, comme ça, on lui rendait visite, sans doute pour la laisser de nouveau seule et abandonnée. Toutefois, malgré les craintes qui la tiraillaient intérieurement, Clara caressait le fol espoir de renouer avec sa famille. Son regard allait de l'un à l'autre des siens et s'arrêtait sur chacun sans qu'un soupçon de joie trahisse ses émotions.

– Qu'est-ce que vous venez faire ici ? Je suppose que vous venez m'annoncer la mort de mes parents ?

– Non ! Nos parents vont bien, dit Maxime. On est là pour une tout autre raison. Depuis ton départ de la maison, on a souvent parlé de toé. Les années ont passé, pis là on cherche à rattraper le temps perdu. On peut pas changer le passé, mais l'avenir, oui ; asteure, libre à toé de décider si tu tiens à nous revoir ou si t'aimes mieux nous oublier.

– Suivez-moi, dit-elle. Y a un petit salon, à côté, où nous serons plus à l'aise pour parler.

La pièce ressemblait à un petit parloir avec ses chaises alignées le long du mur ; des chaises à barreaux taillés au couteau. Blanche en déplaça cinq pour former un cercle serré afin que la famille soit encore plus ensemble.

Clara s'informa :

– Vous vous êtes mariés sans qu'on m'en parle ? Je suppose que vous avez des enfants ?

– Nous, un, dit Noé, pis eux, cinq.

– Et j'ai rien su de ça, moi, votre propre sœur, comme si je faisais pas partie de la famille... bredouilla Clara, déconcertée.

– Comme t'es belle ! coupa Noé. T'as toujours ta fossette au menton pis ton air de petite fille.

Mais Clara l'entendit-elle ?

–Dites-moi donc pourquoi vous avez attendu tant d'années ? demanda-t-elle, la bouche tremblante d'émotion.

Noé lui expliqua :

– Une lettre, que t'as envoyée à nos parents, était datée de quelques années quand elle nous est tombée entre les mains. Pis comme on se demandait ce que tu devenais, on a décidé de venir te voir.

Clara mordillait ses lèvres comme pour manger ses émotions.

– Si vous saviez comme j'ai souffert de vivre loin des miens ! C'est pas disable. Aujourd'hui, si vous êtes venus jusqu'ici pour m'abandonner à nouveau, vous feriez mieux de repartir tout de suite.

Maxime ne quittait pas Clara des yeux.

– Va pas penser ça, Clara. C'est à toé de décider. Nous, on est prêts à t'aider, on peut même te ramener à Saint-Côme si c'est ce que tu veux, mais on t'imposera pas à nos parents. Par contre, notre porte te sera toujours ouverte.

Tu viendras nous visiter tant et aussi longtemps que tu le voudras, ça te permettra de revoir le coin de pays où t'es née. Notre maison est petite, mais on te trouvera ben une paillasse pour dormir.

– Ben oui, l'appuya Victorine.

– Pourquoi n'êtes-vous pas venus avant?

– Parce que Victorine pis moé, on vivait chez nos parents, lui expliqua Maxime, pis on avait aucun pouvoir sur eux. Mais depuis qu'on est installés dans notre maison, dans le Sixième Rang, les choses ont changé. Ces dernières années, on a perdu deux enfants en bas âge et on a dû prendre du temps pour nous en remettre. C'est peut-être le départ de nos petits qui nous a fait réaliser l'importance des liens familiaux.

Il y eut un silence douloureux.

– Et moi, votre propre sœur, je n'ai rien su de tout ça. Maman aurait pu m'écrire, me dire ce qui se passait d'important dans ma famille, mais non, elle a choisi de couper complètement les ponts, de me renier. Elle m'a jamais aimée. Je me souviens plus jeune, quand papa me berçait, elle lui disait: «Arrête de la bercer, les pattes lui touchent par terre.»

– Je peux pas prendre sa défense ni la condamner, dit Maxime, elle est notre mère. Mais je comprends pas la raison qui a pu la pousser à couper les liens avec sa propre fille.

– Maintenant, reprit Clara, j'ai ma vie ici. Parfois, en dehors de mes heures d'hôpital, je vais travailler comme bonne chez les gens riches, ça me rapporte un petit surplus.

– T'es heureuse? demanda Maxime. Tu manques de rien?

– Ma famille et mon coin de pays me manqueront toujours. J'étais chez nous dans mes montagnes. Et puis, j'aimerais tellement revoir papa.

Ses yeux se mouillèrent de larmes.

Maxime coupa net aux émotions.

– Je te laisse notre adresse; c'est dans le Sixième Rang. Je sais pas si tu t'en souviens, on le nomme le Grand Belœil.

Maxime ajouta:

– Au fait, Victorine t'a apporté un petit quelque chose.

Victorine déposa la boîte sur les genoux de Clara.

– Tiens, dit-elle sans expression, c'est peu, mais c'est de bon cœur.

– Depuis mon départ de la maison, dit Clara, j'ai jamais reçu de cadeau, ni à Noël ni à mes anniversaires, mais aujourd'hui, votre visite est le plus beau présent que vous pouviez m'apporter.

– C'est quand, ton anniversaire? demanda Blanche.

– Dans trois mois! Tu dois t'en rappeler, Noé? Nous sommes nés à un an de différence. Un an, jour pour jour!

– J'ai pas oublié. J'ai même pensé à toi à chaque fête.

Suivirent de longues embrassades.

Après un court bavardage, douze coups à l'horloge invitèrent les pensionnaires au dîner. Tout le monde se leva. Blanche reprit ses fleurs laissées sur un guéridon et les déposa dans les bras de Clara.

– Tiens, dit-elle. Un peu d'eau leur fera pas de tort.

Après la promesse de se revoir, les visiteurs se retirèrent.

Au bas du perron, Noé se retourna pour un dernier bonjour.

Clara resta sur le seuil de la porte, la figure dans ses roses.

Noé revint sur ses pas, serra sa sœur contre lui et posa sur son front un baiser fraternel.

Clara, sur le point de pleurer, rentra dans sa pension.

* * *

Sitôt dans la rue, Noé s'informa :

– Où c'est qu'on mange ? Y doit ben y avoir un restaurant dans le coin. On aurait dû s'informer à Clara, pis tant qu'à y être, on aurait pu l'amener manger avec nous autres pour fêter nos retrouvailles.

– Encore du gaspillage ! trancha net Maxime. Clara paie déjà une pension qui comprend ses repas. Tant qu'à nous, si on s'achetait un petit gâteau, on pourrait tenir jusqu'au souper.

– Non, on va se trouver un bon restaurant. Y doit ben y en avoir un dans le coin ?

– T'es fou ! Ça va coûter les yeux de la tête.

– On n'apportera pas notre argent dans la tombe, dit Noé. Tiens, je vais faire un marché avec toé : ça va betôt être le temps des sucres, je vais te payer le restaurant pis, en retour, tu me donneras un gallon de sirop d'érable. Comme ça, on sera quittes.

Noé n'attendit pas le consentement de son frère. Il abandonna le bras de Blanche et lui dit :

– Va chercher Clara.

– Toé, tu seras jamais riche, marmonna Maxime, scandalisé.

– J'aime mieux être pauvre et heureux.

Deux minutes plus tard, Blanche et Clara sortaient de la pension.

– Pas au restaurant ! s'exclama Clara. Vous êtes fous !

Noé leva le bras et s'écria :

– Hep, taxi !

* * *

Le train de quatre heures ramenait les Beauséjour à Joliette.

– Ta sœur pourrait ben fonctionner chez elle, dit Blanche à son mari. Asteure, plus rien paraît de sa maladie.

– M'man voudra jamais la reprendre, elle en a toujours eu honte.

– Honte d'une belle grande fille comme elle ? C'est pas écrit sur son visage qu'elle a eu une maladie honteuse. Y me semble qu'elle mérite pas de vivre comme ça, loin des siens. Tu devrais parler à ta mère, y dire la vérité.

– Ça servirait à rien. Je me vois mal placé pour y dire quoi faire dans sa propre maison.

– Pis ton père ?

– C'est pas lui qui mène.

– Vas-tu y dire qu'on est allés la voir ? Tu pourrais y donner des nouvelles. Ça le soulagerait de savoir que sa fille va ben.

– Je vais y penser.

Chapitre 2

Saint-Côme, Sixième Rang

Au retour de l'étable, Maxime entra dans la maison que la mort de ses petits avait vidée de son âme. Il déposa un pot de lait sur le coin de la table.

– Les garçons, dit-il, avant de partir pour l'école, vous irez dénicher les hirondelles dans la grange. Vous serez prudents ; elles sont méchantes, elles se sont mises à trois pour m'effrayer.

– Moé, je sais où est le nid, dit Jacob ; du grenier à foin, on peut le voir sous la frise de la couverture. Y a trois petits.

Jacob s'était attardé à les regarder un moment. La mère ouvrait ses ailes en éventail sur sa couvée et le père allait et venait, rapportant dans son bec de la nourriture que les oisillons picoraient. C'était beau de voir le père donner des becquées d'insectes à ses petits, comme s'il leur donnait des becs. Ils avaient l'air d'une famille dans leur petit logis.

– Si je les déniche, leurs bébés vont-y mourir ?

– Non, faites pas ça ! dit Victorine. Vous allez attirer le malheur sur nous ; on dit que les hirondelles sont des messagères de bonheur.

Maxime en doutait.

– C'est pas si sûr, dit-il, si on se fie aux dernières années.

Maxime avait entièrement raison ; depuis trois ans, le malheur s'acharnait sur sa famille.

– Ben, qu'est-ce qu'on fait, p'pa ? demanda Jacob. On déniche ou on déniche pas ?

– Vous ferez ce que dit votre mère.

Tout en déjeunant, Maxime méditait les paroles de Victorine : « des messagères de bonheur ». Il mâchonnait ses rôties qu'il aimait presque brûlées. Il essayait de se rappeler ce qu'était le bonheur. « Probablement un état de douce béatitude qui se perd avec l'usure du temps », se dit-il.

Autrefois, Victorine chantait en travaillant et les enfants riaient, les déjeuners étaient joyeux. Mais à la suite des décès de ses deux derniers, dans la maison, tout n'était que tristesse et silence. Le petit voyage à Montréal n'avait pas suffi à changer les idées de Victorine. Bien sûr, elle avait repris sa besogne, mais sans plus ; les lits avaient besoin d'un bon nettoyage, les punaises et les poux empêchaient tout le monde de dormir, mais Victorine semblait ailleurs. La cuisine était sombre et triste, les petites figures aussi. Peut-être le bonheur avait-il besoin d'un bon souffle pour le ranimer ? Mais comment ? Depuis quelque temps, Maxime se creusait les méninges pour trouver une solution et le fait de voir le bonheur de Noé et Blanche, avec leurs éternelles taquineries, rendait son malheur encore plus grand. Pourtant, eux aussi auraient eu raison de se plaindre ; Blanche avait fait des fausses couches à répétition avant d'avoir son petit Lucien. Ses pensées ramenèrent Maxime chez lui. Et s'il commençait par peindre la maison avec des couleurs gaies ? Mais la peinture coûtait cher. Il lui faudrait d'abord sortir des sous. Noé, lui, n'hésiterait pas ;

son bonheur passait avant l'argent. Il savait prendre la vie comme un cadeau. Et si son frère avait raison ?

L'esprit ailleurs, Maxime fixait de la fenêtre le faîte des vallons. Et s'il essayait de se rapprocher de Victorine comme aux beaux jours ? Mais comment aborder le sujet des sentiments ? Depuis belle lurette, l'amour était exclu de leur conversation. Victorine allait sans doute le repousser comme elle repoussait tout ce qui était joyeux. Elle se défendait d'être heureuse pour mieux rester en communion d'esprit avec ses petits disparus.

Perdu dans ses pensées, Maxime semblait étranger à ce qui se passait autour de lui.

– P'pa, vous êtes dans la lune, dit Rose.

Maxime quitta la table et s'approcha de Victorine, assez près pour qu'elle sente son souffle chaud dans son cou. Puis, doucement, il se mit à siffler tout doux pour combattre le silence et la tristesse. Maxime sifflait pour la première fois depuis plus de deux longues années et déjà une petite flamme dansait dans les yeux des enfants.

– Dépêchez-vous ! dit-il. À matin, votre mère pis moé, on va aller au village acheter de la peinture pour la maison, pis par la même occasion, je vais vous conduire à l'école.

– Youpi ! s'écria Rose, heureuse de ne pas avoir à marcher les deux milles qui séparaient la maison de l'école.

Victorine ne savait rien de cette histoire de peinture. Elle s'assit sur une chaise et, les mains ouvertes sur les cuisses, elle posa ses grands yeux étonnés sur Maxime.

– Tu parles de peinturer l'extérieur ?

– Non. Comme c'est encore trop tôt pour commencer les sucres, je vais profiter du temps mort pour peinturer toutes les pièces de la maison.

Victorine n'en croyait pas ses oreilles. Avait-elle bien compris ? Maxime ne dépensait jamais un sou pour la maison ; l'intérieur était le domaine exclusif des femmes. Maxime ne s'y était jamais intéressé et elle n'aurait jamais osé tant lui en demander ; l'argent servait d'abord aux besoins de la ferme : aux engrais, aux graines de semences, aux achats de petits instruments. Il ne devait pas en rester. Maxime disait toujours : « J'ai pas d'argent. »

La terre fournissait généreusement les vivres, donc les petites économies allaient au bas de laine. Et Victorine, comme la plupart des femmes de son temps, ne connaissait pas le contenu du portefeuille de son mari.

Le couple était en ménage depuis près de dix-huit ans et la routine était bien ancrée dans son quotidien. Victorine se rappelait les années de malheur qui l'avaient éloignée de son mari. Pour elle, l'amour était chose du passé ; elle ne se demandait même plus si son mari avait un reste de sentiments à son endroit. Et voilà qu'un simple rapprochement réveillait dans son cœur des émotions endormies. Quand elle s'arrêtait à y réfléchir, Victorine avait l'impression d'avoir raté des années, de n'avoir été pour Maxime rien d'autre que l'esclave de son devoir de mère et d'épouse, une subalterne pratique pour épauler un mari, torcher la belle-famille et élever des enfants qui prenaient toute son énergie. Et que dire de ses deux petits derniers dont la mort l'avait écorchée vive…

Mais voilà qu'aujourd'hui Maxime lui causait un plaisir incommensurable. Si elle s'attendait à tant d'égards ! Était-ce grâce aux hirondelles ? Ce matin, elle se sentait enfin redevenir sa femme ! Un courant de tendresse parcourait tout son être. Maxime devait encore l'aimer pour dépenser de l'argent pour la maison, lui si économe.

– Tu veux vraiment repeindre toutes les pièces ? Même les murs en petites planches ? demanda-t-elle, intéressée.

– Oui, toutes ! On a vécu assez longtemps dans des tons sombres. Tu choisiras les couleurs, des couleurs gaies.

Maxime vit s'allumer des étoiles dans le regard éteint de sa femme, comme si elle trouvait un intérêt autre qu'exclusivement leurs petits disparus.

Victorine ne s'apercevait pas qu'elle souriait.

– Je reconnaîtrai pas ma maison. Je peux t'aider, si tu veux, dit-elle. J'ai vu un pinceau accroché au clou derrière la porte du hangar. J'espère qu'y est toujours là.

– Moé, intervint Rose, je voudrais une chambre mauve, comme les lilas de matante Blanche. Je peux, m'man ?

– Ce serait joli, mais ce sera blanc, vu que ta chambre sert aussi de dépense.

– J'aimerais ça coucher dans une vraie chambre, moé itou.

– Pour ça, y faudrait agrandir la maison pis c'est pas pour demain. Tu fais mieux de prendre ton mal en patience.

Victorine ajouta :

–Pis vous autres, les garçons, qu'est-ce que vous avez à me proposer ?

Les garçons couchaient tous dans la même pièce.

– Moé, ça me dérange pas, répondit Jacob. Une couleur ou une autre ; de toute façon, je suis à la veille de partir d'icitte.

– Pas à quinze ans ? intervint Victorine qui ne comprenait pas son allusion.

Elle ne s'attendait pas à cette réflexion.

– Rouge! dit Léon

Maxime sourit.

– Pas rouge pour une chambre, reprit-il, ce serait trop violent. Moé, j'aimerais ben du jaune pour la cuisine, mais comme je l'ai dit tantôt, Victorine, ce sera à toé de choisir. Après toute, la cuisine, c'est ton domaine; c'est toé qui y passes le plusse de temps.

Le petit Léon, assis dans la berçante, boudait. Il serrait son front dans ses poings fermés.

– Moé, personne m'écoute, dit-il, insulté.

Maxime, voyant son petit garçon bouder, se jeta à genoux près de lui.

– Monte, dit-il, et il imita le hennissement d'un cheval.

Léon sauta à califourchon sur le dos de son père et s'écria:

– Hue, Max!

Après deux tours de cuisine à quatre pattes, Maxime s'approcha de la berçante et, en le faisant exprès, il s'écroula sous sa charge et resta au sol sans bouger.

– Ton cheval est mort, dit-il, essoufflé. J'ai pus l'âge.

Léon se retrouva par terre, joyeux comme s'il venait de gagner la partie.

Maxime se redressa lentement, les mains appuyées sur ses reins.

– Vite, vous autres! Arrêtez de bretter, sinon vous allez être en retard pour l'école.

Victorine profita de la prodigalité inattendue de Maxime pour demander des rideaux. Elle imaginait déjà un tissu transparent, peut-être un voilage. Elle se dit que Maxime allait refuser, qu'elle en demandait trop, qu'il lui dirait que c'était un caprice. Peut-être même irait-il jusqu'à perdre sa bonne humeur ? Elle osa tout de même lui présenter sa requête.

– L'an prochain, répondit-il.

– D'abord, insista Victorine, si tu voulais m'acheter deux balles de corde à paquet, je tricoterais des cantonnières.

– Des quoi ?

– Tu sais, ces rideaux crochetés qui cachent seulement le haut des fenêtres ? La corde blanche coûte presque rien.

Maxime acquiesça.

* * *

Sitôt sorti du magasin général, Maxime proposa :

– Asteure qu'on est au village, si on se rendait chez tes parents ?

– Sans les enfants ?

– Ben oui ! Seuls tous les deux, comme aux premières années de notre mariage quand on allait passer nos fins de semaine chez eux.

– Pis la peinture ?

– Y a encore des jours. On peut remettre ça à demain.

– Je vais en profiter pour demander à m'man si elle aurait pas un crochet pis des patrons de tricot pour mes cantonnières. Sinon, je demanderai à Blanche.

* * *

Maxime fouetta sa bête et le départ brusque précipita le couple contre le dossier de la banquette. Maxime entendit le rire sonnant de Victorine. Il ressentait une grande satisfaction à rendre sa femme heureuse. Bien sûr, il avait sacrifié des sous, mais pour acheter du bonheur, ça en valait le coup.

Victorine passa le reste du trajet à parler sans arrêt, comme si elle avait des années à rattraper.

* * *

Arrivé chez les Gaudet, Maxime colla l'attelage au perron. La porte de la maison s'ouvrit toute grande et Félicien apparut en bras de chemise. Celui-ci fit deux pas sur le perron et s'écria :

– Attache ton cheval au piquet. Je vais aller y chercher un seau d'eau à la source.

– Rentrez, p'pa, dit Victorine en descendant de voiture, vous allez prendre froid.

Marquise remarqua aussitôt un changement d'humeur chez sa fille, comme si son cœur avait repris son rythme régulier.

– Tu parles ! dit-elle. De la belle visite en pleine semaine. On dirait des jeunes mariés.

Victorine en avait long à raconter :

– Vous devinerez jamais ce qui nous amène.

Elle raconta à sa mère leur projet de peinture.

– On s'est dit, comme y fait soleil, autant en profiter ! Pis on est venus sans plus réfléchir. Les enfants vont nous en vouloir de pas les avoir amenés.

– Avec raison. Bon, asteure que vous êtes là, je vous garde à dîner.

– Pis vous autres, pas de nouvelles de Léonie ?

D'une visite à l'autre, la même question revenait. La pauvre mère était au bord des larmes.

– Ça fait treize ans, pis y se passe pas une journée sans que je me demande où elle est pis ce qu'elle fait.

– Je devrais pas vous parler d'elle, dit Victorine, repentante. Ça vous fait trop souffrir.

– Mais non ! Au contraire, y faut en parler pour pas l'oublier.

– À part ça, quoi de neuf ?

– Figure-toé donc que mononcle Adjutor a vendu la ferme qu'y a héritée de pépère. Y sont partis rester à Montréal. Je sais pas à quoi y pense de transplanter un vieux de quatre-vingt-six ans dans le Grand Montréal. Ça va l'achever ben raide. Le pauvre doit être ben dépaysé, lui qui passait ses journées à vernousser autour de ses bâtiments.

* * *

Des années plus tôt, devenu veuf, le grand-père de Victorine, comme les vieux du temps, s'était donné à sa fille Estelle et à son gendre Adjutor. Il leur avait légué ses biens, sa terre, sa maison et tout l'argent qu'il possédait, à la condition qu'Estelle et Adjutor prennent soin de lui jusqu'à la fin de ses jours.

* * *

– Pépère s'est donné trop vite à mononcle Adjutor, dit Victorine.

– Ben oui, mais y est rendu un vieillard pis, ces dernières années, y a perdu pas mal de ses facultés.

– Pis matante Estelle, là-dedans, elle a laissé son mari faire ça? C'était pourtant la terre de son père.

– Estelle avait pas son mot à dire; à partir de leur mariage, les femmes appartiennent à leur mari pis leur argent avec. Adjutor pis Estelle sont partis avec le magot. À Montréal, y mènent un train de vie ben différent d'icitte. On dit qu'Estelle a déjà un beau manteau en mouton frisé avec le chapeau pis le manchon pareils, sans parler de ses bijoux en or.

– Pauvre pépère!

Chez les Gaudet, on jasait tellement qu'on ne voyait pas le temps passer. Au beau mitan de l'après-midi, Maxime et Victorine reprirent le chemin de la maison.

* * *

Le lendemain, après avoir très peu dormi, Victorine quitta ses draps chauds. Elle avait passé la nuit à imaginer les pièces de sa maison peintes aux couleurs douces qu'elle avait choisies. Et pourtant, malgré son insomnie, elle se sentait d'attaque pour affronter une grosse journée d'ouvrage qu'elle terminerait le soir, avec un crochet à la main. Tricoter serait une récompense pour elle, un passe-temps qui, en plus d'être reposant, embellirait sa cuisine.

Pendant que la petite famille déjeunait sans se presser, Victorine prépara les cinq lunchs des enfants, des tartines de graisse de lard et de mélasse, et les déposa dans une petite chaudière en métal qu'elle tendit à Jacob. Puis elle poussa Léon vers Rose.

– Toé, occupe-toé de ton petit frère pis marche pas trop vite pour pas trop le fatiguer.

Victorine se posta à la fenêtre et regarda ses enfants s'en aller jusqu'à ce qu'ils disparaissent au coude du chemin. Puis elle prépara une pâte à pain. Le temps que celle-ci lève sur le bout du poêle, elle prit un déjeuner rapide.

Maxime délaya la peinture et, pendant que Victorine pétrissait sa pâte, il commença à peindre le plafond de la chambre des garçons. Tout en travaillant, il sifflotait. Avec ce remue-ménage, la maison reprenait vie. Dès que son ouvrage le lui permettait, Victorine s'amusait à peindre les fenêtres et les plinthes en blanc. Elle, si amorphe deux jours plus tôt, avait retrouvé un peu de son énergie. Peut-être était-elle rendue au point où l'on prend son parti, où l'on accepte l'inacceptable.

« Je perds un temps fou à faire mon pain, pensa-t-elle. Si on avait un boulanger dans la place, comme les gens de la ville, ça m'exempterait ben de l'ouvrage. Ça me laisserait plus de temps pour peinturer. »

* * *

Au retour de l'école, une déception attendait les garçons. Le visage en grimace, ils ne retinrent pas leurs réflexions : « C'est ben laid ! » « Vous avez pas encore fini ? » « Ça pue donc ben ici dedans ! »

Victorine sourit en entendant leurs critiques.

– Attendez de voir la dernière couche pis vous m'en reparlerez.

C'était l'heure des vaches. Maxime referma le contenant de peinture, déposa les pinceaux dans une boîte de conserve à moitié remplie d'essence et fila à l'étable.

Jacob balança son sac d'école derrière la porte et suivit son père.

Dans l'étable, les vaches tiraient sur leur chaîne dans un sens et dans l'autre; on les entendait tiquer contre leur mangeoire.

Jacob s'assit près de Roussette, installa son seau entre ses longues jambes et commença à la traire. Les jets de lait sonnaient comme une musique au fond de la chaudière et, tout en tirant le lait, le garçon réfléchissait à un projet qu'il mijotait depuis quelques semaines. Mais qu'en diraient ses parents?

Il osa.

– P'pa, je veux lâcher l'école, dit-il, j'ai pus l'âge. Y a trois autres gars de ma classe qui vont lâcher eux autres aussi: Léo Venne, Marcel Marion pis Jacques Gauthier. À l'automne, y vont monter aux chantiers de monsieur Mireault. Je veux y aller, moé itou. J'ai pas besoin de diplôme pour abattre des arbres. Pis en attendant, je pourrais vous aider à peinturer.

– Tu parleras de ça à ta mère.

– Dites-y, vous. Si c'est moé, elle voudra pas.

– C'est à toé que ça revient. Si tu te crois assez vieux pour aller t'engager dans les chantiers, tu dois être capable de plaider ta cause toé-même.

* * *

Dans la cuisine, Victorine s'affairait à préparer son souper quand Jacob, tout en se savonnant les mains, lui fit part de son intention d'abandonner ses classes.

Victorine regardait les bras fins de son fils, ses poignets délicats. « Il ne tiendra pas longtemps, se dit-elle, mais bon ! »

– Je te trouve ben jeune pour un travail aussi dur. Y me semble que t'es ben pressé de commencer ta misère.

– J'ai quinze ans ben sonnés, comme mes chums Léo pis Marcel.

– Tu parleras de ça à ton père.

– C'est déjà fait. P'pa est pas contre, reprit Jacob. C'est décidé, je reste à la maison en attendant le départ pour les chantiers.

* * *

Le soir, une fois les enfants couchés, Jacob alla rejoindre ses amis pour fêter la nouvelle. Tout en attendant son retour, Victorine crochetait ses cantonnières. Elle avait pris modèle sur les bordures de taies d'oreiller de Blanche ; elle n'avait qu'à répéter le patron jusqu'à l'obtention de la longueur désirée. Le dessin était beau. Il ressemblait à une dentelle de nappe d'autel avec ses belles pointes. Le début étant toujours plus embêtant, à tout moment, elle mesurait la hauteur ; dix-huit pouces suffiraient. Avec un crochet à la main, Victorine ne voyait pas le temps courir.

* * *

La cuisine, peinte en jaune pâle, paraissait tout ensoleillée. Et les cantonnières blanches, avec leurs bordures en forme de dent, ajoutaient une douceur à la pièce.

Avec la nouvelle peinture, les poux et les punaises de lit disparurent complètement. Fini de se gratter au sang. La famille retrouvait enfin la joie de vivre.

Chapitre 3

Chez les Beauséjour, des pas martelaient le perron.

Rose étira le cou à la porte et reconnut son grand-oncle Albert. Elle n'osait y croire.

– Venez voir, m'man, de la belle visite! s'écria-t-elle. C'est mononcle Albert pis mononcle Noé; y jasent avec p'pa sur le perron.

* * *

Plus jeune, Albert Beauséjour s'était exilé aux États-Unis, où il exerçait le métier de barbier. Ce grand-oncle n'ayant ni femme ni enfant, ses neveux et nièces étaient sa seule famille et ils étaient ce qu'il avait de plus cher au monde.

Toute l'année, il mettait des sous de côté dans le but de venir passer ses vacances d'été à Saint-Côme, où il visitait les siens à tour de rôle. Toutefois, il avait une préférence marquée pour Maxime et Victorine. C'était chez eux qu'il demeurait le plus longtemps. Les enfants l'adoraient! Comment aurait-il pu en être autrement? Il arrivait toujours les bras chargés de cadeaux.

Albert était un grand monsieur au teint bronzé par le soleil du Sud, toujours vêtu d'un chemisier et d'un pantalon de coton beige aux coutures surpiquées. Sa douceur et sa bonté embellissaient son visage fané.

* * *

Victorine profita du temps que les hommes jasaient à l'extérieur pour prévenir les enfants :

– Vous tâcherez de vous tenir comme du monde devant la visite. Je veux pas en voir un de vous autres quémander quoi que ce soit à votre oncle. Vous m'entendez ?

– Pourquoi, m'man ? demanda Léon, récalcitrant.

– Parce que c'est pas poli.

À huit ans, Léon était le bébé gâté de la famille. Cependant, il avait l'âge de comprendre ce que sa mère attendait de lui.

– Moé, je veux un p'tit quelque chose, insista-t-il.

– T'as pas entendu ce que je viens de dire, Léon ?

Assis derrière la table, Léon se mit à bouder, les poings sur les joues, la bouche avancée en bec de canard.

En peu de temps, tout le monde se retrouva dans la véranda à entourer l'oncle Albert, sauf Léon qui, resté assis dans son coin, faisait la tête. Il en voulait mortellement à sa mère.

Noé déposa la grosse valise noire près de la porte de la cuisine. Tous les enfants n'avaient d'yeux que pour cette malle qui, comme par les années passées, devait contenir plein de beaux cadeaux. Pour eux, c'était un coffre aux trésors.

En un tour de main, la table fut dressée sur une belle nappe. Chez les Beauséjour, on ne sortait la nappe tissée que lors des grandes occasions. Pour Rose, c'était la fête chaque fois qu'on recevait à manger et davantage encore quand c'était l'oncle Albert, un homme au sourire facile. Il avait toujours un bon mot pour elle, et puis ce personnage attachant irradiait la joie de vivre partout où il passait.

Sitôt entré, l'oncle remarqua un renouveau dans la maison.

– Il me semble qu'il y a quelque chose de changé, ici, que c'était pas comme ça l'été dernier. Je me trompe?

– Vous vous trompez pas, dit Victorine, contente que l'oncle ait remarqué le changement. On a peinturé toutes les pièces au printemps.

– J'aurais dû deviner; y a encore une odeur de peinture dans l'air.

Albert ne le dit pas, mais la maison sentait aussi le bonheur; à ses dernières visites, elle sentait la mort.

L'oncle traîna sa grosse malle près de l'escalier, le seul coin de la cuisine où elle ne pourrait pas nuire. Les enfants le suivaient, tel un troupeau. Ils s'assirent sagement dans les marches de l'escalier, bouillants d'impatience. Michel, en dépit de l'avertissement de sa mère, chuchota à l'oreille de Léon:

– Demande à mononcle Albert si y nous a apporté quelque chose.

Léon le regarda avec des yeux méchants.

– Tu le sais, m'man veut pas, dit-il en lui assénant un coup de pied sur une jambe.

Michel riait et retenait le genou de son frère pour l'immobiliser. Il suffit d'un regard chargé de leur mère pour les tranquilliser.

– Approchez, mononcle Albert, l'invita Victorine. Vous autres aussi, les enfants. La soupe est servie.

Les enfants s'assirent en rang d'oignons sur le banc qui longeait le mur derrière la table. Sitôt les assiettes à soupe vides, les bousculades reprirent.

Victorine déposa au centre de la table les plats chargés de rôti de porc, de patates jaunes et d'oignons.

– Les enfants, si vous restez pas tranquilles, mononcle Albert voudra pus venir se promener icitte.

Les jeunes calmés, l'oncle Albert causa avec les parents des nouvelles de la place qui n'intéressaient pas les enfants. À la fin du repas, Rose retourna les assiettes, face contre table, et déposa sur l'envers une compote de pommes. L'oncle retint sa main et lui adressa un clin d'œil complice. Elle savait que son oncle lui avait apporté quelque chose. Quand elle était plus jeune, il lui avait fait cadeau d'une belle poupée qu'elle laissait en parure sur son lit. Elle aussi devait être patiente ; l'oncle Albert ne déballait jamais les cadeaux avant le souper. Il adorait faire patienter les enfants pour qu'ainsi dure le mystère.

Quand vint le moment de la distribution, il commença par le plus jeune.

– Viens, Léon, dit-il.

Léon toisa sa mère avec une rancœur dans le regard. Coincé derrière la table, il passa devant ses frères en les écartant d'une bourrade.

L'oncle l'assit sur ses genoux et déposa dans sa main une petite auto en bois sculpté dont les roues étaient mobiles.

– Merci ! dit l'enfant qui ne se départait pas de son air boudeur.

L'oncle Albert lui fit une petite chatouille dans le cou. Léon gigota, enfonça la tête dans ses épaules pour finalement sourire.

– Bon ! dit l'oncle. J'aime bien te voir sourire.

Quand Léon réussit à s'échapper, son oncle lui donna une tape sur une fesse.

– Va, mon petit homme, dit-il.

Léon retourna s'asseoir derrière la table, où il s'amusa à faire avancer et reculer son auto.

Rose attendait son tour avec impatience. L'oncle continua la distribution. À Michel, il remit un jeu de dames et à Louis, un harmonica. Enfin, il tendit à Rose une boîte en carton rigide.

– Tiens, Rose ! C'est pour toi. Ouvre-la.

Rose découvrit un ensemble de brosse, peigne et miroir. Elle était aux anges, elle qui déjà cherchait à plaire.

– Merci mononcle ! Vous pouviez pas me donner un plus beau cadeau. Icitte, on a seulement un miroir pour toute la maison, y est grand comme la main, pis y faut toujours le laisser à p'pa pour qu'y se rase.

Rose se tourna vers sa mère.

– Regardez, m'man, comme c'est beau ! Y a même des fleurs roses au dos de mon miroir.

Puis vint le tour de Jacob. C'était un coffret tout petit. Jacob se demandait bien ce qu'il pouvait contenir. Il l'ouvrit et sursauta à la vue d'une montre de poche retenue à une chaînette.

– Bonne idée, mononcle, ça va être ben commode pour les chantiers. Merci ben !

Ce n'était pas fini: Albert avait apporté à Maxime une belle pipe en porcelaine blanche et à Victorine, une montre-bracelet.

– Une montre en or! s'écria Victorine, émerveillée. C'est un bijou réservé aux riches. Je me serais même jamais permis d'en rêver. Mais c'est une folie, mononcle Albert! À ce train-là, vous allez vous ruiner pour nous autres. Je vous remercie infiniment.

Dans tout ce branle-bas, Victorine s'aperçut que Rose était disparue.

– Où est passée Rose? dit-elle. Rose!

– J'arrive! répondit l'adolescente en pointant le nez dans la porte de la dépense.

Rose s'était esquivée avec son cadeau; elle sentait le besoin d'être seule pour regarder son visage. Peu de temps auparavant, sa tante Blanche lui avait dit qu'elle était belle et depuis, le soir, elle se mirait dans toutes les vitres de la maison pour s'en assurer. Elle ramena ses longues tresses sur ses seins, les remonta sur sa tête pour finalement les laisser retomber dans son dos et revenir à la cuisine.

Pour une dernière fois, l'oncle fouilla jusqu'au fond de sa valise où se trouvaient les cadeaux des cousins et il en retira deux sacs qu'il déposa devant lui.

– Maintenant, c'est l'heure des friandises. Venez, approchez!

C'étaient des bonbons en papillote, des pralines et des jujubes de toutes les couleurs. La joie illuminait les visages.

– C'est comme un jour de Noël en été, dit Rose. M'man, je peux-tu aller montrer mon cadeau à mon amie Géraldine?

– Non ! Là, y a la table à débarrasser pis la vaisselle à laver. Tu y montreras quand elle viendra.

Un adage disait : « On éprouve parfois plus de plaisir à donner qu'à recevoir. » C'était le cas pour Albert qui regarda les plus jeunes s'amuser pendant des heures.

* * *

Tout le temps de sa visite à Saint-Côme, Albert visita la parenté. Maxime le conduisait et, chaque fois, les deux hommes revenaient à la maison à la nuit tombante.

Un soir, sitôt le soleil couché, l'oncle Albert demanda à Maxime de le conduire au village pour y saluer ses frères avant son départ. Il aurait bien aimé étirer sa visite, mais il ne voulait pas abuser de l'hospitalité de Victorine.

Maxime attela Gazelle au boghei et colla l'attelage au perron. Pendant que Jacob et Louis hissaient la grosse valise derrière la banquette, dans la maison, l'oncle faisait ses adieux. Il s'arrêtait à chacun et lui disait un bon mot. Les jeunes le talonnèrent jusqu'au perron.

L'oncle monta dans la voiture et Maxime secoua les rênes sur la croupe de Gazelle en criant :

– Hue !

De la véranda, Rose suivit l'attelage des yeux. Quand elle revint à la cuisine, ses frères étaient montés se coucher et sa mère n'était plus là.

Les hommes eurent à peine le temps de se rendre en bas de la petite côte que, de sa chambre, Victorine appela :

– Vite, Rose ! Cours et crie fort à ton père de revenir tout de suite à la maison.

Folle d'inquiétude, Rose cria de toutes ses forces. Maxime fit demi-tour et, sans prendre le temps d'attacher sa bête au piquet, courut à l'intérieur.

Victorine faisait une hémorragie.

L'oncle Albert resta donc à la maison tandis que Maxime partait à l'épouvante chercher le médecin à Sainte-Émélie. Rose, inquiète, surveillait sans cesse la fenêtre.

* * *

À son retour, Maxime était accompagné d'une femme et du docteur. Inquiet de savoir si Victorine était encore en vie, Maxime passa devant Rose sans la voir et précéda la femme et le médecin dans la chambre. La porte se referma sur eux.

Le médecin parlant à voix basse, Rose ne pouvait l'entendre de la cuisine. Elle passa à pas de loup près du banc de quêteux où était assoupi son oncle et colla l'oreille à la porte de chambre de ses parents. Elle put enfin savoir ce qui se passait à l'intérieur : sa mère était enceinte de trois mois et elle faisait une grosse hémorragie. Rose ignorait l'état de sa mère qui l'avait toujours tenue à l'écart des secrets de la vie. Elle retourna à son lit en douceur, mais le sommeil ne vint pas. De la chambre à la cuisine, il y avait un va-et-vient continuel et Rose n'attrapait que quelques bribes de conversation. Elle se rappelait ce que son amie Géraldine lui avait raconté au sujet des femmes enceintes, cependant, une fausse couche était quelque chose d'un peu compliqué pour elle. Plus tard, elle s'informerait auprès de Géraldine.

Vers onze heures du soir, le curé arriva avec les saintes huiles. Il était accompagné d'un enfant de chœur qui faisait sonner une clochette. Allongé sur le banc de quêteux, qui se trouvait près de la porte, l'oncle Albert sursauta. Rose, que la curiosité empêchait de dormir, se leva et, sans faire de bruit, se rendit au bas de l'escalier où elle s'assit sur la deuxième marche. Les yeux baissés, elle tirait modestement sa robe vers ses pieds.

Le prêtre et l'enfant de chœur filèrent à la chambre de ses parents. Rose, avec son besoin de tout voir et de tout savoir, s'approcha sur le bout des pieds et colla un œil à la porte entrouverte. Elle vit des taches de sang sur les draps et, sur le bureau, un bol d'eau où se trouvait un paquet de chair gluant mêlé à un peu de sang qui venait elle ne savait d'où ; peut-être du ventre de sa mère ? Géraldine lui avait raconté que les femmes portaient les bébés dans leur ventre.

Elle recula à l'approche de la sage-femme qui, en passant près d'elle, lui dit :

– Va vite réveiller tes frères et tes sœurs.

– J'ai pas de sœurs.

– Va ! Votre mère est en train de mourir. Venez la voir.

En entendant ces mots, l'oncle Albert, que le va-et-vient empêchait de dormir, se rendit à la chambre. En apercevant Victorine, d'une pâleur de spectre, il sentit un frisson parcourir son échine. « Mon Dieu ! Pas cette belle famille. » Il recula et sortit s'asseoir dans la véranda. Il imaginait Maxime, veuf, et cinq orphelins.

Les garçons, à demi endormis, suivirent Rose à la chambre de leur mère. La sage-femme les fit aligner au pied du lit pendant que le curé récitait les prières des mourants. Rose enregistra la scène dans sa mémoire. Sa mère gisait, inconsciente, la figure blanche comme une morte. Son père, agenouillé près d'elle, tenait sa main et pleurait comme un enfant. Jacob et Louis avaient les yeux noyés de larmes. Michel et Léon n'avaient pas de réaction apparente ; à leur âge, ils ne réalisaient pas que leur mère était sur le point de mourir en les laissant orphelins.

Rose sentit une boule dure bloquer son arrière-gorge. Elle se laissa aller et pleura toutes les larmes de son corps. Elle n'aurait plus de maman. Pourquoi ? Elle venait tout juste d'avoir treize ans.

On fit sortir les enfants. Ils retournèrent à leur lit, sauf Jacob qui s'assit au bas de l'escalier, les coudes sur les genoux. On eût dit qu'il méditait.

Rose se retrouva seule dans la salle à manger, éclairée seulement par un faible rai de lumière venu de la cuisine. Sur la table, il y avait une vieille Bible aux feuilles sèches et cassantes à l'odeur d'encensoir, et des pages de ce livre dépassait une image de saint Ignace de Loyola. Rose alluma un trognon de chandelle, souffla sur la poussière qui recouvrait le livre et lut ce qui était écrit au dos de l'image. Ce saint guérissait les malades. Rose promit que si sa mère recouvrait la santé, elle réciterait son chapelet tous les jours de sa vie.

Elle retourna à la chambre où agonisait sa mère devant un médecin et un prêtre complètement impuissants. Elle posa une main sur l'épaule de son père.

– M'man mourra pas, dit-elle avec une naïveté désarmante.

Tout le monde la regarda, interdit.

Quelques minutes plus tard, sa mère entrouvrit les yeux.

Le curé et l'enfant de chœur quittèrent les lieux. Le docteur resta encore un certain temps au chevet de Victorine afin de s'assurer que le saignement était bien maîtrisé. Tout en la surveillant, il expliqua à Maxime que sa femme allait devoir être en convalescence pendant un mois complet.

D'une voix faible, Victorine demanda à Maxime d'engager une fille pour s'occuper du ménage et des repas.

La ferme fournissait les vivres, on ne manquait pas de nourriture, mais l'argent ne poussait pas dans les champs et celui que Maxime amassait allait dans son bas de laine et n'en sortait pas.

– Rose est capable de s'occuper de tout, dit-il.

– Elle a juste treize ans, ajouta Victorine, d'un ton à peine perceptible, mais Maxime n'y prêta pas attention.

* * *

Rose était contente que son père lui fasse confiance. Elle s'attela à la tâche. Le premier matin, elle oublia de refaire les lits, mais personne ne s'en plaignit.

Sous la surveillance de sa mère, elle préparait les soupes et les patates. Elle mettait un temps fou à couper les légumes et à cuire les viandes, mais même en retard, les repas ne manquaient pas de saveur.

Son père l'aidait à la lessive. Il commandait Louis et Michel.

– Vous deux, allez étendre le linge sur la clôture.

Rose balayait la place et, le samedi, son père lavait le plancher. Jamais il ne critiquait Rose. Préparer les repas, dresser la table, laver la vaisselle et, avec le temps, refaire les lits : tout ça était beaucoup pour une fillette de treize ans, mais jamais Rose ne se plaignait. Elle se donnait même des airs de maîtresse de maison.

* * *

L'oncle Albert étira ses vacances pour aider Maxime aux foins.

Victorine, encore trop faible pour reprendre sa besogne, se déplaçait chaque jour de son lit à sa chaise, pas davantage ; le médecin le lui avait formellement défendu. Elle devait donc s'en remettre à Rose pour chaque besogne.

– Tu vas essayer de faire un gâteau pour le souper, dit-elle.

Rose fit ce que lui dicta sa mère. La fillette se jucha sur une chaise, sortit la farine et le sucre de l'armoire. Une fois tous les ingrédients réunis sur la table, elle les mesura scrupuleusement, puis elle amalgama le tout en raclant le bol à tour de bras. On aurait cru que ses poignets délicats allaient se briser à chaque coup de cuillère. Elle graissa deux moules et y versa la belle pâte blanche. Puis, satisfaite de son travail, elle frotta ses petites mains grasses l'une contre l'autre.

Elle réussit très bien et une bonne odeur de pâtisserie se répandit dans toute la cuisine.

– Maintenant, Rose, tu vas faire du sucre à la crème, lui dit Victorine. Tu vas voir, c'est rapide et facile.

En rentrant des champs, les hommes se délectèrent d'un excellent ragoût mijoté à feu doux. À la fin du repas, quand l'oncle Albert aperçut le gâteau, il le désigna du doigt et dit à Victorine :

– C'est pas Rose qui a fait ça ?

– C'est ben elle ! répondit Victorine.

L'oncle Albert s'approcha de Rose, lui donna un bec sur la joue et déposa dans sa main une pièce de cinquante sous, un montant très apprécié dans ces années où on ne roulait pas sur l'or.

Rose regarda briller la pièce d'argent dans sa main.

– Je vais en prendre ben soin, dit-elle avec du rire plein les yeux.

Chapitre 4

À l'automne, Victorine était rétablie. Son fils aîné, Jacob, se préparait à partir pour les chantiers. Il portait ses vêtements chauds, dont une tuque d'où s'échappaient quelques frisettes.

– Assis-toé là que je coupe tes cheveux. T'as pas oublié tes combinaisons ?

– Elles sont dans mon sac.

– Pis ta montre ? Pis ta musique à bouche ?

– Dans mon sac aussi.

Victorine avait la larme à l'œil et un petit pincement au cœur. C'était comme si la famille devenait infirme d'un membre.

* * *

C'était aussi le début des classes et Rose avait hâte de retrouver ses amies.

Il venait d'arriver à l'école du rang une nouvelle enseignante, qui avait décidé de mettre les élèves à sa main. Mademoiselle Albina Prud'homme venait de la paroisse voisine, Sainte-Émélie.

Le premier jour, elle avertit les élèves :

– Je vous passerai rien et je laisserai jamais un coupable sans correction. Que tout le monde ait des yeux pour voir et des oreilles pour entendre !

La plupart des élèves étaient dociles et appliqués.

Rose apprenait facilement ; elle était presque toujours la première de sa classe. Mademoiselle Prud'homme ne la reprenait jamais, ce qui parfois causait une certaine jalousie. Les enfants sont parfois durs entre eux et, le jour du bulletin, les garçons ne se privaient pas de lui manifester leurs petites susceptibilités par des rancunes, mais Rose souriait avec une dignité de reine ; elle ne s'arrêtait pas aux mesquineries.

* * *

Un vendredi, comme elle termina ses travaux avant les autres, la maîtresse lui demanda de poster une lettre.

– Ensuite, dit-elle, tu pourras dessiner.

– Toujours elle ! murmura Raoul. On sait ben, c'est son chouchou.

Rose jeta son gilet sur ses épaules. Elle n'avait qu'à traverser le chemin pour se rendre à la boîte aux lettres qui se trouvait en face de l'école. Avant de déposer la lettre, elle se permit une petite indiscrétion. Elle lut le nom du destinataire.

Revenue en classe, elle s'assit à son pupitre et dessina la Sainte Face, puis Jacques Cartier avec son chapeau bicorne et sa barbichette.

Au retour de l'école, Rose raconta à son amie Géraldine que la lettre de son enseignante était adressée à un nommé Théophile Pelletier.

– Le veuf?

– Je sais pas.

– C'est peut-être son chum.

– On verra ben si y va y répondre. Je vais surveiller ça.

Le lundi suivant, Raoul, pris d'une jalousie maladive, profita de l'heure du dîner pour exercer sa vengeance. Tous les midis, la maîtresse dînait chez le voisin de l'école et elle exigeait que les élèves mangent en silence. Les filles étaient assises sur les pupitres, les pieds sur les chaises à cause des portes qui s'ouvraient et provoquaient des courants d'air froid sur le plancher. Les grandes, assises en groupe, déballaient leurs sandwiches en chuchotant gaiement. Pendant ce temps, Raoul se faufila, comme un serpent, sous les chaises, jusqu'à celle de Rose, et tira sur ses pieds. Comme Rose faisait un effort pour se lever, elle tomba et se garantit d'une main sur le poêle chaud. Raoul retourna à sa chaise en vitesse.

Rose pleurait. Raoul riait.

– Va bavasser à la maîtresse, dit-il, elle va te consoler.

Géraldine et Monique Mireault s'élancèrent sur Raoul, qui se débattit comme un diable. Géraldine avait une bonne force dans les bras. Aidée de sa sœur Monique, elle parvint à adosser Raoul au mur et à l'immobiliser.

– Lâche-moé, criait Raoul, tu me casses les poignets.

– Si je peux aussi casser ton sale caractère!

– Au secours, les gars, venez m'aider, criait Raoul.

Tous regardaient le coupable et pas un ne bougeait. Michel, le frère de Rose, était de ceux-là.

– Ça t'apprendra, Raoul Lepage, à t'en prendre à ma sœur, dit-il.

Monique secouait la tignasse frisée de Raoul en lui disant :

– Ose encore toucher aux filles pis on va t'organiser le portrait.

Les filles avaient le dessus, mais elles ne voyaient pas l'enseignante, plantée dans la porte de la classe, qui les observait depuis un bon moment. Celle-ci frappa dans ses mains pour attirer leur attention.

– Qu'est-ce qui se passe ? dit-elle. Je peux pas m'absenter quelques minutes sans qu'il y ait du grabuge ?

Chacun retourna à sa place, rouge de confusion.

– C'est Rose Beauséjour qui se tiraille avec les gars, dit Raoul.

– Rose ? dit-elle, surprise. Si votre mère apprend ça…

– C'est même pas vrai, mamzelle, dit Rose avec des sanglots dans la voix. C'est lui qui m'a fait tomber sur le poêle. Regardez ma main.

– Cette fois, Raoul, c'est le comble. Vous méritez une bonne correction.

Mademoiselle Prud'homme sortit de l'armoire une grosse ceinture en cuir que les enfants nommaient la « strappe ».

– Trois coups ! Raoul, avancez, dit-elle en faisant siffler la lanière dans les airs.

Raoul, plus fanfaron que courageux, se dit : « Je pleurerai pas. » Il souriait.

– Ouvrez votre main, le somma l'enseignante.

Le coupable tendit une main brave.

Mademoiselle Prud'homme s'élança et frappa sans pitié.

Raoul grimaça et retrouva aussitôt son sourire.

– On recommence. Deux autres coups, dit-elle.

Au deuxième coup, Raoul ne riait plus. Une larme s'échappa au coin de ses yeux.

Avant le troisième coup, Raoul s'élança vers la porte. Il fila chez lui, où son père lui administra une fessée.

– Tu vas apprendre à marcher drette, mon gars. Asteure, retourne à l'école pis présente tes excuses à ta maîtresse.

* * *

La semaine suivante, à sa visite annuelle, l'inspecteur questionna les élèves sur différentes matières. Ensuite, il donna une dictée aux enfants. Finalement, il arracha deux pages du cahier de dessin de Rose et les emporta. Après son départ, mademoiselle Prud'homme loua les mérites de Rose devant toute la classe. Rose entendit Raoul Lepage chuchoter :

– On sait ben, la Beauséjour est le chouchou de la maîtresse.

Rose feignit de ne pas l'avoir entendu. Mais la maîtresse l'avait entendu. Elle lui dit :

– Raoul, approchez. À genoux ! Croisez vos bras et restez là à réfléchir jusqu'à ce que je vous dise de retourner vous asseoir.

Après dix minutes, elle lui dit :

– Retournez à votre place, effronté.

Raoul retourna à son banc en souriant.

* * *

Un midi, Rose se décida à questionner Géraldine. Elle apprit les trucs de femmes que les mères tentaient de cacher aux filles jusqu'à leur mariage, comme si le fait de les renseigner encouragerait celles-ci au péché.

Rose n'en savait pas long sur le sujet. Quand elle osait interroger sa mère, celle-ci l'attendait chaque fois avec des réponses toutes faites, comme: « Arrête de te poser des questions » ou encore: « Vis tes treize ans; le reste viendra ben assez vite. »

Ce que Géraldine lui avait raconté sur les secrets de la vie ne cessait de tourner dans sa tête. Rose avait treize ans et elle venait d'apprendre que la chambre de ses parents cachait d'abominables secrets. La nuit, son père et sa mère faisaient des choses défendues, ce qui, pour elle, fut un choc. Rose n'en croyait pas ses oreilles. Maintenant, comment pourrait-elle regarder son père en face, lui, un homme si bon? Comment pouvait-il s'abaisser à poser des gestes réservés aux animaux?

* * *

La vaisselle du souper terminée, Rose, assise au bout de la table, se réfugia dans un silence profond. Ce que lui avait dit Géraldine tournait dans sa tête et c'était trop de révélations secrètes à la fois; elle devrait s'accorder un temps de réflexion pour assimiler ce qu'elle venait d'apprendre.

Assise dans la berçante, Victorine levait de temps à autre les yeux de son tricot et jetait sur Rose un regard discret. Ces derniers temps, sa fille, comme plongée dans une pensée profonde, semblait ailleurs. Peut-être s'éveillait-elle à l'amour? Victorine se demandait s'il pouvait y avoir un garçon derrière son air absent.

Chapitre 5

Le printemps suivant, au retour des chantiers, Jacob sortit son argent et le déposa sur la table.

– Tenez, le père, moé, j'en ai pas besoin.

Maxime acheta une belle voiture de promenade à une banquette. Elle ressemblait au cabriolet du docteur avec ses roues délicates, son siège en cuir capitonné, son coffre arrière et sa capote mobile. Comme de raison, ça prenait une bête pimpante pour traîner ce beau tilbury. Maxime acheta aussi un poulain fort beau, noir comme la voiture.

Jacob le nomma Bébé.

– Celui-là, dit Maxime, on le gardera comme cheval de chemin.

Quand Victorine aperçut l'attelage, son cœur fit un bond dans sa poitrine. Elle sortit l'admirer. Elle en fit le tour deux fois, sans rien dire. Elle caressa de la main un petit fanal noir que Jacob pourrait allumer à la noirceur. Les sièges recouverts de vrai cuir sentaient le beau neuf. Tout ça avait dû coûter une fortune. Elle aurait tellement eu besoin de cet argent, elle qui se passait de tout dans sa maison, mais elle ne se faisait pas d'illusions. « Les hommes sont des hommes et quand bien même ils sont très forts, ils restent des égoïstes. » Cette dépense inutile faisait beaucoup souffrir Victorine. Toutefois, elle se consola en pensant que, pour Jacob, donner son argent à son père était mieux que de « jeunesser » comme certains garçons de son âge qui prenaient un coup et rentraient à des heures indues.

Jacob était un bon fils et son père l'estimait à sa juste valeur. Il lui dit :

–Comme j'ai acheté la calèche avec ton argent, le dimanche, je la laisserai à ta disposition.

Au début des années vingt, c'était à qui des jeunes hommes posséderait le plus bel attelage. À seize ans, l'âge où le corps se transforme, Jacob ne faisait pas exception ; lui aussi avait son orgueil et ça se voyait. À partir de ce jour, il mit moins de temps au train du matin pour donner plus de soin à sa toilette, comme s'attarder sur quelques poils de barbe, nouer et renouer sa cravate, replacer son col de chemise.

* * *

Le doux mois d'avril faisait des courbettes devant mai qu'il allait bientôt épouser.

Les élèves de septième année, autant ceux du village que des rangs, étaient tenus d'assister à des cours de catéchisme pendant deux semaines. Le curé donnait les cours au presbytère. Ces jeunes étaient âgés de douze et treize ans, mais certains d'entre eux, les traîneux de pieds, avaient quatorze et quinze ans. Pour les jeunes, c'était la fête. Certains enfants des rangs, les filles particulièrement, logeaient au village, chez des parents ou des amis.

La dernière bouchée avalée, les garçons se ruèrent à l'extérieur en faisant claquer la porte. Maxime s'assit dans la berçante, le talon droit posé sur le genou gauche et, tout en se berçant, il suivait des yeux Victorine et Rose occupées à débarrasser la table du souper. Il avait réussi à ramener un peu de joie dans la maison et ça le rendait heureux.

Victorine se posta devant l'évier.

– Rose, j'ai parlé à ta tante Blanche : elle accepte de te prendre chez elle le temps des cours de catéchisme. Là-bas, je tiens à ce que tu l'aides dans la maison, comme tu le fais icitte.

* * *

Pour la première fois, Rose sortirait sans la surveillance de sa mère. La jeune fille jubilait. Chez Blanche, ce serait le paradis. De ses oncles et tantes, Blanche et Noé étaient ses préférés. Il y avait aussi le petit Lucien qu'elle adorait.

Après cinq fausses couches, alors que Blanche avait renoncé au bonheur d'être mère, elle avait mené un enfant à terme. Âgé d'un an, Lucien ressemblait comme deux gouttes d'eau à son cousin Claude, l'un des petits disparus de Victorine.

* * *

Sérieuse, Victorine poursuivit :

– Il ne faudra pas non plus que t'oublies d'étudier.

– M'man, répondit Rose, je sais déjà mes six cents réponses de catéchisme su' le bout des doigts.

Pour obtenir leur diplôme de communion solennelle, les élèves devaient apprendre le petit catéchisme par cœur, et ce, d'une couverture à l'autre. Victorine découvrait chez Rose un véritable don.

– Tu peux remercier le bon Dieu de t'avoir donné un si beau talent.

Victorine regarda sa fille avec tendresse.

– Que feras-tu plus tard, Rose ? Peut-être enseigner ?

Il n'existait pas beaucoup de débouchés pour une fille, à part l'enseignement et le cours d'infirmière.

– J'aimerais devenir infirmière, dit Rose.

Le regard de sa mère passa de bienveillant à impitoyable. Les soignants étaient sujets à voir les parties intimes aussi bien des hommes que des femmes et Rose, à la vue des corps dénudés, pourrait perdre son âme.

– Pas infirmière ! Penses-y même pas, trancha sa mère.

– Pourquoi ?

– Parce que !

« Parce que » était la réponse courante que donnait sa mère pour éviter les explications embarrassantes.

– Va ! dit-elle. Passe un linge humide sur la table pis ensuite, tu passeras le balai.

* * *

Le soir du premier jour, au retour du presbytère, Rose entra vivement chez Blanche avec à la main une image pieuse que le curé lui avait donnée.

Elle trouva une cuisine silencieuse. Le petit Lucien dormait dans son parc en bois.

– Y a quelqu'un ? Vous êtes là, matante ?

– Oui, j'arrive ! répondit Blanche qui montait de la cave avec un pot de betteraves. Le souper est prêt. Noé doit être sur le point d'arriver.

Dans la cuisine, le bonheur émanait des plats fumants déposés au centre de la table.

– Ça sent bon. J'ai une faim de loup, dit Rose en savonnant énergiquement ses mains.

– Mets ton tablier, pis approche. Comme Noé arrive pas, on va manger sans lui.

Blanche s'arrêta pour mieux regarder sa nièce. En grandissant, Rose, déjà jolie, embellissait de jour en jour. Droite et bien plantée sur ses longues jambes, le ventre plat, les seins naissants, les fesses arrondies, elle avait bonne mine. Son visage s'affinait, sa bouche charnue se retroussait légèrement, ce qui ajoutait à son charme un petit air angélique. Blanche espérait que le bébé qu'elle portait serait une fille aussi jolie.

Elle tendit la louche à Rose.

– Tiens ! Sers-toé toé-même.

– Avant, voulez-vous que je fasse manger Lucien ?

– Non, y mange trop mal. Depuis quelques jours, y a pris la mauvaise habitude de recracher sa nourriture.

– Ah oui ? Y est ben drôle !

– Moé, je pense pas comme toé.

– C'est un bébé, dit Rose qui regardait l'enfant avec des yeux attendris.

– Toé, t'as déjà la fibre maternelle.

– C'est quoi, ça ?

Sur ces entrefaites, Noé entra. En passant derrière Rose, histoire de la taquiner, il tira une de ses tresses, ce qui la fit rire.

– Tu trouves ça drôle ? dit-il. Quand je faisais ça à mes sœurs, elles se fâchaient.

– C'est parce que c'est vous ; je sais que c'est pas méchant. À la maison, je supporte pas que mes frères me tirent les cheveux ; y faut dire qu'eux autres, ils y vont pas en douceur.

Noé s'installa à la table, traça une croix sur le pain et attendit que Blanche le serve. Rose mangeait en silence ; combien de fois sa mère leur avait-elle répété : « À la table, on laisse parler le grand monde » ? Rose écoutait Noé raconter à Blanche la visite du maire à son atelier.

– Monsieur le maire est arrivé dans le plus fort de l'ouvrage. Imagine-toé donc qu'y m'a demandé d'y faire une huche à pain. J'y ai dit que j'avais pas le temps, que j'arrivais tout juste à remplir mes commandes de commodes. Y avait l'air ben déçu ; y s'attendait pas à ce que je refuse. Pis là, y partait pus, comme si j'avais rien d'autre chose à faire que de jaser. Je pouvais toujours pas le mettre à la porte ; c'est pour ça que chus en retard pour le souper.

– Quand même ! Ça mange pas, ce monde-là ?

La dernière bouchée avalée, Noé quitta la table, ce qui permit à Rose de causer librement avec Blanche, la seule personne à qui elle pouvait tout raconter.

– Les filles du village sont plus chanceuses que moé, dit-elle. Elles ont la permission de sortir le soir, d'aller marcher jusqu'au bout du village. Moé, ma mère a jamais voulu que je sorte de la cour.

– Tu sais, depuis la disparition de notre sœur Léonie, ta mère doit s'inquiéter sans bon sens pour toé. Ces derniers mois, t'as tellement grandi qu'on te donnerait deux ans de plus que ton âge. C'est le temps des règles et de l'adolescence qui commence. C'est assez inquiétant pour une mère.

– Savez-vous pourquoi elle est partie, matante Léonie ?

– Non. Ça reste un mystère. Elle devait être malheureuse. Toé, Rose, si t'avais des ennuis, à qui tu le dirais ?

– À vous, matante. Y a des cacheries que les mères ont pas besoin de savoir.

– Comme quoi, par exemple ?

– Ben… les garçons, les rêves, pis toutes sortes d'affaires, comme la peine de perdre un petit frère pis une petite sœur.

– Voyons, Rose ! C'est pas une cacherie de perdre un petit frère pis une petite sœur.

– Oui, je devais cacher ma tristesse devant ma mère pour pas y voler sa peine.

Blanche n'en croyait pas ses oreilles.

– Qu'est-ce que tu racontes là ?

Rose faisait peine à entendre. Elle avait subi la douleur de perdre un frère et une sœur et elle avait refoulé ses émotions. Jusqu'où une enfant pouvait-elle laisser aller son imagination ? Blanche, pensive, s'en voulait de ne pas avoir été davantage à l'écoute de sa nièce au décès des petits. Victorine était trop prise par sa peine pour ressentir ce qui se passait dans le cœur de ceux qui restaient. Blanche posa sa main sur celle de Rose.

– Une peine, Rose, ça se vole pas, ça se partage. Tout le monde a droit à ses sentiments. T'as le droit de pleurer la mort des petits, même si ça fait longtemps ; ça fait du bien de se vider le cœur. Y en a qui le font sur papier, en exprimant ce qu'y ressentent. Chaque jour, y écrivent dans un cahier ce qui se passe dans leur vie et dans leur cœur. On appelle ça écrire son journal. Si tu veux essayer, ça peut pas nuire ; au contraire, ça peut juste faire sortir ce qu'on a su' le cœur, ce qui nous étouffe par en dedans.

Tout en parlant, Blanche se leva, débarrassa la table et commença à laver les biberons à l'aide d'une fine brosse à crins durs. Rose prit le linge à essuyer. Elle enregistrait dans sa mémoire tout ce que sa tante lui disait.

– Des fois, dit Rose, quand j'allais me coucher, je sortais une mèche de cheveux que j'avais gardée de Claude pis je l'imaginais avec moé. Je pleurais en la regardant.

– T'écriras tout ça.

– J'en aurais long à écrire. Chez nous, j'ai pas le droit de m'amuser ; je dois passer en dernier pour toute. Vous, matante, vous savez pas comment ça se passe à la maison, hein ?

Blanche lavait la vaisselle, l'oreille tendue, prête à recevoir avec une douceur et une tendresse quasi maternelles ce moment particulier où sa nièce allait lui raconter ses émotions. Et pendant qu'elle écoutait, sur l'égouttoir, la vaisselle s'accumulait.

– Chez nous, m'man est plus sévère pour moé que pour mes frères. C'est pas juste.

– C'est de même partout, Rose.

– Si vous l'entendiez !

Rose se mit à imiter sa mère avec ce talent qu'ont les enfants d'emprunter les voix, les expressions et de mimer les gestes avec une ressemblance frappante :

– « Une fille doit pas faire la culbute, Rose, ni se tirailler avec les garçons. » Combien de fois, j'ai entendu m'man me dire : « Rose, baisse ta robe. Rose, baisse tes pattes.

Écarte pas les jambes comme ça, Rose, c'est pas beau pour une fille. » Mais m'man reprend jamais mes frères. On dirait que pour eux autres, tout est permis.

Et Rose reprit :

– Les gars, eux autres, y ont le droit de sauter les clôtures, de glisser sur les pentes, de grimper aux arbres, de chasser les siffleux, de jouer à la cachette, de tirer de la jambette. Y se transforment en pirates, montent sur les toits, fouillent les montagnes. Y peuvent se laisser aller à crier, à siffler, à hurler, c'est pas grave, c'est des gars.

Blanche souriait en écoutant sa nièce qui ne s'apercevait pas qu'elle essuyait toujours la même tasse. Et Rose continuait sur sa lancée avec une grimace qui n'arrivait pas à l'enlaidir :

– Si vous les voyiez, au souper ; y rentrent à moitié morts, leur linge tout mouillé, mais y sont contents. Y disent qu'y sont les rois des montagnes, pis je pense que c'est vrai. Eux autres, y peuvent tout faire, m'man les chicane jamais. Mais pour Rose Beauséjour, pas le droit de s'amuser ! Moé, j'aimerais mieux être venue au monde garçon.

– Dis pas ça, Rose. Moé, je rêve d'avoir une fille aussi belle que toé. Dernièrement, je disais à Noé que si un jour on a une fille, je la voudrais exactement comme toé. Y a ben des chances que ça arrive, vu que ta mère pis moé, on a marié les deux frères.

– C'est-y vrai, ou ben si vous dites ça juste pour me faire plaisir ?

– Ben sûr que c'est vrai ! Ma foi, tu connais pas tes qualités.

– Quelles qualités ?

– Gentille, délicate, féminine pis ben attachante. Ce goût pour les gamineries, c'est à la veille de te passer. Tu vas voir, tu sauras me le dire. Encore un peu pis tu vas t'intéresser à autre chose.

– Comme quoi ?

– Aux choses de la maison, à la couture, à plaire aux garçons. Quand tu seras en amour, tu vas préparer ton trousseau pis tu vas y mettre tout ton cœur.

Rose regarda sa tante avec une adoration dans le regard.

– Je vous aime assez, vous !

Blanche trouvait sa nièce touchante. Elle n'était plus la petite fille un peu insouciante qu'elle avait connue.

– J'aimerais ben ça que m'man soit comme vous. Elle veut jamais rien, elle.

– C'est de même dans toutes les maisons, Rose. Tu sais, si t'avais des sœurs, elles auraient les mêmes interdictions que toé. C'est le lot des filles.

– Les mères de mes amies sont moins sévères que m'man. Vous voyez, elles ont le droit de sortir marcher après le souper, elles.

– Tu peux aller les retrouver si ça te fait plaisir, lui dit Blanche. Y a pas de mal à ça. En demeurant icitte, t'es sous ma responsabilité. C'est moé qui me charge de tes sorties.

Rose répondit par un sourire de satisfaction.

– De toute façon, à la vitesse où t'essuies la vaisselle, ajouta Blanche en asséchant ses mains sur son tablier, tu finiras pas avant la nuite, t'es toujours sur la même tasse.

Rose sourit.

– Je peux pas faire deux choses à la fois, essuyer pis parler.

D'un geste rapide, Blanche lui arracha le linge à vaisselle des mains et la poussa du coude.

– Va retrouver tes amies !

Rose ne se le fit pas dire deux fois. Elle sortit par la porte d'en avant et courut rejoindre ses amies, Géraldine et Monique.

Pour Rose, qui ne sortait jamais, une promenade à pied jusqu'au bout du village avec ses amies suffisait à la combler de bonheur. Aujourd'hui, elle n'était plus sous la domination absolue de sa mère ; elle se sentait seule responsable de sa personne et il lui semblait que la rue lui appartenait, que c'était la liberté totale.

Pour la première fois, les garçons la remarquaient. Pour Rose, c'était de la pure camaraderie ; elle n'avait pas encore l'âge des grands sentiments.

Ce soir-là, la jeune fille referma le premier cahier qui allait lui servir de journal intime sur ces beaux souvenirs. À partir de ce moment, elle écrivit tous les jours, même si parfois ce n'étaient que des impressions ou des pensées qui lui passaient par la tête.

Chapitre 6

À l'est, une bande rose précédait le lever du soleil et marquait la fin de la nuit.

Noé ouvrit la porte toute grande devant le médecin.

– Vite, docteur !

À peine entré dans la chambre, le médecin reçut le bébé dans ses mains. Il entra son gros doigt dans la bouche du nouveau-né pour en retirer les sécrétions et celui-ci se mit aussitôt à pleurer.

Comme à chaque naissance, le médecin souriait, heureux comme un bon père. Après tout, n'était-ce pas lui qui donnait aux nouveau-nés leur premier souffle de vie ?

– C'est une fille, madame Beauséjour, dit-il en déposant le petit paquet de chair rose dans une espèce de sac accroché à une balance qu'il souleva à distance, un peu comme les cigognes au long bec qui transportent les bébés.

– Six livres et demie, dit le docteur avant de placer le nourrisson dans les bras de sa mère. On peut dire qu'avec vous, les choses ne traînent pas ; vous n'avez pas eu le temps de souffrir.

De la cuisine, Noé tendait l'oreille.

Au premier cri du bébé, il se précipita à la chambre pour embrasser la nouvelle maman.

– En plus d'avoir eu un accouchement facile, dit Blanche, nous avons une fille. Mon rêve!

Les parents étaient fous de joie.

– Regarde comme elle est belle! dit Blanche.

L'enfant tournait sans cesse sa petite tête qui cherchait à téter.

Noé, tout excité, ne tenait plus en place.

– Je cours annoncer la nouvelle à tes parents. C'est à leur tour d'être compères.

– Y faudrait aussi demander à Victorine si elle accepterait d'être porteuse. Elle devra se rendre à l'église pour deux heures.

La sage-femme prit l'enfant des bras de Blanche.

– Je dois vous l'enlever pour sa toilette. Ensuite, vous la laisserez se reposer avant la cérémonie. Allez-vous avoir besoin de mon aide pour servir le repas du baptême?

– C'est pas de refus, dit Blanche, reconnaissante. Comme m'man est marraine, sa place serait plutôt à la table.

* * *

Au retour de l'église, Victorine, qui avait accepté avec joie d'être la porteuse, déposa l'enfant dans les bras de Blanche.

– Tiens, le curé l'a faite enfant de Dieu, dit-elle. Ta petite Suzanne a dormi tout le temps de la cérémonie. Elle a juste fait une petite grimace quand le prêtre y a mis du sel sur la langue. Celle-là, ce sera pas une chialeuse.

Blanche sourit. Elle déposa un baiser sur le front tendre et rendit l'enfant à Victorine.

– Si tu veux t'en occuper, j'en profiterais pour me reposer un peu ; la nuit a été courte.

* * *

Dans la cuisine, Victorine échangea la layette de baptême contre une jaquette de flanelle. Elle enroula ensuite la nouveau-née dans une courtepointe d'enfant qu'elle avait pris soin de réchauffer sur la porte du four.

Rose, agenouillée sur une chaise, les coudes sur la table, ne cessait d'admirer la petite Suzanne, mais Victorine mit fin à sa contemplation. Elle déposa délicatement l'enfant dans ses bras.

– Va la porter à sa mère, c'est l'heure de son boire.

Tout en se rendant à la chambre, Rose bécota l'enfant. Blanche, adossée à trois oreillers, lui tendit les bras.

– Dites-moé, matante, trouvez-vous que votre petite Suzanne me ressemble ?

– Elle a un petit quelque chose de toé.

– Comme quoi ?

– Je sais pas.

– Le nom de Beauséjour ?

– T'es une petite drôle, toé. Va donc me chercher une débarbouillette humide.

Dans la cuisine, un ronron venu de l'extérieur attira Noé à la fenêtre. Une auto s'arrêtait dans la cour.

– Ah ben, des étranges ! dit Noé. Je me demande ben qui ça peut être.

Un inconnu descendait de l'auto, en faisait le tour et ouvrait la portière devant une jeune femme.

– Clara ! s'écria Noé, tout excité. C'est Clara !

Noé ouvrit la porte toute grande devant le couple.

– Tu peux pas tomber mieux, Clara. Toute la famille est là pour le baptême de notre fille.

Antoine, ému aux larmes, cherchait à s'éloigner avant d'éclater en sanglots.

– Je vais rentrer une brouettée de cèdre, dit-il. Le coin à bois est vide.

Clara ne lui laissa pas le temps de sortir. Elle se plaça en travers de son chemin et se jeta dans ses bras.

– Papa!

– C'est ben toé, Clara? Je le crois pas!

Antoine Beauséjour regardait sa fille sans la reconnaître vraiment, mais il sentait entre eux un lien très fort que les années de séparation n'avaient pas réussi à briser.

Clara présenta son ami Paul et embrassa les siens.

Dans la cuisine, c'était l'excitation totale, au point qu'on oubliait la vieille Prudentienne qui, assise dans la berçante, assistait aux joyeuses retrouvailles. Elle se sentait à part. Clara devait lui en vouloir à mort de l'avoir placée dans un asile, et ce grand monsieur, qui l'accompagnait, devait connaître son histoire. La vieille ne cessait de regarder sa fille devenue une femme élégante au parler soigné. Elle épiait ses moindres gestes. Elle s'approcha et, avant de l'embrasser, elle prit ses mains, les écarta et recula d'un pas pour mieux la regarder de la tête aux pieds.

– T'es ben regardable, dit-elle. Pis ta santé... ça va?

– Oui. Je vous en ai parlé dans mes lettres.

– Après ton départ, pendant toutes ces années, chaque dimanche avant la messe, j'ai fait brûler un lampion à ton intention. J'en ai pas manqué un.

– Vous faisiez ça? Je pensais que vous m'aviez oubliée.

– Une mère oublie pas ses enfants.

Clara tenta de passer l'éponge sur toutes ses années de rancœur. Elle espérait que, avec le temps, elle saurait pardonner à sa mère.

– Je veux voir le petit bébé, dit-elle.

– Viens, dit Noé.

Clara prit la main de Paul et ils suivirent Noé à la chambre.

* * *

Dans la cuisine, on chuchotait.

– C'est qui, elle ? demanda Rose.

– C'est ta tante Clara, la sœur de ton père, répondit sa grand-mère.

– Je l'ai jamais vue. Elle sort d'où ? Elle est tombée du ciel ?

– Ta tante étudiait dans un couvent de Montréal pis là, elle travaille dans la grande ville, s'empressa de répondre la vieille qui avait la réplique toujours prête.

– C'est pour ça qu'elle a pas la parlure de par icitte ?

Victorine ajouta deux couverts à la table. On mangea jusqu'au bout du repas avec plaisir.

Clara avait enfin retrouvé toute sa famille. Désormais, le bonheur lui ouvrait grand les bras.

Chapitre 7

C'étaient les vacances d'été et Rose, assise devant la fenêtre ouverte sur la véranda, regardait ses frères s'amuser. Ceux-ci, assis par terre, disputaient une partie de trente et un. Rose, en retrait, les enviait ; elle aurait bien aimé s'ajouter au groupe, partager leurs jeux, se mêler à leurs mots d'esprit et à leurs agaceries qui finissaient toujours par des éclats de rire, mais non, sa mère lui défendait de s'amuser avec les garçons. Ce jour-là, la solitude lui pesait.

Parfois, ses petites voisines, les Mireault, venaient la retrouver, mais Rose n'obtenait jamais la permission d'aller chez elles ; sa mère le lui défendait à cause des garçons. Géraldine et Monique formaient, avec elle, une sorte de famille. Rose les aimait comme des sœurs.

– Pourquoi, m'man, vous voulez jamais que j'aille chez Géraldine ?

– S'y fallait qu'y t'arrive quelque chose, je me le pardonnerais pas.

– Quelque chose comme quoi ? demanda Rose qui commençait à comprendre les sous-entendus.

– Le mal se cache partout.

Sa mère parlait bas, le regard loin devant elle.

– Pas chez les Mireault ? insista Rose. Ces gens sont du bon monde.

– J'ai dit « partout » !

* * *

Comme pour donner raison à Victorine, ce même après-midi, monsieur Mireault entra chez lui ivre mort.

– T'as trop bu, Armand, lui dit sa femme. Donne-moé l'argent qui te reste.

Armand tourna ses poches à l'envers.

– Regarde, Canaille, tu vois ben que j'ai rien.

– T'as pas encore bu toute ta paie ?

L'ivrogne lâcha un juron. Il cherchait querelle. Les vapeurs d'alcool lui montaient au cerveau. Une assiette vola et s'abattit en éclats sur le plancher. Les enfants pleuraient de peur. Leur mère déposa la petite dernière dans les bras de Géraldine et poussa les jeunes vers l'extérieur.

– Allez chez les Beauséjour. J'irai vous chercher quand ce sera le temps.

Reina réussit avec douceur à calmer son mari. Elle le fit étendre sur son lit tout habillé et lui retira ses chaussures.

Armand Mireault était un bon gars, une bonne nature, sauf quand il buvait ; il devenait alors irritable et très violent.

* * *

Victorine se berçait tout contre la fenêtre de la grande maison quand elle crut voir bouger des gens au loin.

– Viens voir, Rose, on dirait que ça bouge là-bas su' le chemin.

Rose s'approcha de la fenêtre.

– Ma foi ! C'est la famille Mireault au complet, y prennent tout le chemin.

Géraldine, Monique et Louisette s'amenaient chez les Beauséjour avec, chacune, un enfant sous le bras et d'autres suivaient. Victorine les compta. Ils étaient seize en tout, et le plus jeune de ces enfants était un bébé de deux semaines.

En les voyant approcher, Victorine comprit qu'encore une fois une scène terrible devait se passer chez les Mireault et que la pauvre femme expédiait ses enfants chez elle pour les protéger des coups.

Victorine ne refusait jamais de rendre service. Elle connaissait l'histoire de cette brave famille de dix-neuf enfants.

* * *

Leur père, Armand Mireault, était un homme travaillant, un jobbeur, mais malheureusement, il était alcoolique. Il employait une centaine de bûcherons et de draveurs et on répétait dans la place que les jours de paie, après avoir réglé ses comptes, il disparaissait pendant une semaine pour revenir chez lui complètement ivre. En pleine crise, l'homme devenait un danger sérieux pour les enfants. Il s'en prenait à tout ce qu'il rencontrait sur son passage, sauf à sa femme. Elle seule pouvait rester avec lui. Cette femme, très distinguée, disait-on, avait enseigné dans le même rang, avant son mariage. Elle supportait son mari sans jamais se plaindre.

* * *

D'un coup, la cuisine des Beauséjour se remplit.

– M'man nous envoie icitte le temps que p'pa dégrise, dit Géraldine sans aucune gêne. Elle fait dire qu'elle viendra nous chercher quand ce sera le temps.

Victorine prenait ces enfants en pitié. Elle cherchait à leur faire oublier leur drame en les recevant chez elle, comme s'ils faisaient partie de sa famille.

Même si sa maison était déjà pleine à craquer, Victorine sortit le berceau et, à l'aide de Rose et de Monique, elle traîna des paillasses dans la véranda, où coucheraient les filles. Quant aux garçons, ils dormiraient à deux sur le banc de quêteux, et les autres, dans le grenier à foin.

Victorine se rendit à la laiterie et revint avec un pouding au suif qu'elle déposa sur la table.

– Asteure, approchez. Je vais vous faire goûter à mon pouding. Vous allez en raffoler.

Les garçons bousculaient les chaises en se pressant. Ils dévoraient le dessert des yeux. Des sourires illuminaient les visages. Victorine retenait difficilement Michel et Léon qui se poussaillaient pour être servis avant les autres.

– La visite en premier, dit-elle. Vous deux, laissez vos places.

– Comme y a pas de chaises pour tout le monde, dit Louis, nous autres les gars, on peut manger dans l'escalier.

– Allez plutôt chercher le grand banc dans le hangar, ordonna Victorine. On va devoir ajouter une table pour le souper pis le déjeuner de demain.

Victorine déposa dans les soucoupes une tranche de gâteau doré qu'elle nappa d'une succulente sauce au beurre d'érable.

– Rose, va chercher du lait au puits.

Géraldine et Monique, deux adolescentes, agissaient déjà en personnes responsables. Elles tenaient chacune un enfant sur leurs genoux et, telles des petites mamans, elles partageaient leur portion ; une cuillerée pour l'enfant, une cuillerée pour elle.

– Après-midi, leur dit Victorine, je m'occuperai des petits pendant qu'y dormiront leur somme de jour. Comme ça, les filles, vous pourrez aller cueillir des fraises pour le dessert du souper. Maxime a dit qu'y en a vu en masse au bas de la côte. Allez pas plus loin, au cas où y aurait des ours, pis pour plus de prudence, amenez le chien avec vous autres. Je vous défends de manger des champignons, car certains sont poison. Toé, Rose, surveille les plus jeunes.

Géraldine, l'aînée, tenait une chaudière, et les autres, des contenants plus petits qu'elles videraient dans le grand. Elles allaient pieds nus à travers les champs et, tout en marchant, Géraldine racontait ce qui se passait à la maison. Les enfants se disent tout entre eux, sans pudeur aucune.

– Quand p'pa fait sa crise, si mes grands frères sont à la maison, y se mettent à trois pour le contrôler. Comme y sont ben bâtis, p'pa a pus le dessus su' eux autres, ça fait qu'y reste ben tranquille. Mais aujourd'hui, comme mes frères travaillent, notre père en profite pour faire sa crise. C'est pour ça qu'on est venues avec les petits.

– Pis toé, Rose, demanda Monique, quand ton père prend un coup, comment ça se passe chez vous ?

– P'pa ? Y se soûle jamais.

– Ça se peut, ça?

Géraldine ne parla plus. Elle méditait. Elle pensait que ça se passait comme chez elle dans toutes les maisons.

Les jeunes ramassèrent des fraises jusqu'à ce que le goût les prenne d'en déguster. Elles s'assirent alors sur la levée du fossé et se sustentèrent de petits fruits sucrés.

– Assez! dit Géraldine qui voyait baisser la quantité. Y en restera pas pour le souper pis ta mère en a besoin pour son dessert. On va en ramasser encore un peu avant de nous en retourner.

Les contenants pleins, les filles cueillirent des marguerites qui fleurissaient ici et là, le long des clôtures, et elles les effeuillèrent en disant: «Je me marie, je me marie pas, il m'aime, un peu, beaucoup, par amour, à la folie, par fantaisie, au mariage, point du tout.» Ce n'était qu'un amusement, auquel les fillettes croyaient un peu, étant à l'âge où elles ne faisaient que commencer à remarquer les garçons.

* * *

Dans la tranquillité de la cuisine, Victorine berçait la petite dernière en récitant des *Ave* à l'intention de la mère Mireault qui devait supporter un mari violent.

* * *

De retour à la maison, les enfants se ruèrent sur les balançoires en câbles suspendues à un arbre. De la fenêtre ouverte, Victorine les entendait chanter des refrains appris à l'école.

– Je vais aller voir si m'man a besoin de moé, dit Rose.

Géraldine et Monique la suivirent. Assises sur le banc derrière la table, les doigts déjà rougis par la cueillette des fraises, elles commencèrent l'équeutage.

* * *

Le lendemain, madame Reina frappa chez les Beauséjour.

– Je viens ramasser ma marmaille, dit-elle comme si de rien n'était. J'espère qu'y vous ont pas donné trop de misère.

– Mais non ; si c'était le cas, je vous les aurais renvoyés. Y a longtemps que j'avais pas bercé pis bécoté un bébé ; aujourd'hui, je me sus contentée avec votre petite Églantine. Je pense que je l'ai un peu gâtée ; elle a dormi tout son somme dans mes bras. Vous avez une petite fille adorable.

La femme parla de ses grands garçons qui devaient bientôt terminer la drave à Trois-Rivières et de leurs amis. Cependant, pas un mot de son mari, pas une plainte. Que des mercis.

Chapitre 8

Un dimanche matin, Rose regardait sa mère qui, devant le petit miroir ovale qui dominait le réchaud du poêle, coiffait ses cheveux en chignon, installait son chapeau sur sa tête et le fixait solidement à l'aide d'une longue épingle qui se terminait par une perle de satin. Rose avait hâte de porter, comme sa mère, un chapeau à bord roulé, chargé à profusion de rubans et de fleurs de toutes sortes.

– Dépêche-toé, Rose. Jacob t'attend devant la porte.

Jacob s'impatientait, assis dans la voiture, le fouet sur le genou. Rose avait à peine touché le marchepied que Jacob tirait sa main pour l'aider à monter.

De la fenêtre de la cuisine, Maxime ne pouvait cacher son admiration. Il était touché de voir les gestes fraternels de Jacob envers sa sœur.

– Hue, Bébé! commanda Jacob.

L'élégant poulain, juchée sur ses hautes pattes, dansait plus qu'il ne trottait.

* * *

Avant la messe, les femmes, en claires toilettes estivales, placotaient sur le parvis de l'église où les nouvelles allaient bon train. Victorine conversait avec madame Mireault quand elle entendit dans son dos des femmes qui critiquaient Adjutor et Estelle. Naturellement, l'histoire du pauvre vieux avait fait le tour de la place. Comment cacher la vente d'une ferme dans une paroisse aussi petite que Saint-Côme, où les gens sont presque tous parents? Victorine n'était pas d'accord avec son oncle Adjutor, cependant, elle ne supportait pas que sa famille soit victime de critiques acerbes. Comme elle s'approchait des commères, le bedeau cria: « Entrez tout le monde, la messe va commencer. »

Aussitôt, les doigts trempèrent dans l'eau bénite. Puis ce fut la génuflexion et les chants grégoriens commencèrent: l'*Asperges me*, le *Kyrie*, suivis du sermon qui s'éternisa pendant une demi-heure.

Après ce qu'elle avait entendu sur le perron de l'église, Victorine était si distraite qu'elle n'arrivait pas à se recueillir; son vieux grand-père occupait toutes ses pensées.

Elle chuchota à l'oreille de Rose:

– Tu devrais prier pour ton pépère.

– Pourquoi ça?

– Parce que!

* * *

Un jour, sans en parler à personne, Estelle et Adjutor conduisirent le vieux chez un voisin, lui disant qu'ils devaient s'absenter pendant quelques jours et que son gendre, Camille, viendrait le chercher dans le courant de la journée.

Le lendemain, le vieux était toujours chez ce voisin qui cherchait à s'en débarrasser. Le vieillard demandait une attention continue.

– C'est pas à nous de s'en occuper, dit la voisine à son mari. Essaie de trouver ce Camille.

Le voisin s'en fut retrouver le gendre en question, qui n'était pas au courant du départ précipité d'Estelle et d'Adjutor, et lui expliqua la situation.

– Y est pas question qu'on garde votre père un jour de plus. Cet homme est un étranger pour nous.

– Venez, le beau-père, dit Camille.

Le gendre amena le vieux chez lui.

* * *

Camille et Anna, un couple sans enfants, étaient gâtés par la vie. Ils avaient de l'argent, une auto, des manteaux de fourrure, un beau mobilier et ils sortaient quand ça leur plaisait. Anna était d'une propreté extrême. Son père était un vieillard aux cheveux blancs, aux joues creusées et aux yeux enfoncés. Il fumait la pipe, son seul passe-temps. Il échappait son tabac par terre, crachait sur lui. Il fallait le laver, le raser, lui apporter ses repas. Tous ces soins obligés montraient bien l'usure du vieillard. C'était Anna qui le changeait de vêtements. À cause de tous ces sacrifices, Anna, sa propre fille, ne pouvait garder son père un peu confus. Cette femme n'avait rien fait de remarquable dans sa vie, à part avoir deux chiens qui étaient plus importants que son vieux père.

Une belle journée d'automne, la tante riche se fit conduire à Saint-Côme. Elle raconta à Victorine qu'Adjutor et Estelle refusaient de reprendre le vieux.

* * *

Au retour de l'école, Rose entra en coup de vent chez elle. Dans la cuisine, sa grand-tante Anna était assise près de sa mère et toutes deux pleuraient.

Rose, stupéfaite, fit mine de ne rien voir. Elle se retira dans sa chambre et tira la porte sur elle, en prenant soin de laisser une petite ouverture pour découvrir ce qui faisait pleurer les deux femmes.

– Icitte, la maison est déjà pleine à craquer, disait sa mère.

– Vous avez la véranda, rétorqua Anna. Tu pourrais l'installer dedans.

– La véranda est pas isolée. Quand viendront les gros froids, pépère va geler tout rond. Tu sais comme y est frileux ; même dans les grandes chaleurs d'été, y porte une veste de laine.

– Vous pouvez pas réchauffer la pièce en y ajoutant un double de planches ?

– Ça fait des années que je demande à Maxime d'agrandir la maison ; la chambre des gars est pleine pis Rose doit coucher dans la dépense, mais Maxime veut pas. Y dit qu'il surveille les terres à vendre.

– Qu'est-ce qu'on va en faire ? demanda Anna, découragée. On peut toujours pas le laisser à la rue.

Rose sortit de son sac d'école un cahier, un crayon, une efface et les déposa en douceur sur son lit. L'oreille à l'écoute, elle ne perdait pas un mot de l'entretien. Sa grand-tante Anna était venue demander à sa mère de garder son vieux pépère.

– T'as soigné tes beaux-parents, insistait Anna, tu peux aussi soigner ton grand-père.

– Ça va ! Je vais le prendre, dit Victorine. On tâchera de s'arranger.

Victorine, toujours prête à se dévouer, accepta sans rien demander en retour.

– C'est une sage décision, dit Anna, satisfaite.

Rose ne comprenait pas pourquoi son grand-oncle riche et sa grand-tante agissaient de cette façon. Ces gens étaient pourtant du très bon monde.

* * *

Le lendemain, Maxime partit chercher le grand-père, un vieillard désespéré, accablé par un sentiment de rejet. Il avait quatre-vingt-sept ans, était sourd comme un pot et presque aveugle. Il avait perdu ses dents, ses cheveux, sa mémoire, tout, sauf les rides que la première jeunesse n'a pas. Les années couraient et ça le rebutait. Un peu sénile, il demandait une surveillance continuelle.

Victorine céda sa chambre. Comme la pièce faisait dos au poêle, son grand-père ne manquerait pas de chaleur. Maxime et elle coucheraient dans la véranda et, à l'arrivée des gros froids, ils verraient bien ; ils pourraient toujours se servir des peaux de buffle ou encore coucher sur le banc de quêteux.

Dans sa chambre, le vieillard avait un crachoir en tôle, une chaise, une petite table sur laquelle, à l'occasion, on lui apportait son repas, et un pot de chambre sous le bord de son lit. Et comme le vieux était un homme pris dans la foi, Victorine accrocha une branche de rameau bénit au crucifix.

Ça faisait pitié de voir ce pauvre vieux tout dépaysé. Il marchait les jambes raides et cassantes comme des bâtons. Ses yeux, autrefois clairs et vifs, pleuraient sans larmes, comme un lampion à bout de souffle. Le seul plaisir qui lui restait était de fendre du bois.

Chaque fois qu'il sortait de la maison, Victorine le surveillait de la cuisine. Elle craignait qu'il ne se coupe les doigts; il voyait si peu. Il devait y mettre toute son énergie parce qu'après deux ou trois bûches, il s'arrêtait, épuisé.

Il réclamait sans cesse Anna.

– Moé, pépère, c'est pas Anna, c'est Victorine, votre petite-fille. Venez manger. Vous êtes en retard, pépère; y est passé midi.

– Non!

Le vieil homme connaissait l'heure exacte juste par l'ombre des piquets de clôture.

– On est à l'heure avancée, pépère; l'heure change au printemps.

Le vieux pépère barbu se fâchait; il aurait voulu que rien ne change, que tout reste comme dans son temps.

Rose aidait sa mère à prendre soin de son bisaïeul. Souvent, c'était elle qui allait l'avertir quand le repas était prêt. Il ne répondait pas, mais peu de temps après, sa porte s'ouvrait.

* * *

Un jour, alors que sa mère était au jardin, Rose jeta un regard indiscret dans la chambre du vieux. Elle colla son œil droit à un trou qui, en somme, était un nœud manquant dans une planche de la cloison. Le vieux était à genoux, les coudes sur son lit, les mains sur son front et un chapelet se balançait devant son nez, tel un balancier d'horloge. Ses lèvres bougeaient. Il devait réciter des *Ave*.

* * *

Quelques jours plus tard, l'oncle Camille, pris de remords, vint trouver Maxime et lui dit :

– C'est pas à vous que revient la tâche de garder le vieux. Je vais envoyer une lettre à chacun de ses enfants, où je leur expliquerai ce qui est arrivé. Nous allons verser chacun quatre dollars par mois.

Le vieux semblait dormir sur sa berçante. Il entrouvrit les yeux et murmura :

– Y est-y parti, lui ?

– Non, répondit Victorine, mononcle Camille est encore icitte.

– Allez-vous-en, dit le vieillard sur le ton de quelqu'un qui se parle à lui-même.

Le vieux referma les yeux. Peut-être en voulait-il à son gendre de s'être débarrassé de lui.

* * *

Deux semaines plus tard, Maxime reçut une lettre de l'oncle riche qui disait : « Ils sont cinq et, sur ce nombre, trois ont répondu que ça ne les concernait pas. » Selon eux, Adjutor avait hérité de tous les biens du grand-père et c'était à lui seul de subvenir à ses besoins jusqu'à sa mort.

Maxime reçut donc huit dollars par mois. Victorine, rien.

* * *

Les premiers froids arrivés, Victorine traîna sa paillasse de la véranda sur le banc de quêteux.

Malgré la captivité que subissait toute la famille, Rose était heureuse.

– M'man, pépère, y sait pas lire ? dit-elle.

– Non !

– Ni écrire ?

– Encore moins.

– Y sait ben rien faire !

– Y sait manier la hache. Regarde-le fendre le bois ; y se blesse jamais, pourtant, y est presque aveugle.

En effet, sa grande main veineuse savait encore manier l'outil redoutable, comme si la hache était le prolongement de son bras.

Chapitre 9

L'été suivant amena beaucoup de changements dans le Sixième Rang.

Géraldine entra en coup de vent chez les Beauséjour.

– On déménage! s'écria l'adolescente, tout excitée.

Rose, muette comme si on lui avait coupé la langue, prit place derrière la table, la mine renfrognée.

– Viens t'asseoir, Géraldine, dit Victorine, pis raconte-moé ce qui vous arrive.

– P'pa dit qu'y a assez de ses chantiers pour faire vivre la famille. On va aller rester au village.

– Qui va prendre la relève sur sa ferme?

– Pépère Mireault. Lui, y veut pas partir; y dit qu'y va mourir là. Pis c'est pas toute: les Rivest aussi parlent d'aller rester au village.

– Je vais perdre toutes mes amies, bafouilla Rose au bord des larmes. Y va rester rien que des vieux pépères pis des bébés dans notre rang.

* * *

Géraldine avait dit vrai. Les Mireault partirent demeurer au village et, quelques semaines plus tard, ce fut au tour des Rivest de les suivre.

Il ne restait plus dans le rang que trois enfants d'âge scolaire, trois Beauséjour. Les commissaires décidèrent de ne pas payer d'enseignante. Pour cette raison, encore une fois, la petite école du Grand Belœil resta fermée.

Condamnée à la maison, Rose s'ennuyait à mort de ses meilleures amies.

* * *

Le même été, après le départ des Mireault, Maxime décida de partir lui aussi. Il tenait à ce que ses enfants soient scolarisés et, en plus, il n'avait jamais aimé cette ferme vallonnée qu'il exploitait depuis quinze ans.

Maxime acheta une grande ferme dans le Dixième Rang, qu'on nommait le rang des Venne.

Rose jubilait.

Au mois d'août, sa famille prendrait possession des lieux.

Rose était contente de quitter le Grand Belœil, même si elle y était née. Il manquait de vie dans ce rang depuis que les familles Mireault et Rivest n'étaient plus là.

* * *

Le jour du déménagement, chacun apporta son aide. Pour le mobilier, ce ne fut pas très compliqué ; une charrette suffit, les Beauséjour n'avaient à peu près rien. Le pire, c'étaient les animaux : les vaches, les cochons, les veaux, quelques moutons et des poules.

Après la traite du matin, les garçons partirent, Louis à pied avec un bâton à la main et Jacob à cheval. Ils accompagnèrent le troupeau sur le long chemin. Ce ne fut pas une besogne facile ; il n'y a rien de plus lent et stupide que des vaches. Elles étaient toujours rendues là où il ne fallait pas et elles prenaient le chemin au complet. Des promeneurs qui venaient tranquillement dans leur petite voiture de famille devaient s'arrêter et patienter jusqu'à ce que fût passé le troupeau. Tout au long du trajet, avertis par leurs chiens, des curieux sortaient de leur maison et se plantaient sur le bord du chemin afin d'observer la bande d'animaux indisciplinés.

Pendant ce temps, à la maison, Maxime enlevait le siège arrière de la voiture afin de libérer le plus d'espace possible pour les petits effets. Il prit ensuite le vieux pépère dans ses bras et l'assit dans la charrette.

– Où cé que tu m'amènes ? demanda le vieux.

– On déménage, pépère.

– Oublie pas ma pipe.

Le vieillard était assis sur le siège avant, entre Maxime et Victorine. C'était un vieux qui crachait sans cesse. Le vent portait du côté de Maxime qui recevait les crachats, ce qui faisait rire Victorine, ricaneuse comme tout.

Maxime disait au vieux :

– Arrêtez de cracher.

Le vieux, qui était sourd comme un pot, comprenait : « On est arrivés. » Il cherchait à se lever et Victorine devait sans cesse le retenir.

Enfin, rendue à destination, Victorine pensait trouver la maison vide, mais non. Les frères Marion, accompagnés d'un ami qui se nommait Jules, étaient en train de vider les lieux.

En voyant les Beauséjour arriver, les trois garçons vinrent vers eux pour les aider à transporter le vieux pépère, mais Victorine leur dit:

– Apportez d'abord la boîte qui se trouve sous le siège de la voiture.

Rose se pressa de l'apporter avant qu'un garçon s'en empare. Elle contenait le pot de chambre et elle ne voulait pas qu'on le sache.

Le plus beau des garçons, Jules, rejoignit Rose et lui prit la boîte des mains tout en s'informant:

– Êtes-vous la sœur de Jacob?

– Oui, dit-elle, mal à l'aise.

– Moé, c'est Jules.

– Pis moé, Rose.

Rose n'avait pas l'habitude d'être gênée, mais cette fois, elle le fut. Pas seulement à cause du pot de chambre, mais plutôt parce qu'elle était mal habillée. Par une chaleur écrasante, elle portait des bas de laine et des bottines de garçon lacées munies d'œillets recouverts de petits crochets. Pour comble, elle virait ses chaussures par en dedans et marchait sur l'empeigne. Imaginez le portrait: Rose était grande, très mal vêtue et, en plus, elle commençait à avoir des rondeurs. En ces temps reculés, les adolescentes avaient honte de leur poitrine, qui ne devait pas paraître. Mais comme les seins se formaient sans leur consentement, les filles s'écrasaient le buste dans des corsages très ajustés et sous des robes amples.

Pour la première fois, Rose se crut une grande fille, vu que les garçons s'intéressaient à elle.

– Y a-t-y des filles dans ce rang? demanda Rose à Jules.

– Si y a des filles? À toutes les portes, des filles pis des garçons.

* * *

Dans le rang des Venne, une vie intéressante commençait pour Rose. Tout d'abord parce que ce rang, situé à deux milles du village, comptait beaucoup de garçons et de filles de son âge et que, dans cette grande maison, elle aurait une vraie chambre à coucher.

La terre, de double largeur, en valait deux. La maison blanche, percée de plusieurs fenêtres et ceinturée d'une large galerie sans garde-fou, était assise sur le haut d'une côte comme celle du Grand Belœil, mais beaucoup plus grande et un peu plus éloignée de la route. De la maison partait une corde à linge qui allait se perdre dans le pré.

À l'arrière, attenante à la maison, se trouvait une petite laiterie dont le plancher en ciment maintenait la pièce fraîche. On y conserverait la nourriture: le saloir et les conserves. Quelle commodité que cette réserve, un vrai magasin! Au bout de la laiterie se trouvaient un beau petit hangar à bois et une remise pour les voitures. Écurie, grange, bergerie, soue à cochons, rien ne manquait.

Rose, curieuse de se choisir une chambre, avait hâte de visiter l'intérieur de cette grande maison.

Dans la cuisine, ils avaient l'eau, non pas à la pompe, mais au robinet. Quelle merveille! Le rez-de-chaussée comprenait une immense cuisine bien éclairée avec une dépense, une salle à manger double, un grand salon et une chambre. Toutes les commodités, sauf une toilette à eau.

Rose monta au deuxième, sa main glissant sur la rampe à barreaux travaillés au tour à bois. L'étage comptait quatre chambres à coucher. Celle du côté nord cachait dans sa penderie une petite échelle fixée au mur. Rose gravit cinq barreaux, souleva une trappe d'environ deux pieds sur trois et étira le cou vers un endroit sombre et mystérieux. Des solives rayaient le plafond juste assez haut pour lui permettre de marcher debout. La poussière la fit éternuer deux fois, coup sur coup. Rose franchit deux autres barreaux, puis trois, et fut surprise de voir un bon plancher en bois brut.

« Un grenier ! Chez nous, on n'a jamais eu ça. »

Avant de s'y aventurer, Rose promena un regard intéressé autour de la grande pièce. Le soleil traversait chichement une petite fenêtre et dessinait un carré pâlot sur le plancher.

Rose, sentant une envie folle de découvrir des babioles, escalada les derniers degrés. Elle n'avait pas trop de ses deux yeux pour englober tous les trésors qui s'y trouvaient : une boîte de livres, des marionnettes, des poupées en carton à découper. Rose, comme plongée dans un monde fantastique, ne s'apercevait pas qu'elle souriait. Tout au fond, sous les chevrons, elle aperçut un vieux chiffonnier à une porte qu'elle ouvrit. Elle en retira deux bouteilles qui contenaient un liquide sirupeux. Était-ce du vin ? de la mélasse ? Elle n'arrivait pas à dévisser le bouchon. Après maints efforts, il céda et Rose sentit le contenu, y trempa un doigt prudent et le lécha.

« Oh ! Du sirop d'érable ! Une petite gorgée », se dit-elle en buvant directement au goulot sans se demander depuis combien de temps il était là. « Je vais garder le reste pour moé toute seule. »

Elle reboucha le flacon et replaça la bouteille dans le petit meuble.

Tout en se grisant de découvertes exaltantes, Rose se demandait si les Marion avaient oublié de vider les lieux ou si ces choses avaient été abandonnées là volontairement.

Sur le mur d'en face se trouvait un berceau où reposait une poupée de chiffon. Rose n'avait plus l'âge des poupées, mais celle-ci, une fois rafraîchie, pourrait décorer le lit dans sa nouvelle chambre. Rose se pencha sur l'ouverture et lança la poupée dans la penderie.

Sous la fenêtre, une autre découverte l'attendait : un gros coffre sans serrure aux coins de métal terni. Rose y jeta un œil intéressé. Elle trouva, parmi des boules à mites, un fouillis de vieilleries, de linge jauni, de dentelles flétries à l'odeur de naphtaline qui la fit reculer, toutes des petites choses témoins d'une époque révolue. Elle referma le couvercle et s'intéressa à un autre meuble. « Oh ! Un moulin à coudre ! C'est pas vrai ! »

Rose ressentit un grand bonheur auquel elle ne s'attendait pas. Comme elle allait pouvoir s'amuser avec cet engin !

C'était une machine à coudre à pédalier surmontée d'un grand couvercle de bois, bombé sur le dessus. En le soulevant, Rose comprit qu'elle pouvait l'enlever complètement. Elle passa la main pour enlever la poussière et vérifia la solidité du couvercle. Elle le renversa sur le côté et le déposa au sol pour s'en servir comme siège. De chaque côté du meuble étaient suspendus deux petits tiroirs qu'elle ouvrit. Ils contenaient des ciseaux, un pied-de-biche, des bobines de fil, des aiguilles, des épingles, des boutons de toutes les couleurs, deux rouleaux de fil noir, deux de fil blanc et une petite bouteille d'huile à machine à coudre.

En bas, sa mère l'appela ; elle ne pouvait pas supporter de savoir sa fille dans une autre pièce. Rose n'entendit rien ; dans l'espèce d'extase qui l'absorbait totalement, elle n'avait plus aucune conscience de la réalité.

Elle s'assit, comme une vraie couturière, et appuya le pied sur le pédalier, mais malheureusement, la courroie étant sortie de la gorge de la poulie, la roue tournait librement sur son axe. Après maints essais, Rose réussit à l'aide de son doigt à replacer la lanière dans la gorge.

Et Rose pédala, pédala, et se dépensa en pure perte, elle qui n'avait jamais pu s'amuser, bouger. Tout en pédalant à son aise, elle pensait : « C'est un joli coin pour rêver et être seule. »

* * *

Pendant qu'en haut Rose prenait possession des lieux, en bas, sa mère courait à gauche et à droite ; elle devait monter les lits avant la nuit, laver la vaisselle et la ranger dans les armoires. Mais où donc était Rose ? Elle appela.

– Rose ! Rose !

Le son parvenait difficilement à monter au troisième, jusqu'aux oreilles de l'adolescente prise par ses découvertes. Le simple plaisir de pédaler l'occupait tout entière.

– Rose ! reprit sa mère, une octave plus haut. T'es où ?

– En haut.

– Descends de là.

– Oui, oui, j'arrive.

Avant de descendre, Rose promena autour d'elle un regard de maître, puis elle descendit à la cuisine en traînant les pieds.

– Veux-tu ben me dire où t'étais passée ?
– En haut, dit Rose d'un ton maussade. J'ai jamais le droit de m'amuser.
– Qu'est-ce que tu fabriquais en haut ?
– Rien ! Je me promenais d'une pièce à l'autre pour me choisir une chambre.
Rose ajouta plus bas :
– Des fois, j'aime ça avoir la paix.
– Je te répète autant comme autant de rester avec moé. Essaie de trouver dans quelle boîte se trouve le linge de lit.
– C'est-y si pressant ?

* * *

Rose croyait son père millionnaire avec ses deux terres, sans compter celle du Sixième Rang qu'il négligeait. Entre-temps, il avait aussi hérité de la petite ferme de l'oncle Hormidas. Maxime en parlait peu ; celle-là, il la nommait sa terre de Caïn parce qu'il n'y poussait presque rien.

Rose se plaisait dans son nouvel environnement ; d'abord parce que cette maison était spacieuse, qu'elle possédait un grenier où se distraire, et aussi parce que ce rang de campagne comptait beaucoup de familles nombreuses. Des jeunes gens s'étaient liés d'amitié avec ses frères et ils venaient régulièrement chez elle.

* * *

Un soir, il devait être sept heures quand Rose aperçut une dizaine de filles et de garçons à pied sur le chemin avec guitares et accordéons à bretelles. Ils venaient chez elle à coup sûr. Rose ressentit une joie profonde ; elle allait pouvoir danser des sets carrés au son du violon, elle qui n'avait jamais eu le droit de courir ni de sauter. Elle qui, depuis son enfance, ne connaissait que les gestes exigés par le travail.

Sa mère s'approcha et chuchota pour ne pas être entendue des garçons :

– As-tu mis ton corset ?

– Oui, mentit Rose en évitant son regard.

Le corset était une gaine baleinée et lacée qui enserrait la taille. Les tiges de métal, malgré le tissu résistant, pénétraient dans la peau et faisaient souffrir Rose.

La jeune fille refusait de porter ce vêtement de torture qui tenait les femmes raides comme des manches à balai.

Sa mère, bourrée de scrupules, craignait qu'en posant les mains sur les hanches de Rose, les garçons sentent sa chair tendre à travers le tissu de sa robe.

Rose saupoudra le plancher d'acide borique pour le rendre glissant.

Les couples tournaient et s'étourdissaient au son plaintif de l'accordéon.

Rose était au septième ciel. Elle laissait son corps s'exprimer en mouvements rythmés agréables et son cœur participait à sa joie de s'étourdir. Danser était pour elle un plaisir jusque-là inconnu. La figure toute rouge, elle tournait et tournait, riait et riait, emportée par la féerie du moment, dépeignée, mais si belle.

La soirée se passa à danser sous la surveillance des parents. Quand les violons se taisaient, les chansonnettes prenaient la relève et divertissaient du plus âgé au plus jeune.

Maxime jeta un regard sur la corniche de l'horloge où les aiguilles marquaient dix heures. Il laissa tomber les bretelles de son pantalon sur ses hanches et remonta l'horloge, une tactique courante pour sonner le départ. L'homme n'avait pas besoin de parler, les jeunes comprenaient et d'un coup la maison se vidait.

Rose, épuisée d'avoir dansé, monta à sa chambre, se glissa sous ses couvertures où elle pouvait repenser tout à son aise aux garçons qui n'avaient d'yeux que pour elle. « La chance me sourit, se dit-elle. Dimanche, quand je vais raconter ça à Géraldine, elle le croira pas. »

* * *

Cette année-là, le troupeau de Maxime augmenta jusqu'à vingt-deux vaches à lait qu'il fallait traire à la main, soir et matin, du printemps jusqu'aux fêtes. Chacune donnait une pleine chaudière de trente livres de lait, et ce, à chaque traite.

Maxime devait écrémer le lait avec un petit centrifugeur qu'il tournait à la main pendant une demi-heure ou même plus. C'était toujours lui ou Victorine qui accomplissaient cette tâche monotone.

Au début de l'été suivant, pendant une journée complète, Rose aida son père à semer les pommes de terre. Maxime passait le premier et, à l'aide d'une pioche, il creusait des petites fosses à tous les dix-huit pouces. Derrière lui, Rose, avec son grand chapeau de paille attaché sous le menton, traînait péniblement une chaudière remplie de quartiers germés et elle en déposait un dans chaque sillon. Au souper, elle laissa échapper un long soupir.

– J'ai mal aux reins à force de me pencher pis de me relever.

Son père riposta :

– Quand on est capable de danser, on est capable de travailler.

– Je travaille aussi, ajouta Rose, le visage fermé. Je vous aide au train, je sarcle le jardin, j'aide à tondre les moutons, j'aide aussi aux repas. Qu'est-ce que vous voulez de plus ? La cuisine, l'étable, les champs ; ça lâche pas.

Son père n'ajouta rien. Victorine, elle, retint un sourire. Rose s'affirmait.

Ce fut pendant cette période que le père de Rose amassa sa fortune. Victorine, habituée de ne pas dépenser un sou pour la maison, vivait toujours comme une pauvresse.

* * *

Le temps passait et Rose portait toujours les mêmes bottines laides de ses grands frères, des bottines à larges semelles qu'elle détestait. Elle ne demandait jamais rien à son père ; ç'aurait été pour rien. Elle intervint auprès de sa mère.

– M'man, j'ai besoin de chaussures ; les miennes sont finies. J'en ai honte.

Victorine se tourna vers son mari.

– T'entends ça, Maxime ?

Victorine agissait comme intermédiaire, mais elle non plus n'obtenait rien. Son mari avait toujours la même réponse en bouche :

– On a pas d'argent.

– Vous êtes payé pour garder pépère, dit Rose, c'est m'man pis moé qui s'occupent de lui pis c'est vous qui empochez. Dans ce temps-là, moé, chus habillée en guenilles.

Victorine ne s'attendait pas à une telle réaction de la part de Rose, douce comme tout ; l'élastique devait être étiré au maximum.

–Les filles Mireault sont mieux chaussées que moé, insista Rose. Pourtant, dans cette maison, y sont neuf filles pis dix garçons.

– Comme jobbeur de chantiers, Mireault gagne plus d'argent que moé, rétorqua son père, le visage fermé.

– Pis l'argent du lait, des œufs, des veaux pis de la vente de la laine, y passe où ?

Maxime ne répondit pas. Rose insista :

– Si vous avez pas les moyens de m'habiller, je vais rester icitte, j'irai pus à la messe.

Maxime, sourd à ses protestations, mâchouillait sa pipe comme chaque fois qu'il était contrarié.

Rose, insatisfaite, dut se résigner ; elle ne gagnait jamais rien à argumenter, mais le mécontentement se lisait sur ses traits.

Elle prit le couteau à pain et coupa l'empeigne de ses chaussures de gars pour qu'elles ressemblent à des souliers. Elle les enduisit ensuite d'un peu de noir à chaussures et voilà ! Elle se sentit un peu plus à l'aise.

Sa mère riait de voir Rose si ingénieuse, mais son père ne la trouvait pas drôle.

* * *

À chaque déception, Rose montait au grenier s'évader dans son petit monde. Ce ne fut pas long qu'elle en eut assez de pédaler pour rien. Elle apprit par elle-même à enfiler l'aiguille ; elle devait être habile pour réussir sans y avoir été initiée. Elle confectionna une robe de poupée dans de vieux vêtements usés. Même si elle n'avait plus l'âge de ces jeux, la couture la passionnait et monter au grenier était sa plus belle récompense. Elle fouilla dans le coffre et en retira une vieille chemise. À genoux sur le plancher, elle taillait les meilleurs morceaux et conservait le reste en vue d'un coussin ou d'un bonnet. Malheureusement, sitôt qu'elle avait le pied sur le pédalier, sa mère l'appelait ; elle devait entendre le bruit métallique de la machine.

– Rose, viens m'aider à la vaisselle.

Chapitre 10

Il faisait nuit noire dans la maison quand Victorine entendit du bruit. Croyant à l'arrivée d'un mendiant, elle se leva en douceur et alluma la lampe à huile. Son vieux pépère était debout en combinaison, la tête pendante, les lèvres cireuses, les mains appuyées sur sa canne. Victorine se demanda où il allait en pleine nuit. Elle se plaça en retrait pour le surveiller à son insu. Le pauvre homme ressemblait à un squelette qui se lève sous une secousse volcanique. Soudain, il se mit à chanceler comme un ivrogne. Victorine n'eut pas le temps de le prendre dans ses bras ; le vieux s'affaissa inconscient sur le plancher et ne bougea plus.

– Maxime, viens vite ! s'écria Victorine.

* * *

Ça bougeait en bas ; des portes s'ouvraient et se refermaient. Rose se leva en douceur et descendit sur la pointe des pieds. Elle s'arrêta à la porte de la chambre de son arrière-grand-père et vit le médecin placer un petit miroir devant la bouche du vieux pour voir s'il respirait encore.

Il fit signe à Maxime d'arrêter l'horloge. Il était quatre heures vingt.

– Le pauvre homme a fini sa misère, dit le médecin. Je vais avertir le curé pour qu'il lui administre les derniers sacrements.

Rose remonta en vitesse avant d'être surprise à écornifler.

À huit heures, elle enfila ses souliers et redescendit à la cuisine.

– M'man, qu'est-ce qui vous fait pleurer?

– C'est pépère qu'est rendu au boutte de son âge.

Rose se demandait bien pourquoi sa mère pleurait; le vieux n'avait apporté que des problèmes dans la maison. Elle devait l'aimer parce que, malgré tout le dérangement et le surplus de travail que son grand-père lui avait imposés, sa mère ne s'était jamais plainte.

– Tu vas devoir m'aider, tantôt. Le croque-mort, monsieur le curé pis toute la famille de pépère vont s'amener.

– Qu'est-ce que vous voulez que je fasse?

– Va réveiller tes frères et sers-leur à déjeuner. Ensuite, tu débarrasseras la table pis tu balaieras la place. Au fait, tu diras à Michel de vider le pot de chambre de pépère avant l'arrivée du curé.

– Pis vous, m'man, avez-vous mangé?

– J'ai pas le temps, je dois faire la toilette du mort pis changer le lit. Je dois aussi libérer un coin du salon pour exposer la dépouille.

Victorine, partagée entre son mort et ses vivants, courait d'une pièce à l'autre.

Maxime et Jacob installèrent dans le salon deux chevalets et y déposèrent des planches que Victorine recouvrit d'un drap blanc. On y cxposa la dépouille qu'on recouvrit d'un autre drap, qu'on replia pour laisser la figure à découvert. Victorine alluma deux cierges et, à toutes les heures, on récitait un chapelet.

* * *

Le premier soir, la maison était remplie. Les proches voisins avaient apporté des chaises. Pendant que les adultes récitaient chapelet sur chapelet, les jeunes se retrouvèrent assis dans l'escalier à se raconter des histoires et à étouffer des rires dans leurs mains. Maxime leur fit signe, à quelques reprises, de baisser le ton par respect pour les proches du défunt, pour finalement les chasser à la cuisine d'été où il fit une bonne attisée. Il quitta la pièce en recommandant à Jacob d'entretenir le feu et de garder la porte fermée. Peu de temps après, une douzaine de jeunes garçons et filles parlaient à tue-tête et riaient. On les entendait du salon. Victorine fit signe à Maxime de la suivre à la cuisine où elle lui murmura :

– Les jeunes font la fête dans le bas-côté, c'est scandaleux ! Les gens vont jaser.

– Les gens ! Tu veux dire la parenté ? Eux, quand est-ce qu'ils se sont occupés de leur vieux père ?

– Voyons, Maxime, c'est pas convenable de faire la fête quand pépère est sur les planches.

– C'est pas seulement les nôtres. Fais la sourde. Après toute, y font rien de mal.

* * *

Le troisième jour, les routes étaient presque impraticables ; un mélange de neige et de boue les recouvrait. La famille de Maxime suivait le fourgon mortuaire qui bringuebalait sur le chemin défait. Victorine, la figure triste, émettait des petits cris effrayés à chaque cahot de la route. Finalement, un peu avant d'arriver au village, le corbillard perdit une roue. Le convoi funèbre s'arrêta. Maxime, aidé de ses cousins, installa la dépouille sur un grand sleigh qui servait à charroyer le fumier.

– J'espère que pépère aura pas autant de difficulté à se rendre au ciel, dit Rose.

Victorine pleurait. Rose, elle, était soulagée. Assez, c'était assez.

* * *

Pour avoir gardé le vieux pendant presque trois ans, Maxime s'était enrichi de deux cent quarante dollars, une somme ridicule.

Le grand-père parti, Rose pourrait désormais passer plus de temps au grenier. Quel plaisir elle éprouvait à se retrouver dans cette pièce !

Un matin, elle trouva une poche de sucre vide dans la dépense. Elle décida de confectionner un rideau pour la petite fenêtre de la laiterie. Elle plia la pièce, la cacha sous sa jupe pour la dissimuler aux yeux de sa mère et grimpa au grenier. Elle n'avait pas sitôt mis le pied sur le pédalier qu'en bas sa mère appelait :

– Rose !

– J'arrive, m'man.

« Y a jamais moyen d'avoir la paix dans cette maison, se dit-elle. Je dois toujours coudre à la sauvette. »

Malheureusement, à l'été, la chaleur suffocante du grenier et les travaux de la ferme empêchèrent Rose de s'adonner à la couture.

Chapitre 11

Au mois d'août, un des fils Martineau, qui demeurait aussi dans le Dixième Rang, convia les Beauséjour à son souper de noce et il invita les jeunes à se joindre aux mariés pour la soirée seulement.

Rose, remplie d'espoir, se tourna vers sa mère.

– Je vais-tu pouvoir y aller, m'man?

Victorine acquiesça. Rose, enchantée, n'en croyait pas ses oreilles; elle n'avait jamais assisté à une noce.

* * *

Les parents partirent plus tôt. Ils laissèrent la besogne des vaches et des cochons aux soins de Rose et des garçons.

Victorine était une dévote, tourmentée de scrupules. Elle ne laissait jamais Rose seule avec ses frères. Cette fois, pourtant, elle le fit.

Après avoir terminé sa besogne, Rose dit à ses frères:

– Je vais aller me préparer.

Elle rentra à la maison et monta un bol d'eau à sa chambre. Elle prit soin de verrouiller sa porte munie d'un simple crochet. Comme elle achevait de se dévêtir, elle entendit des pas dans le passage qui menait aux chambres, puis un bruit à sa porte. Louis l'avait suivie et, sans dire un mot, il essayait d'entrer en secouant la clenche. Rose s'approcha et se cacha derrière la porte que son frère forçait. Il réussit à faire sauter le crochet. Rose lui demanda :

–Qu'est-ce que tu veux ?

En apercevant Louis presque nu, elle devina tout de suite ses intentions un peu perverses. Elle poussa la porte sur lui, mais Louis était plus fort qu'elle.

– Laisse-moé entrer, dit-il, je te ferai pas mal. Je veux seulement te regarder.

– Non ! Fiche-moé la paix.

Rose, tremblante de peur, devait pousser la porte et, en même temps, retenir sa serviette qui cherchait à descendre. À force de ténacité, elle réussit à repousser son frère en le frappant avec la porte, mais il persistait toujours à vouloir entrer. Alors, elle se mit à pleurer et à crier de toutes ses forces. À ce moment, Jacob rentrait de l'étable, suivi de Michel. Ils montèrent l'escalier en courant.

– Qu'est-ce qui se passe ? demanda Jacob.

En voyant Louis en petite tenue, il comprit.

– C'est Louis qui veut entrer dans ma chambre ! s'écria Rose dans un état d'extrême nervosité.

– Sors d'icitte, dit Jacob, furieux. Tu devrais avoir honte.

Louis tenta de se blanchir aux yeux de ses frères.

– J'ai rien fait, dit-il, embarrassé. Je voulais seulement la regarder. C'est pas un crime.

– Décampe d'icitte, insista Jacob.

– Je vais le dire à m'man, le menaça Rose en pleurant.

– Fais pas ça, Rose, dit Louis. Excuse-moé. Je voulais pas t'effaroucher. Je te jure de pus jamais recommencer.

Louis n'était pas méchant. Il reconnut qu'il avait poussé un peu trop loin son désir d'en apprendre un peu plus sur l'anatomie des filles.

* * *

Rose n'oublia jamais ce moment crucial de sa vie. Elle n'en parla à personne, même pas à sa mère, mais elle craignit toujours Louis, malgré la promesse qu'il lui avait faite de ne plus jamais recommencer.

* * *

Après toutes ces émotions, Rose et ses frères partirent pour la noce. Rose avait encore les yeux rouges d'avoir pleuré.

Même si août tirait à sa fin, il faisait une chaleur torride et Rose portait une jupe grise en lainage, un chemisier rose et toujours ses souliers de garçon. Sa jupe était plissée et elle trouvait qu'elle avait l'air d'être enceinte.

Malgré son piètre accoutrement, chose incroyable, Rose dansa son premier set carré avec le marié. En tournant, il devait parler très fort; la musique enterrait les voix.

– As-tu un petit ami?

– Non, répondit Rose, tout sourire.

– Les gars de Saint-Côme sont-y aveugles pour pas voir les belles filles de la place?

– Chus encore jeune. M'man dit que j'ai ben le temps.

Ensuite, Rose réussit à danser toute la soirée avec les jeunes du rang.

La jeune fille dansait, sans arrière-pensée aucune, sans sensualité. Elle laissait son corps s'exprimer en mouvements agréables et son cœur participait à sa joie de s'étourdir jusqu'à s'épuiser.

* * *

Rose aimait danser, rire, chanter, se faire des amis. Et si elle plaisait aux garçons, elle en attribuait la raison à sa bonne humeur et peu à son apparence, même si sa tante Blanche lui disait qu'elle était jolie.

* * *

Rose était heureuse, sauf qu'elle aurait aimé avoir une sœur pour partager sa chambre. « Si Élisa était là, nous dormirions dans le même lit, se dit-elle, et elle serait une protection pour moé. » Rose craignait toujours la venue de Louis, même si celui-ci regrettait sa bêtise. Il faisait tout pour se faire pardonner sa gaffe, il se montrait gentil à son endroit et, lors des discussions, il lui demandait son avis et se rangeait toujours de son côté.

Dans ces années-là, les gens vivaient comme des Indiens. Dans les maisons, il n'y avait aucune commodité. Comme les gens du rang, les Beauséjour n'avaient pas de toilettes ; une chaudière servait de vase de nuit pour les petits besoins. Mais Rose préférait se rendre aux bécosses au bout du champ ; ainsi, sa mère, si scrupuleuse, ne pouvait pas surveiller ses jours de menstruations qui étaient une honte pour l'adolescente. Elle suivait l'étroit sentier où le piétinement entretenait l'herbe rase. Les nuits de grande noirceur, elle voyait des fantômes, des ours, des loups et des renards imaginaires. On disait que la grande piste à côté du chemin était celle des sauvages. Et même si Rose ne croyait plus aux sauvages, sa peur du noir persistait.

* * *

Rose passait tout de même une jeunesse heureuse. Elle se trouvait bien chez ses parents. En plus du travail à l'étable, elle aidait dans la maison. Elle s'entendait bien avec sa mère. Elles travaillaient ensemble, et celle-ci était toujours satisfaite de son ouvrage. Avec elle, Rose apprenait à cuisiner, à entretenir une maison, à filer le lin, mais il n'y avait jamais de confidences entre elle et sa mère.

Malgré l'aide qu'elle apportait à ses parents, sa mère ne lui laissait aucune liberté ni ne lui accordait aucune permission. Si Rose insistait, elle disait chaque fois : « Tu demanderas à ton père. » Ce qui voulait dire non. Les garçons, eux, allaient où ils voulaient et quand ils le voulaient.

Chapitre 12

L'hiver suivant, Michel commença à aller coucher chez une dame Gariépy dont le mari était aux chantiers. La femme craignait de rester seule avec ses jeunes enfants.

Une nuit, alors qu'il couchait chez madame Gariépy, Michel urina au lit et, comme il se couchait tout habillé, son pantalon était mouillé. Le matin, la gêne l'empêcha de se présenter au déjeuner. Il fila directement à l'école, par un froid extrême, sans changer de vêtements. Il marcha un mille et demi les culottes raidies par le gel, les jambes écartées. Le pauvre garçon eut tellement froid qu'il se gela un testicule.

Tout l'avant-midi, Michel souffrit en silence. Mais après le dîner, n'en pouvant plus de supporter son mal, il déserta l'école et revint chez lui en pleurant.

Le lendemain, chez les Beauséjour, un mystère planait dans l'air. Michel ne pouvait se rendre à l'école. Ses frères lui demandèrent ce qui se passait, mais Michel ne répondit pas.

– M'man, pourquoi Michel va pas à l'école ? demanda Rose.

– Ton frère est malade.

– Qu'est-ce qu'y a ?

Encore une fois, les questions restaient sans réponses.

Rose savait qu'elle ne devait pas insister. Quand sa mère ne répondait pas, ses cachotteries avaient toujours un lien avec la sexualité.

Le même jour, ses parents conduisirent Michel chez le médecin à Sainte-Émélie.

– Il faut opérer d'urgence.

L'opération se déroula dans la maison de l'oncle Liguori. Le médecin fit allonger Michel sur la table de cuisine, l'endormit et lui enleva un testicule.

Les parents durent rester quelques jours à Sainte-Émélie pour une courte convalescence.

Le premier soir, le père revint seul à la maison.

– Où sont passés m'man pis Michel ? s'informa Rose.

– Y sont restés chez ton oncle Liguori.

– Pour combien de temps ?

– Quelques jours.

– Pis c'est moé qui va m'occuper de faire l'ordinaire ?

– Non, ta mère veut qu'on engage une fille.

– On a pas de place où la coucher.

–Elle ira coucher chez elle chaque soir.

Maxime embaucha la deuxième voisine, la veuve Blouin, pour s'occuper de la maisonnée pendant quelques jours. Rose aurait pu s'en charger, mais sa mère refusait de la laisser seule avec les garçons quand son père s'absenterait.

* * *

Quatre jours plus tard, les parents ramenaient Michel à Saint-Côme. Maxime sauta de la voiture et, avec précaution, il prit son fils dans ses bras, le porta à la maison où il le déposa sur le banc de quêteux. Michel dut rester en convalescence pendant un mois.

Rose et ses frères furent tenus à l'écart de ce secret. Ces choses-là ne se disaient pas. Même les adultes n'étaient pas au courant de ce fait ; il ne fallait pas que cette histoire s'ébruite pour ne pas nuire à Michel si un jour il se mariait, puisque, selon le médecin, le garçon ne pourrait jamais avoir d'enfants après une telle opération.

Chapitre 13

Rose avait dix-sept ans quand Fernand Pelletier lui demanda de l'accompagner comme fille d'honneur au mariage de sa sœur, Félonise.

Fernand était beau garçon. Rose le trouva tout de suite à son goût.

– Si m'man me le permet, répondit Rose, convaincue que sa mère refuserait.

* * *

Après mille recommandations, Rose obtint la permission demandée, à la condition d'être accompagnée d'un autre couple pour l'aller et le retour. Sa mère n'en finissait plus de donner ses impressions.

– C'est une marque de distinction que la famille Pelletier t'accorde. Pour ce rôle, on recherche une fille aux mœurs irréprochables.

Rose n'en croyait pas ses oreilles. Elle restait là, figée. « Enfin, une permission ! » se dit-elle.

Sa mère lui expliqua les règles de conduite à adopter pour la circonstance.

– Tu devras accompagner les mariés à l'église, te placer dans le premier banc ; à la maison, te tenir debout près de la mariée et, comme elle, serrer la main de tous les invités. À la table, tu devras t'asseoir près de la mariée et y rester tout le temps du repas.

* * *

Pendant les deux mois qui précédèrent le mariage de Félonise, Fernand fréquenta Rose assidûment. Il était sérieux, il lui répétait qu'il l'aimait et Rose en était flattée. Elle se sentait bien en sa compagnie.

Pour l'événement, Victorine dut supplier Maxime de lui donner de l'argent pour habiller Rose de neuf. Maxime tenait les cordons de la bourse bien serrés. Cette fois, pourtant, il accepta. Victorine acheta une robe bleu ciel, garnie de dentelle beige, un chapeau beige et des souliers de même teinte. Rose se trouvait chic. Le jour du mariage, on ajouterait à sa toilette un bouquet de corsage.

* * *

Le matin du mariage, Rose sortit de chez elle au bras de Fernand.

Maxime et Victorine ressentaient une certaine fierté de voir leur fille si jolie.

La noce commença le jeudi et elle se terminerait le vendredi. Le jour, il y avait les familles proches, mais pour le souper, la parenté éloignée s'amenait : oncles, tantes, cousins, cousines, ainsi que les voisins.

Un oncle arriva de Saint-Ambroise avec deux grands garçons. Fernand fut tout heureux de leur présenter Rose. Le plus âgé la trouva à son goût et la fit danser peut-être un peu trop. Ce n'était pas parce qu'elle était fille d'honneur que Rose allait refuser une danse. Malheureusement, Fernand ne supportait pas de la voir danser dans les bras d'un autre.

Quand Rose partit le lendemain, les mariés lui serrèrent la main. Le père de Fernand, sa mère, l'oncle de Saint-Ambroise ainsi que le galant garçon l'embrassèrent tour à tour. Dans le temps, on avait la permission d'embrasser au jour de l'An, jamais en d'autres occasions. Les noces étaient l'exception à la règle. Et certains s'en donnaient à cœur joie.

La coutume voulait que, le dimanche suivant la noce, les mariés ainsi que le garçon et la fille d'honneur se présentent à l'église avec les mêmes vêtements qu'ils portaient le jour du mariage.

Ce dimanche-là, Rose eut la surprise de voir son amoureux entrer à l'église accompagné d'une autre fille. Elle s'assit dans le banc de ses parents. Bien sûr, elle était humiliée, mais comme elle n'était pas une fille à se pendre au cou des garçons, elle l'ignora. Chose curieuse, elle ne souffrait pas de le voir en compagnie d'une autre fille. Est-ce qu'elle l'aimait vraiment? Elle remettait ses sentiments en question. Cet amour, si seulement c'était de l'amour, lui suffisait-il? Rose se demanda si elle n'éprouvait pas que de l'amitié pour ce garçon et elle sourit pour elle seule. « S'il s'imagine que je vais le pleurer! »

Le soir, comme Rose s'y attendait, Fernand ne vint pas veiller comme il le faisait chaque dimanche depuis deux mois. Il était fâché contre elle et il allait lui donner une bonne leçon.

* * *

Ce même été, pendant que Fernand boudait Rose, Philippe Doyon, un jeune architecte de Québec, accompagné de son père, arriva à Saint-Côme pour construire un pont.

Dans la place, tout le monde était en admiration devant ce nouveau venu. Quand un étranger arrive dans une petite paroisse, il ne passe pas inaperçu ; il devient le centre d'intérêt et c'est à qui en apprendra le plus à son sujet.

Philippe et son père prirent pension chez les Bordeleau. Âgé de vingt et un ans, Philippe, un garçon de belle prestance, attirait la sympathie des gens, mais leur accueil chaleureux ne lui suffisait pas ; il ne se sentait pas chez lui à Saint-Côme. Habitué de vivre à Québec, une ville en éternel mouvement, le jeune architecte s'ennuyait à mort.

* * *

Le dimanche, à la messe, Philippe Doyon remarqua Rose qui revenait de communier dans ses vêtements neufs. Ses cheveux bouclés dansaient sur ses épaules. Leurs regards se croisèrent l'espace d'un instant, ce qui troubla Philippe. Cette fille avait un je-ne-sais-quoi qui attirait les regards. Était-ce la délicatesse de ses traits, sa peau diaphane ou ses prunelles qui avaient l'éclat de deux saphirs clairs ?

Le lendemain, en s'éveillant, la première pensée de Philippe fut pour cette jeune inconnue qui l'attirait. Cette fille avait tout pour éveiller des sentiments ; elle respirait la jeunesse, l'innocence, la beauté. Pourtant, il hésitait à la fréquenter. Il refusait de s'attacher, ce n'était pas le temps de tomber amoureux, étant donné qu'il demeurerait à Saint-Côme quelques mois seulement. Malgré lui, il sentait le besoin de la revoir, mais chaque fois que Rose s'imposait à son esprit, il s'efforçait de chasser son image qui ne voulait toutefois pas s'en aller.

Finalement, il prit des informations à son sujet et, un soir, il demanda à Jacob Beauséjour de lui présenter sa sœur.

Rose se souvenait de l'avoir remarqué le dimanche précédent, au retour de la communion. Elle avait vu ses yeux bleu foncé s'attarder sur elle alors qu'il descendait l'allée centrale en compagnie de son père. C'était un grand brun bien différent des garçons de la place avec son habit de ville bien coupé et ses souliers à boucles. Mais Rose ne connaissait rien aux grands sentiments ; tout ce qu'elle attendait des garçons était qu'ils la fassent danser.

Comme elle était seule, elle se dit : « Pourquoi dire non à un si beau garçon qui a de bonnes manières et sait s'exprimer ? » Elle accepta.

Philippe vint la voir le dimanche. Assis au salon, devant la mère de Rose qui ne les quittait pas des yeux, il parla de sa famille, de ses études, de sa vie à Québec. Rose ne se lassait pas de l'écouter. Tout l'intéressait. Le temps filait. Quand Philippe se leva, Rose lui dit :

– Vous partez déjà ?

– Dix heures viennent de sonner. Encore un peu et vos parents vont me mettre à la porte. Mais avec votre permission, je reviendrai.

Le jeudi suivant, Rose lavait la vaisselle du souper quand Jacob lui dit :

– V'là ton Philippe.

Rose croyait à une farce : le jeudi n'était pas un soir de fréquentations. Elle étira le cou à la fenêtre et effectivement, l'auto de Philippe montait la côte qui menait à la maison. Rose se pressa d'enlever son tablier et ses grosses bottines de garçon qu'elle laissa tomber près de la porte. La tête ailleurs, probablement toute à son plaisir de revoir le garçon, elle n'entendit pas sa mère lui recommander de se chausser. Elle courut lui ouvrir la porte du salon.

Philippe la regarda de la tête aux pieds. Il la trouvait toute mignonne dans sa robe de coton fleurie qui laissait voir ses longues jambes droites et ses pieds nus.

– J'aime bien vous voir dans votre tenue de semaine.

Philippe aurait voulu toucher Rose, la serrer dans ses bras, l'embrasser même, mais quelque chose le retenait. Était-ce la décence qui lui dictait sa conduite ou peut-être la peur de salir son âme ? La nuit, quand il rêvait à elle, il la voyait plus ange qu'humaine. Et s'il occupait son esprit ailleurs ?

– Le travail n'avance pas vite. Je dois trouver des hommes, mais la plupart font la drave.

– Vous ennuyez-vous toujours autant par icitte ?

– Dès que je passe le seuil de votre porte, oui !

– Parlez-moé de Québec. Qu'est-ce que cette ville a de plus intéressant que Saint-Côme ?

– Tout : mes amis de collège, la musique, le cinéma, l'équitation, le tennis, oui, tout.

– C'est vrai que vous autres, les garçons, vous avez le droit de sortir, tandis que nous, les filles, y faut rester sagement à la maison et balayer la place, comme le dit la chanson.

Rose chuchota, la main devant la bouche :

– Surtout avec une mère sévère comme la mienne.

Et Rose lui offrit son plus beau sourire.

* * *

Philippe revint le samedi soir et, de nouveau, le dimanche. Pour la première fois, Rose sentait battre son cœur.

Autant l'attente était longue pour elle, autant le temps passait vite en présence de Philippe.

* * *

Fernand Pelletier ne lui avait plus donné signe de vie depuis un mois.

Un dimanche, loin de soupçonner ce qui se passerait, Fernand se rendit chez les Beauséjour. Avant d'entrer, il passa une main dans ses cheveux, replaça sa cravate et frappa à la porte du salon sans savoir que Rose avait un nouveau cavalier.

Le beau garçon d'honneur se trouva face à face avec l'architecte Doyon. Rose, satisfaite de lui rendre la monnaie de sa pièce, sourit. Fernand, vexé, tourna aussitôt les talons et repartit plus fâché encore.

– Y en a, du toupet, dit Rose, tout sourire.

* * *

Chaque soir, avant de se retirer, Philippe causait quelques minutes avec le père de Rose. Il se renseignait sur les travaux de sa ferme.

Un soir, Philippe amena son père veiller avec lui chez les Beauséjour. L'homme passa la soirée à la cuisine.

Et Rose s'attachait, un peu, beaucoup, jusqu'à craindre de voir approcher la fin des travaux. Arrivé à Saint-Côme au mois de juillet, le jeune architecte devait terminer le pont au mois de novembre. Rose et Philippe avaient amplemement le temps de s'attacher.

* * *

Le 14 septembre 1928, jour de l'Exaltation de la Sainte-Croix, Rose se rendit à l'office avec ses parents. En sortant de l'église, elle aperçut Philippe qui l'attendait dans le portique. Son cœur battait à tout rompre. Comme il tombait une pluie abondante, Philippe lui proposa de la raccompagner.

– Je ne peux pas travailler par un temps pareil. Si vous voulez, je vais aller vous reconduire chez vous.

Rose jubilait. Elle aurait enfin l'occasion de causer librement avec Philippe et, qui sait, peut-être laisserait-il parler son cœur ? Elle accepta.

– Avant, je dois avertir mes parents de pas m'attendre.

En passant près de sa mère, Rose lui dit :

– Attendez-moé pas, Philippe va me ramener en machine.

Sur le perron de l'église, Rose attendait Philippe, parti chercher son auto. Comme elle allait y monter, sa mère, sortie on ne sait d'où, monta avec eux. Rose rougit.

Elle trouvait les agissements de sa mère exagérés et ridicules. Philippe ne dit rien, mais il devait avoir les mêmes pensées. Rose eut honte.

* * *

La dernière semaine avant son départ, Philippe Doyon vint veiller chez Rose tous les soirs. Un de ces soirs, il dit tout bonnement à Maxime :

– Je vais m'ennuyer de votre fille. Avec votre permission, je l'amènerais travailler à Québec. Je vous promets de veiller sur elle, là-bas, et tous les deux nous pourrons faire des projets d'avenir.

Des projets d'avenir ! Rose prit les mots pour une déclaration. Un avenir prometteur se préparait et lui donnait des ailes. Philippe ne lui avait jamais parlé de ses sentiments. Comment aurait-il pu ? Elle n'avait jamais été seule avec lui ; il ne l'avait jamais embrassée. Mais aujourd'hui, sa vie changeait, un avenir merveilleux se dessinait. Quel bonheur elle éprouverait de partir seule avec Philippe ! Elle était prête à aller au bout du monde avec lui. Elle espérait de tout son cœur que son père accepte.

Maxime ne répondit pas. Dans le temps, il revenait exclusivement aux mères de s'occuper de la conduite de leurs filles.

Malgré l'estime que ses parents ressentaient pour ce garçon, ils refusèrent de laisser partir Rose.

– Notre fille doit rester avec nous, ses parents. Mais vous serez toujours le bienvenu icitte, dit Victorine.

Rose fut très déçue.

* * *

Le dimanche, jour du départ de Philippe Doyon, la maison des Beauséjour était pleine d'oncles et de tantes venus de Sainte-Émélie. Ils étaient douze, assis autour de la table à jaser en savourant un gâteau meringué, quand des coups frappés à la porte mirent fin à la conversation.

Rose s'empressa d'ouvrir.

Philippe arrivait avec son père pour faire ses adieux. Comme les chaises étaient toutes occupées, Rose s'assit sur la deuxième marche de l'escalier avec Philippe à son côté. Pour la première fois, elle sentait son corps tout près, si près. Rose était tentée d'appuyer sa tête sur son épaule afin de sentir la chair de son cou sur sa joue, mais sa mère ne la quittait pas des yeux.

Les amoureux causaient tout bas pour ne pas être entendus des autres. Ils se promirent que jamais ils ne s'oublieraient.

– Je veux que vous m'écriviez chaque semaine.

– Promis ! dit Rose.

– Là, je ne sais pas quand je reviendrai. J'ai des études à terminer. J'espère que vous m'attendrez.

Son accent était si tendre que Rose prit ça pour une déclaration.

Leurs confidences avaient lieu dans la grande cuisine. Les amoureux se trouvaient assis en face de la mère de Rose qui ne cessait jamais de les surveiller, malgré le va-et-vient de la maison et les distractions causées par la visite. Puis, au moment du départ, tout le monde traversa à la cuisine d'été. Ce furent les poignées de main. Lorsque Philippe serra la main de Victorine, il lui dit :

– Madame, j'ai une faveur à vous demander. Me donnez-vous la permission d'embrasser votre fille ?

Le cœur de Rose battait à grands coups dans sa poitrine.

– Je ne peux pas vous donner cette permission, répondit Victorine.

La dernière espérance de Rose s'évanouit. Son sourire sécha sur ses lèvres.

Philippe serra sa main longuement, les yeux dans les siens, puis il quitta la maison.

Rose, restée debout dans l'encadrement de la porte, suivit Philippe des yeux jusqu'à ce que l'auto disparaisse. Puis elle courut à sa chambre, le cœur brisé ; elle se jeta sur son lit, en proie à un profond désespoir.

Rose tenait rancœur à sa mère pour sa sévérité. Elle aurait tellement aimé embrasser Philippe avant son départ. Elle se croyait assez adulte pour décider de ses choix. Elle se demandait pourquoi ses parents ne lui faisaient pas confiance. Pourtant, ils ne l'avaient jamais vue embrasser un garçon, sauf au jour de l'An. Sa mère lui disait que c'était un péché, qu'une bonne fille ne faisait pas ça. « Et les garçons ? pensait Rose. Pour eux, le péché n'existe pas ? » Rose n'était pas dupe. Ses frères, eux, auraient pu se permettre quelques aventures ; ses parents auraient fermé les yeux sur leur comportement. Rose se souvenait qu'un jour, son ancienne voisine, Géraldine, lui avait raconté que si un garçon courtisait une fille et qu'il l'aimait assez pour la marier, si elle couchait une seule fois avec lui, il l'abandonnait et en mariait une autre qu'il aimait certainement moins, rien que parce que sa promise s'était donnée avant le mariage. « Quelle drôle de mentalité ! » pensait Rose.

* * *

Le même soir, comme Jacob montait se coucher, il vit la porte de chambre de Rose entrouverte. Il passa la tête dans l'entrebâillement.

– Je peux te parler ? dit-il.

– Me parler de quoi ?

– De toé !

Rose avait les yeux rouges et humides.

– Parler de moé ! dit-elle, la bouche douloureuse. Je vois pas ce que j'aurais à dire d'intéressant ; chus rien pour personne dans cette maison.

– Ce soir, au village, Damien Parent m'a dit que tu y as tapé dans l'œil. Y m'a demandé si t'avais un chum, j'y ai dit oui pis y a eu l'air ben déçu.

– Viens t'assire su' le pied de mon lit, dit Rose. Comme ça, on risquera pas que toute la maison nous entende.

Jacob prit place près d'elle sur la courtepointe à fleurs.

– Des amoureux, j'en veux pus, dit Rose, amère. J'ai pas le droit d'aimer qui je veux. M'man me surveille comme un chat qui guette une souris pis c'est elle seule qui décide de ma vie.

– Tu sais, quand on décide rien par nous-mêmes, les autres le font pour nous.

– Ce que tu dis, c'est bon juste pour les gars. Les filles, elles, doivent marcher drette, obéir. Pis moé, plutôt que de faire de la peine à m'man, je plie. En fin de compte, c'est toujours moé qui écope.

– On peut pas faire d'omelette sans casser des œufs.

Après un court silence, Jacob ajouta :

– Ma tante Léonie l'a fait, elle.

– Elle serait partie avec un amoureux ?

– Personne l'a su ou ben l'affaire a été étouffée dans l'œuf. Si tu veux mon idée, le fait qu'elle est partie en emportant sa valise en dit plutôt long.

Rose ne parlait plus. Elle enregistrait tout ce que Jacob lui disait et elle lui donnait entièrement raison. Mais pourquoi était-elle si manipulable ?

– Ton Philippe, c'est sérieux ? dit-il.

– Pour ma part, oui, mais Philippe pis moé, on a jamais pu se parler tranquilles ; m'man surveillait tout le temps tout ce qu'on disait. Aujourd'hui, avant de partir, Philippe m'a invitée à passer les fêtes de Noël chez lui. J'ai refusé sans demander à m'man. Je savais d'avance que ce serait non ; elle avait déjà refusé qu'il m'amène travailler à Québec.

– C'était à toé d'y dire oui.

– Tu y penses pas ? M'man m'aurait jamais laissée partir. Elle aurait poussé les hauts cris devant Philippe. Asteure, je me demande si je le reverrai. Je l'aime si fort. Sais-tu comment y m'appelle ? Son étoile.

– Tu prends pas ta place, Rose. Fonce un peu.

– Pas besoin de me le dire ! Tu sais, c'est dur de changer ma nature.

– Serais-tu prête à rencontrer Damien ? Y me parle souvent de toé. Y aimerait que tu l'accompagnes au mariage de sa sœur. C'est un bon gars, tu sais.

– Non. C'est Philippe qui m'intéresse. Mais là, je sais pas comment les choses vont tourner entre nous. Aujourd'hui, y est parti à Québec pis je me demande si je le reverrai. Tout ça à cause de m'man.

– Pauvre Rose ! Je comprends pas que m'man soit si sévère avec toé. À moins qu'elle craigne de te perdre comme sa sœur Léonie, qui s'est évaporée dans la nature...

– Je me sens en prison, icitte. Regarde autour, les autres filles sont toutes plus libres que moé. Si je pouvais partir de la maison ! dit Rose avec des sanglots dans la voix.

– Va retrouver ton Philippe à Québec, si tu l'aimes tant que ça.

Rose regardait dans le vague ; elle s'imaginait dans les bras de Philippe.

– C'est pas si facile, dit-elle. J'ai pas une cenne, pis m'man viendrait me chercher par le chignon du cou. Y faut marcher drette avec elle.

Jacob se leva.

– C'est pas moé qui va régler ton problème. Tu penseras à ce que je t'ai dit à propos de Damien. Moé, je gagne mon lit.

Rose se sentait seule et abandonnée.

* * *

Après mûre réflexion, elle accepta de rencontrer Damien, même si le beau Philippe Doyon était toujours dans son cœur. Elle voulait surtout faire plaisir à son frère Jacob qui servait d'entremetteur. Elle accepta l'invitation pour passer le temps. « Je devrai encore demander à m'man », se dit-elle, frustrée.

Sa mère lui donna la permission, à la condition qu'elle soit accompagnée d'un autre couple pour l'aller et le retour.

* * *

Le mariage eut lieu tôt un matin de printemps. C'était tellement beau, un mariage à la campagne ! La noce se passait sur la côte du Dixième Rang. Il faisait un temps magnifique. Tout le monde endimanché se tenait très droit dans d'élégantes voitures hautes sur roues, tirées par les chevaux.

Rose était de nouveau fille d'honneur.

Au sortir de l'église, la voiture des mariés prit la tête du cortège. Suivirent les garçons et les filles d'honneur, le joueur de violon, puis les invités. C'était impressionnant de voir ce train de voitures aux couleurs noires, rouges, blanches, vertes, enrubannées de blanc avec, au cou de leurs chevaux, des colliers de fleurs.

Les gens qui donnaient le dîner avaient une toute petite maison : trois chambres et une cuisine. Ils vidèrent une chambre pour la danse. Pour la réception, les tables, recouvertes de draps blancs, avaient été dressées à l'extérieur, sur la pelouse. On avait pris la peine de planter des sapins autour des tables pour donner un peu d'ombre.

Les garçons et les filles d'honneur restaient assis à la table le temps que les invités mangent sur des bancs sans dossier. Dans la maison, les sets carrés se succédaient sans relâche. Les joueurs de violon étaient toujours deux pour se remplacer quand l'un ou l'autre avait trop chaud.

Tout en bavardant, Damien demanda la permission à Rose de la fréquenter.

– Je suis sincère, dit-il. Y a longtemps que je te trouve à mon goût, que je pense à toé. Pis comme t'as accepté de m'accompagner, j'espère que tu vas aussi accepter de sortir avec moé.

Rose accepta sans trop savoir pourquoi, sans doute par ennui ; elle ne ressentait rien pour ce garçon. Elle n'avait pas sitôt consenti que l'image du beau Philippe s'imposa à son esprit. Elle regretta aussitôt d'avoir acquiescé.

En sortant de table, Rose et Damien eurent tout juste le temps d'une danse ; ils devaient repartir pour le souper qui se donnait chez les parents de la mariée, lesquels demeuraient quelques milles plus loin.

Encore des heures passées à la table… Le repas terminé, Rose allait enfin pouvoir danser à son goût. Elle dansa le premier set avec son partenaire, Damien, et les deux suivants avec d'autres garçons. Seul le plaisir de s'étourdir la menait. Pendant ce temps, Damien vidait verre sur verre, d'un trait. Un peu éméché, il s'approcha d'elle, tira brusquement sa main et lui dit :

– Viens donc t'asseoir un peu par là, j'ai deux mots à te dire.

Rose le trouvait bizarre. Son expression changea complètement, son regard se fit dur. Damien semblait mécontent. Il serrait son poignet pour l'empêcher de s'échapper. Elle lui demanda :

– Veux-tu ben me dire ce que t'as ?

Les dents serrées, il lui dit, le ton haut :

– J'aime pas que tu passes ton temps à danser avec mes cousins.

– C'est parce que tu me le demandais pas, tu buvais. Pis là, lâche ma main pis crie pas si fort, tout le monde va t'entendre.

– Les autres, ça me dérange pas. Mais je tiens à ce que toé tu m'entendes.

Rose ne le connaissait pas si mauvais. Elle sentait déjà entre eux un mur de glace.

– Chus pas venue à la noce pour m'assire pis te regarder boire, dit-elle. Je danse ; chus venue icitte pour ça.

– Je t'ai vue faire de la façon à mes cousins. T'essaies de les attirer avec tes agaceries.

– Jamais de la vie ! Ça va faire ! murmura Rose, rouge de gêne.

Elle alla se réfugier dans un coin retiré, où elle passa le reste de la soirée à regarder les autres danser et s'amuser, sans parler à personne.

Au petit matin, l'effet de la boisson dissipé, Damien vint retrouver Rose. Il s'excusa et la pria d'oublier ce qui s'était passé.

– Je te promets que ça m'arrivera pus jamais, dit-il.

– Chus ben prête à excuser ton comportement, mais pour le moment, je préfère mettre fin à nos fréquentations.

Damien, très déçu, ne trouva pas une parole à répliquer. Rose, elle, était indifférente.

* * *

Cinq jours plus tard, Rose reçut de Philippe une longue lettre remplie d'amour. Elle sécha ses beaux yeux.

Ce fut le début d'une correspondance régulière. Sur sa missive, Philippe l'invitait de nouveau à venir le visiter à Québec. Il offrait de payer son voyage. Lui ne pouvait venir ; il ne donnait pas la raison.

Rose déposa sa lettre dans le cahier qui lui servait de journal et glissa le tout sous sa paillasse avec l'intention de réfléchir à l'invitation si tentante. Elle pensait à ce que lui avait dit Jacob : « Va retrouver ton Philippe à Québec, si tu l'aimes tant que ça. » Était-elle prête à vivre cette aventure risquée, les yeux fermés sur les conséquences qui pourraient s'ensuivre ? Quelque chose la retenait. Elle n'avait pas d'argent, et s'il lui arrivait un pépin là-bas, elle serait bien mal prise. Encore une fois, Rose refusa l'invitation. Pourtant, Philippe, c'était l'amour fou, le bonheur. Avec lui, elle imaginait un avenir plein de promesses.

* * *

Malheureusement, au bout de quelques mois, les lettres commencèrent à s'espacer, jusqu'à cesser complètement.

Rose n'osa pas insister. Elle attendit. Trois autres semaines passèrent sans aucune nouvelle. Philippe ne lui écrivait plus. Finalement, Rose, qui l'aimait à la folie, décida de lui écrire à nouveau. Elle voulait connaître la raison de son silence. Elle écrivit :

Chéri,

Je sais que tu as peur de me dire la vérité parce que tu ne veux pas me faire de peine. Il y a certainement une raison à ton silence. Je sais que tu m'aimes encore et je t'aime aussi. Le fait que tu espaces tes lettres me fait beaucoup souffrir. Je n'en comprends pas la raison. Je commence à croire que notre amour est impossible. Je veux que tu saches que je ne t'oublierai jamais. Mon cœur est avec toi.

Rose

Ce fut la fin de leur correspondance. Rose n'entendit plus parler de Philippe. Elle mit beaucoup de temps à s'en remettre.

Elle se demandait si Philippe s'était payé sa tête. Il paraissait pourtant si sincère dans ses lettres ; il avait été jusqu'à lui faire parvenir des photos de toute sa famille et de leur maison. Son père lui avait même dit avant de partir : « Je suis bien content que mon fils courtise une fille comme toi. »

Rose se demandait ce qui se passait dans le cœur de son amoureux. Mille questions restaient sans réponses. Peut-être Philippe s'était-il découragé de l'attendre. Peut-être avait-il rencontré une fille plus disponible. Peut-être se donnait-il un temps de réflexion. Ou encore, avait-il trouvé bizarre leur manière de vivre ? Rose n'avait qu'à se rappeler le jour de l'Exaltation de la Sainte-Croix, quand sa mère était montée dans l'auto avec eux. Ce jour-là, Philippe devait l'avoir trouvée ridicule. Et s'il était mort ? Impossible ! Son père l'aurait prévenue. Elle ne comprenait pas pourquoi Philippe l'avait cruellement abandonnée et son silence la tuait.

Malgré tout, Rose attendait toujours son retour. Elle ne cessait de penser à lui, surtout le soir, au coucher, quand les bruits de la maison s'éteignaient et qu'elle se retrouvait seule avec ses pensées. Où était-il ? Que faisait-il ? Pensait-il à elle comme elle pensait à lui ? Elle l'aimait tellement ! Après lui, il n'y avait plus rien.

Pendant des mois et des mois, le cœur de Rose balança entre l'espoir et le désespoir, jusqu'à ce qu'elle se rende compte que c'était elle seule qui alimentait ses illusions. Elle se répétait sans cesse la même phrase : « Il avait pourtant l'air de m'aimer. »

Rose mit du temps à comprendre qu'une pauvre petite campagnarde comme elle n'était pas du même rang que ces messieurs de la haute société.

Une fois ses illusions perdues, elle sombra dans un abîme profond. Tout la rebutait. Même la maison n'était plus belle à ses yeux.

Victorine ne comprenait pas la signification des silences de Rose. Elle s'inquiétait de la voir triste et pâle. « N'avoir qu'une fille et ne pas réussir à la rendre heureuse », se dit-elle.

Rose lui échappait. Elle restait absorbée dans ses pensées, l'œil fixe, comme si elle regardait une apparition s'évanouissant.

– Qu'est-ce que t'as, Rose ? T'as l'air ben songeuse.

Rose répondit tristement :

– J'ai rien.

Les peines d'amour se vivent seul. Rose ne se plaignait pas, comme si elle craignait de se trahir. Elle n'affichait pas ses sentiments devant ses parents. Elle les gardait cachés au fond d'elle. Personne n'avait besoin de savoir ce qui se passait dans son for intérieur. Il aurait fallu aimer avec la même intensité pour partager sa douleur.

Mais les mères ressentent les souffrances de leurs enfants. Victorine regardait marcher Rose, pensive, la tête penchée. Toutefois, jamais elle ne se questionnait sur les sentiments de sa fille.

Rose commença à repousser la nourriture, même les jus.

– Mange, lui disait sa mère.

– À quoi bon ? répondait Rose.

Rose dépérissait. Comme un pantin sans sentiments, elle ne savait plus rire ni pleurer. Au moment où elle vivait sa grosse peine d'amour, si une religieuse l'avait approchée, par désespoir, elle serait entrée au couvent.

* * *

La belle Rose avait tous les garçons à ses pieds, mais en vain, elle n'en désirait qu'un seul. Dès qu'un garçon lui parlait d'avenir, qu'elle sentait une union sur le point de se concrétiser, Rose se disait toujours trop jeune pour s'engager. C'était la raison qu'elle utilisait pour ne pas avoir à dire que Philippe Doyon avait brisé son cœur et qu'elle ne pourrait jamais aimer de nouveau avec la même intensité.

Chapitre 14

La jeunesse, malgré ses chagrins, cache toujours une lumière, comme une étincelle qui couve sous la cendre.

Chez ses parents, Rose se sentait prisonnière. Elle rêvait d'aller travailler dans les maisons privées, comme les filles de la place qui partaient pour Montréal en septembre ou en octobre et qui revenaient aux fêtes de Noël avec de belles toilettes. À leur retour à Saint-Côme, leur famille et les gens de la place étaient heureux de les revoir.

* * *

Un dimanche, après la messe, Maurice, un garçon du village, aborda Rose sur le perron de l'église. Il lui demanda de l'accompagner aux noces de sa sœur.

–Je regrette, j'ai autre chose ce jour-là, dit-elle avec un sourire reconnaissant. Mais c'est gentil d'avoir pensé à moé.

Elle préférait refuser l'offre intéressante plutôt que de s'humilier à demander la permission à sa mère.

Le garçon lui lança un regard mécontent et disparut.

Sitôt qu'elle eut le dos tourné, le sourire de Rose s'effaça pour faire place à une expression de dégoût. Elle venait de refuser une belle occasion de danser.

* * *

En juin, ses frères Jacob et Louis faisaient la drave de billots. Ils étaient rendus à Joliette où, chaque année, on organisait un cirque. Les monteurs, aidés des équilibristes et des dompteurs, installaient des chapiteaux, des gradins, des mâts, certains traçaient des pistes au sol. C'était toute une attraction; dans les maisons, on ne parlait que de ça.

Un dimanche midi, la maison était grouillante de monde quand Rose vit surgir ses frères dans l'embrasure de la porte. Ils commencèrent à parler du cirque devant la visite. Jacob demanda à sa mère la permission d'emmener Rose. Il s'engageait à tout payer: le taxi, les repas et les représentations. Les amies de Rose y allaient. Rose aurait donné une fortune pour un oui. Elle n'était jamais allée à Joliette. Malheureusement, la réponse fut un non catégorique. Rose ne voulait pas pleurer, mais les larmes coulaient malgré elle.

Au bout de la pièce, Jacob l'observait, le regard en coin.

– Voyons, m'man! À vingt ans, Rose est quand même pus une enfant.

– Je sais ce qui est bon ou mauvais pour elle.

Jacob insista au risque de blesser sa sœur:

– Les filles de la place disent qu'elle a pas coupé le cordon. Même qu'elles la surnomment « la petite fille à m'man ».

– Elles comprendront quand ce sera leur tour d'être mère.

* * *

À la fin du repas, l'oncle Liguori, fin renard, dit à Victorine :

– Laisse donc Rose venir passer quelques jours à Sainte-Émélie.

Ce cher oncle, un homme très aimable, ne savait quoi inventer pour faire plaisir. Sa femme, Robertine, qui aimait bien Rose, insista elle aussi. Finalement, Victorine accepta.

Rose sécha ses larmes. Elle courut à sa chambre enfiler sa plus belle robe et chausser ses beaux souliers beiges. Elle ramassa quelques petits objets de toilette et descendit, le cœur joyeux.

* * *

Le lundi, l'oncle amena sa femme et Rose souper au restaurant.

Toutes les têtes se tournaient pour admirer la belle Rose, et l'oncle Liguori se fit un plaisir de présenter la jeune fille à ses connaissances.

De sa table, il invita un homme à s'approcher.

– Viens que je te présente Rose, c'est ma nièce, dit-il fièrement.

– Dommage que j'aie pus de garçons célibataires, la taquina l'homme.

Rose rougit. Liguori sourit.

– Gérald pis moé, on a été à la petite école ensemble, dit-il. Tu vois, à Sainte-Émélie, tout le monde se connaît.

* * *

Les coudes sur la table, Rose se confia à son oncle et à sa tante. Elle en avait gros sur le cœur. Elle parla de ses sentiments pour Philippe, de la sévérité de sa mère à son endroit et de la tolérance de celle-ci à l'égard de ses frères. Comme sa tante Blanche, le couple l'écoutait et sympathisait à sa peine.

Le mardi, après être allé faire son petit tour au village de Sainte-Émélie, l'oncle Liguori revint à la maison. Sa femme était en train de faire son lavage. Il lui dit comme ça :

– J'ai un voyage à faire à Joliette. Je dois conduire un garçon et une fille de la place. Je vais amener Rose. Je suis certain qu'elle aimerait voir la ville. Les jeunes ont un peu de magasinage à faire, ensuite on revient.

L'oncle avait une idée en tête. La tante ne se doutait de rien, sinon elle aurait refusé.

Rose monta dans la Ford 1904. C'était tout un voyage de Sainte-Émélie à Joliette en auto.

Chemin faisant, l'oncle dit à Rose :

– Je crois que tu vas pouvoir aller au cirque.

Quel bonheur pour Rose de penser qu'elle pourrait voir cette merveille dont parlaient ses frères !

– Quand Jacob pis Louis vont me voir à Joliette, y le croiront pas.

L'oncle la conduisit devant l'hôtel Thibault où se trouvaient des filles et des garçons.

Jacob fut bien surpris de voir Rose arriver. En apercevant son oncle, il accourut.

Comme Rose n'avait pas un sou dans son sac à main, elle demanda à Jacob s'il avait assez d'argent pour l'emmener.

– On va ben s'organiser, dit-il. Viens !

– Essayez de revenir pour quatre heures, dit l'oncle Liguori.

Ils partirent pour le cirque, une douzaine de garçons et de filles. Le premier kiosque visité était un orchestre d'Haïtiens. La musique était belle, mais Rose avait un peu peur de ces musiciens à grosses lèvres et au nez aussi large que la figure. C'était la première fois qu'elle voyait des gens de couleur. Les jeunes se rendirent ensuite à une petite tente où une énorme femme, assise par terre, caressait de gros serpents couchés près d'elle. Ça sentait le diable. Ils se dirigèrent ensuite vers la grande tente qui pouvait contenir des centaines de personnes. Là, c'était vraiment quelque chose à voir : des trapézistes, des bouffons qui faisaient rire les spectateurs, des chevaux qui dansaient. Rose en avait plein la vue. Quelle journée inoubliable ce fut pour elle !

* * *

De retour chez elle, Rose reprit sa petite vie ennuyante à la campagne. Jacob et Louis partis pour la drave, à la maison, il ne restait que ses frères Michel et Léon. Le soir, après le souper, ils récitaient le chapelet puis ils veillaient quelques heures, éclairés à la lampe à gaz et, ensuite, hop ! au lit.

Rose ne s'endormait pas. Elle aurait aimé lire, mais la lecture était un caprice. Elle aurait voulu une petite lampe ; elle n'aimait pas la nuit avec ses bruits bizarres : le sifflement du vent, les aboiements des chiens et les hurlements des loups. Dans la chambre du bas, sa mère ronflait et, quand elle ne ronflait pas, le lit craquait.

Sa mère était une femme fragile, souvent malade. En fait, elle n'avait pas de maladie, mais elle vivait au temps de l'esclavage des femmes où refuser de faire l'amour était un péché. Si les femmes empêchaient la famille, le curé menaçait de les excommunier. Donc, un peu avant sa ménopause, sa mère devint enceinte trois fois dans la même année et, au bout de deux mois, suivirent des fausses couches accompagnées de grosses hémorragies. Elle n'en parlait pas, mais Rose avait maintenant assez d'intuition pour interpréter les sous-entendus. Sa mère ne pouvait plus rien lui cacher.

Victorine, sujette aux hémorragies, se sentait coupable de la mort de ces petits êtres. Elle se demandait ce qu'elle avait bien pu faire pour provoquer une fausse couche. À chacune, elle mettait deux à trois mois à s'en remettre. À la suite de ses trois avortements involontaires, ses forces diminuèrent, mais, au lit, son mari en redemandait. Victorine souffrait de ce régime de domination.

Rose voyait souvent sa mère pleurer. Elle se disait qu'elle en avait trop sur les épaules.

« Si seulement maman me laissait plus de liberté, pensait Rose qui se sentait un embarras. Ça lui enlèverait un poids de sur les épaules. Sa surveillance est une obsession. »

Quand un garçon venait veiller au salon, sa mère s'assoyait toujours de manière à la voir et elle ne changeait pas de place de la soirée. Même scénario dans les veillées où il y avait beaucoup de monde ; si Rose changeait de pièce, sa mère allait la chercher.

Un jour, Rose lui dit :

– Si je peux atteindre mes vingt et un ans, vous aurez pus de problèmes avec moé.

Sa mère se mit à pleurer. Rose regretta ses paroles. Elle savait que ses parents l'aimaient beaucoup.

Et si elle se mariait, ça arrangerait probablement les choses.

Que de beaux rêves ! Que d'espérance dans la tête de la jeune fille ! Oui, elle se marierait un jour et elle serait heureuse.

« J'épouserai celui que j'aimerai, mais je sais pas où le trouver. Je vais l'aimer tellement fort qu'y voudra pus quitter mon oreiller. Je ferai tout pour le rendre heureux. Nous aurons une belle petite maison que j'arrangerai à mon goût et il y aura toujours une belle nappe sur la table, avec un gros panier de pommes au centre. Ma maison sera propre. Il fera bon y vivre. En plus, je serai libre. Je ferai tout ce qui me plaira. Je serai certainement heureuse puisque je ne serai plus sous la domination de maman. » Au temps où Rose échafaudait ses beaux projets de bonheur parfait, elle n'avait pas d'ami régulier.

* * *

Dans le temps des fêtes, Rose sortit beaucoup. Les jeunes du rang venaient inviter ses parents ; de cette manière, elle pouvait y aller aussi.

Un jour, elle entendit sa mère dire à son père :

– Sais-tu que si Rose venait à se marier, on n'aurait pas grand-chose à y donner ?

Dans le temps, les filles commençaient très jeunes à préparer leur trousseau, mais Rose n'avait pas un sou.

– D'habitude, c'est l'homme qui fournit ce qu'y faut, répondit son père.

– Oui, mais ça revient aux filles d'apporter leur trousseau, qu'elles mettent des années à préparer. En tout cas, chez nous, ça se passait de même; avec m'man on tissait des nappes, des chemins de tapis. Elle nous achetait des écheveaux de fil à broder de toutes les couleurs pis nous autres, les filles, on brodait des taies d'oreiller qu'on garnissait de belles bordures tricotées au crochet. Elles ressemblaient à des nappes d'autel. Tu t'en rappelles pas? Je les mettais sur notre lit au début de notre mariage. Je les ai usées à force de les laver.

– J'ai pas remarqué.

– Avoir su, je les aurais conservées pour Rose.

Maxime n'ajouta rien, mais il dut y penser toute la journée parce que, le soir, il déposa cinq dollars sur la table.

Victorine réussit à acheter quelques verges de coton blanc, assez pour une courtepointe et une nappe que Rose broda de belles marguerites jaunes et blanches. C'était très beau. Parfois, le soir, Victorine aidait Rose à broder. La nappe terminée, Victorine lui dit:

– Quand tu te marieras, t'apporteras la courtepointe, mais j'aimerais ben garder la nappe; elle est tellement belle! Je t'en donnerai une autre pour compenser.

– Vous pouvez ben garder les deux, dit Rose. Quand viendra le temps, mon mari m'en achètera. Avec lui, je manquerai de rien.

– Pour toé, ça veut dire quoi, manquer de rien?

– Manger, se vêtir, tout.

– C'est justement ce «tout» qui me préoccupe. C'est vrai qu'au début du mariage les hommes sont plus attentionnés. Tu te dépêcheras d'en profiter, lui conseilla Victorine. Je me rappelle, dans les premiers temps, ton père a pas hésité à m'acheter une berçante. Aujourd'hui, y faut que je me batte avec lui pour lui faire sortir quelques sous.

Tu sais, ton père a jamais été un donneux; avec lui, une cenne qui rentre sort pas. Y est ben ménager, tu le vois, y va jusqu'à décrochir ses vieux clous.

– Les hommes sont-y tous pareils?

– La plupart des hommes disent que les femmes sont gaspilleuses si elles achètent des choses pour la maison. Mais quand c'est pour la ferme, y sont pas regardants. Te souviens-tu quand Jacob a donné sa première paie à ton père? Y est allé acheter un beau cabriolet pis un poulain quand moé, je manquais de tout dans la maison. C'est pas que je veux le critiquer, je veux juste que tu saches que la vie est pas facile pour les femmes. Ça revient aux hommes de prendre les décisions.

– Pis les femmes, elles?

– Elles obéissent, un point c'est tout. Sinon, ce serait la guerre dans les ménages.

– Une femme, c'est rien?

– Ça dépend du mari. Ma sœur Blanche a ben frappé, elle. Noé s'est toujours plié à ses cinq cents caprices.

– Ma tante Blanche, c'est du bon pain blanc. Je me demande pourquoi on va pas la voir plus souvent.

Rose resta une minute sans parler, sans bouger. Elle réfléchissait.

Sa mère avait raison; elle n'avait pratiquement que le strict nécessaire, alors que son père vivait très à l'aise sur sa ferme. Il avait acheté deux charrettes à foin, un tombereau à fumier et il avait aussi grossi son cheptel, mais il ne dépensait pas un sou pour la maison. Rose se demandait si sa mère était satisfaite de la vie qu'elle menait. Étant plus active que son mari, elle aurait aimé sortir plus souvent, comme aller veiller chez les voisins, visiter sa sœur Blanche et la parenté de Sainte-Émélie. Avec l'âge et les travaux de la ferme, Maxime, autrefois si sorteux, était devenu pantouflard. Il trouvait toujours des empêchements aux sorties : la mauvaise température, la fatigue. Et, à force de privations, Victorine, autrefois ricaneuse, était devenue une personne taciturne. Elle et Maxime ne se disaient plus que ce qu'il était utile de se dire.

Rose aurait aimé travailler et avoir quelques sous bien à elle pour en faire ce qu'elle désirait, sans devoir rendre des comptes à ses parents. Pour être à la mode, les jeunes filles devaient avoir le teint blanc et, pour cela, ça prenait de la poudre.

– P'pa, comme la mode est à la peau blanche, j'aurais besoin de poudre pour m'éclaircir le teint. Ça coûte cinquante sous pour une belle boîte de poudre avec une houppette.

– C'est pas naturel, dit-il.

Rose laissa échapper un long soupir. Mais elle n'abandonna pas pour autant l'idée de ramasser quelques sous.

* * *

Aux vacances d'été, un commissaire demanda à Michel Beauséjour s'il accepterait de faire le ménage des deux bécosses de l'école du Dixième Rang, moyennant une rémunération de six dollars. Il devait passer de la chaux sur les murs, laver le plancher et vider le dessous des sièges à la pelle. Michel demanda à Rose si elle voulait bien l'aider.

– Oui, à la condition que tu me donnes la moitié de ta paie.

* * *

Le travail terminé, Michel lui remit trois dollars. Pensez donc! Rose était folle de joie. Elle put s'acheter une boîte de poudre blanche, une houppette, un collier et un sac à main, le tout pour deux dollars; il lui restait donc encore un dollar.

Sa mère la prévint:

– Y a des filles qui se mettent tellement de poudre de riz sur la figure qu'elles ont l'air d'être sorties tout droit d'un sac de farine. T'es mieux de pas faire comme elles parce que tu connais ton père…

Mais son père ne la reprenait jamais. Rose était sa préférée. Toutefois, elle se demandait pourquoi il n'intervenait jamais en sa faveur.

Chapitre 15

Les prêtres, toujours à la recherche de vocations religieuses, recrutaient les jeunes les plus talentueux de leur paroisse pour les diriger vers le sacerdoce.

Léon, le cadet de la famille Beauséjour, avait du talent à revendre, ce qui ne passa pas inaperçu auprès du curé, qui invita ses parents à le rencontrer.

* * *

Après le souper, Maxime approcha le cabriolet du perron. Comme Victorine et Rose allaient sortir, Léon s'informa:

– Où vous allez, comme ça?

– Au village, chez ta tante Blanche, répondit Rose.

– Je veux y aller, moé itou.

Les parents ne voulaient pas parler à Léon de leur rencontre avec le curé, même si c'était lui le principal intéressé.

– Une autre fois, intervint Victorine. Aujourd'hui, y a pas de place dans la voiture.

– Vous amenez toujours Rose! Je peux rester debout derrière le siège.

– T'entends ce que t'a dit ta mère ? trancha Maxime. Sois raisonnable. La prochaine fois, ce sera ton tour.

Léon, dépité, s'en retourna la tête basse, les mains dans les poches, en traînant les pieds.

* * *

Arrivé au village, Maxime fit descendre Rose chez Blanche. Il commanda sa bête et s'écria :

– Tu leur diras qu'on va revenir tantôt, ta mère pis moé.

* * *

Maxime mena son attelage au presbytère.

Une fois à l'intérieur, Victorine et Maxime suivirent le curé dans un corridor qui les mena à un bureau. Assis en face du prêtre, sur la même chaise que des années plus tôt, Maxime reculait dans le temps, alors qu'il avait effrontément tenu tête au curé. Et aujourd'hui, il était là pour la même raison, mais contrairement à Léon, à l'époque, lui était déjà amoureux fou.

– Monsieur Léon a un talent extraordinaire qui peut lui permettre de réaliser de grandes choses, dit le curé. En donnant votre fils à l'Église, vous avez l'occasion de Lui faire le plus beau cadeau : un prêtre.

– Ce sera à Léon de choisir. Je le trouve un peu jeune pour décider de toute une vie.

– C'est à cet âge que se dessinent les voies du salut ou de la perdition. Les garçons ont besoin d'être orientés. Et qui de mieux que les religieux pour les amener à suivre la voie étroite de l'Évangile ? L'Église a besoin de prêtres pour chanter les messes, confesser, assister les mourants.

Victorine inclina la tête en signe d'approbation. Elle rêvait, comme toutes les mères, de donner un fils à l'Église.

– Seulement si c'est le choix de Léon, insista Maxime.

– Vous avez raison, mais pourquoi ne pas lui ouvrir toutes les portes en le faisant instruire ? Vous êtes en moyen. Un jour, vos grands garçons hériteront de vos terres et votre dernier fils, monsieur Léon, hériterait d'une solide instruction qui lui permettrait de se tourner vers le sacerdoce ou encore de gagner sa vie en chemise blanche. C'est par l'instruction qu'on peut accéder à la richesse intellectuelle et matérielle.

Le curé se leva.

– Avant de partir, je vais demander à Dieu de faire descendre ses bénédictions sur vous et votre famille.

Le prêtre les bénit.

– Voilà ! Je ne vous retiens plus, dit-il en serrant la main de Maxime.

* * *

Maxime suivit le conseil de son pasteur. Il paya à son fils Léon une année de séminaire à Joliette. Victorine était ravie, elle qui désirait tant avoir un prêtre dans sa famille.

Cependant, sa joie allait être de courte durée : la deuxième année, alors que sa valise était toute prête pour le collège, Léon tomba malade. On fit venir le médecin qui diagnostiqua une appendicite aiguë.

Celui-ci expliqua aux parents :

– Votre garçon est gravement malade, je ne sais pas si on réussira à le sauver. Je le conduis à l'hôpital immédiatement ; on va devoir l'opérer.

Victorine, attentive, sentit son cœur se serrer. Elle caressa le doux visage de son fils.

– Je veux pas mourir, murmura Léon qui se tordait de douleur.

– Vous êtes tout jeune, dit le médecin, c'est un bon point en votre faveur.

Léon se plaignait et sa fièvre montait. Sa mère pleurait. Elle sortit un chapelet de son sac à main. « Mon Dieu, vous allez pas me le prendre ! »

– Maman, j'ai peur ! dit Léon, les mains sur son ventre tiraillé par la douleur.

– Sois confiant. Tiens, prends mon chapelet. Tu le mettras sous ton oreiller pis quand ça ira pas comme tu veux, tu le serreras dans ta main.

Ce jour-là, Léon se préoccupa davantage de sa survie que de ses classes. Allait-il s'en sortir ? Il n'avait pas d'autre choix que de s'en remettre au médecin.

L'opération réussit, mais le garçon dut passer un mois complet à l'hôpital, à s'ennuyer des siens. Suivit une longue convalescence à la maison. On lui avait posé un drain sur le côté et sa mère devait refaire ses pansements aseptisés tous les jours.

Une fois sur pied, comme l'année scolaire était déjà avancée, Léon prit la décision de ne pas retourner aux études. Comme ses frères, il fut engagé dans les chantiers.

Chapitre 16

C'était l'été indien 1931. La nature revêtait ses couleurs royales.

Un dimanche soir, Rose était seule à s'ennuyer. Elle s'amusait à attacher ses cheveux de bien des façons avec une épingle dorée quand elle entendit un cheval hennir dans la cour. Elle laissa retomber ses folles boucles sur ses épaules et jeta un regard discret à la fenêtre.

Un étranger, un beau grand jeune homme, montait sur le perron. Rose l'avait vu une ou deux fois au village. Elle ne connaissait pas son nom. On avait répété qu'il travaillait à la boulangerie depuis un bout de temps et qu'il était le point de mire des filles de la place. Rose ouvrit.

Il se présenta avec un large sourire qui mit tout de suite Rose à l'aise :

– Je suis Ovide Latendresse, l'aide-boulanger du village. Me donnez-vous la permission de veiller avec vous au salon ?

À vrai dire, mis à part sa beauté, ce garçon n'intéressait pas Rose qui se retenait d'aimer par crainte de se blesser à nouveau. Comme le garçon était là, elle accéda à sa demande et le fit passer au salon, où ils s'assirent sur deux chaises droites à fond de babiche.

Ovide était un bon causeur qui parlait comme un monsieur à chapeau melon. Au début, il parla à Rose de sa famille qui demeurait à Rawdon, de ses anciennes amours, et Rose de même. Elle trouvait Ovide gentil. Puis, tout en parlant, il posa inconsciemment la main sur son genou. Rose l'enleva avec douceur pour lui imposer le respect.

Sa mère la surveillait de la cuisine. Elle lui fit signe d'approcher. Rose se leva péniblement ; elle sentait venir le reproche.

Sa mère chuchota afin de ne pas être entendue d'Ovide :

– Laisse-toé pas toucher par ce garçon.

– Y m'a touchée ? dit-elle en toute innocence.

– Tu t'assis trop près, tu le provoques. Pousse ta chaise un peu.

De retour dans le salon, Ovide vit le visage de Rose s'allonger.

– Qu'est-ce qui se passe ? demanda-t-il.

– Vous avez touché mon genou. M'man veut que je pousse ma chaise, dit Rose sur le ton du secret. Faites attention : elle voit tout ce qu'on fait pis elle écoute tout ce qu'on dit.

Rose ne ressentait aucune gêne de dire le fond de sa pensée ; elle se fichait de ce que le garçon allait penser puisqu'elle n'éprouvait pas de sentiments pour lui.

À la fin de la soirée, avant de quitter Rose, Ovide lui demanda si elle acceptait de le revoir.

Rose consentit, mais dans le seul but de meubler ses soirées ennuyantes. Avec Ovide, elle n'avait pas vu le temps passer.

À chaque visite, Ovide avait une petite attention pour elle : il lui apportait du chocolat, de la gomme, des bonbons. Elle n'était pas habituée à ces petites gâteries.

Après quelques semaines, Rose commença à trouver le garçon agréable.

* * *

Au mois de novembre, le travail aux champs terminé, les femmes avaient maintenant le temps de boulanger. Pour cette raison, monsieur Préville n'avait plus besoin de son employé à la boulangerie. Il congédia Ovide.

Le jeune homme, sans emploi, décida de monter aux chantiers avec Léon, le frère de Rose.

Là-bas, Ovide écrivit des lettres touchantes à Rose. Celle-ci attendait fébrilement chaque nouvelle missive qui lui apportait les mots d'amour tant appréciés. Elle ne vivait plus que dans l'attente d'une prochaine visite.

Pour Noël, Ovide lui fit cadeau d'une montre-bracelet. Rose était au ciel. Elle n'avait jamais été autant choyée. Ovide revint plusieurs fois pendant les fêtes et, même s'il voyait Rose souvent, il trouvait du temps pour lui écrire. Il lui disait qu'il s'ennuyait d'elle. Le temps des fêtes passait beaucoup trop vite, avec les invitations qui pleuvaient de tous les côtés. Ovide et Rose dansaient, chantaient, riaient.

Après le jour de l'An, Ovide retourna aux chantiers. Chaque fois que son travail le lui permettait, il descendait au village voir Rose.

Pâques approchait. Ovide dit à Rose qu'il n'avait jamais connu une fille comme elle.

– Je veux passer ma vie avec toé. Nous serons heureux ensemble.

C'était le grand amour.

Ovide accompagna Rose à la messe de Pâques. Au *Sanctus*, il retira de sa poche un tout petit écrin qui contenait une belle bague sertie d'une pierre qui ressemblait à un diamant et la lui passa au doigt. Rose dut se retenir pour ne pas crier sa joie.

– Veux-tu être ma femme ? chuchota-t-il.

– Oui !

Ovide garda la main de Rose dans la sienne tout le reste de l'office religieux.

Il avait réussi à lui faire oublier Philippe Doyon.

Les fiancés décidèrent de se marier cette année-là, soit le samedi 30 juillet 1932.

Ses parents étaient contents pour elle. Ovide était un bon garçon, il avait un métier et on ne l'avait jamais vu prendre un coup. Ils offrirent à leur fille de lui faire une noce.

À partir de ce jour, Ovide entra et sortit de chez les Beauséjour comme s'il faisait déjà partie de la famille.

* * *

Quelques semaines avant le mariage de Rose et Ovide, Jacob, qui travaillait à Joliette au triage de bois, vint souper à la maison. Il demanda à Rose :

– C'est-y ben vrai que tu vas te marier avec Ovide Latendresse ?

– Oui, c'est ben vrai.

Jacob regarda sa mère et lui dit :

– Vous laissez faire ça, vous ?

Rose ne reconnaissait pas Jacob, lui qui disait qu'elle était trop docile, que s'il était elle, il ruerait dans les brancards, que sa mère était trop sévère ! Et voilà que c'était à son tour de s'immiscer dans ses amours.

Il leva les yeux vers Rose et ajouta :

– Si tu maries ce garçon, prépare-toé à verser des larmes de sang.

– Qu'est-ce que tu veux insinuer ? dit Rose qui voyait chez Ovide le mari idéal.

Sa mère ne laissa pas à Jacob le temps de répondre.

– Laisse ta sœur tranquille. Y s'aiment, c'est tout ce qui compte.

– Ben, tant pis ! Elle pourra pas dire que je l'ai pas prévenue.

– Prévenue de quoi ? insista Rose.

– On dit de lui qu'il est violent.

– Avec moé, il est doux comme un agneau.

* * *

Les jours coulaient tout doux. Vint le temps de la grande demande.

–Quelle niaiserie ! dit Rose qui se moquait de cette coutume devant ses frères. « Bonjour, monsieur, bonjour, madame, ce soir, je viens vous demander la main de votre fille. »

Et Rose pouffa de rire.

– J'espère que ça se fera pas à genoux, dit-elle.

* * *

Un jour qu'Ovide arrivait chez elle en plein avant-midi, Rose dit à son futur :

– Tu vas venir à Joliette avec m'man pis moé. On va aller s'habiller pour notre mariage.

– Moé, chus habillé. Madame Préville s'est occupée de tout ça. J'ai un complet marine, une chemise blanche, une cravate rayée pis des souliers vernis. Elle a tout acheté par catalogue.

Ovide tendit quinze dollars à Rose et lui dit :

– Tiens, prends ça, t'achèteras des fleurs.

* * *

Le lendemain matin, Rose et sa mère montèrent dans l'autobus pour Joliette. Victorine se débrouillait assez bien dans cette ville.

Elles se rendirent sur la place Bourget, où se trouvait un bon choix de boutiques : chapelier, confection, chaussures, accessoires.

Elles entrèrent chez Cormier, au 2, place Bourget, un magasin de confection de robes pour dames.

Rose prit tout son temps. Comme la mode était au charleston, elle choisit une robe vert bouteille, à taille basse et au bas frangé qui laissait voir le genou. Elle valait vingt-huit dollars cinquante.

La commis posa sur ses cheveux un bandeau du même vert que la robe et jeta un boa en plumes dans ses bras.

Rose sortit de la cabine en riant. En la voyant, les commis tombèrent en admiration devant elle. On eût dit une adorable petite fille.

Mais Rose n'était pas à l'aise; elle marchait les genoux serrés, ses mains tiraient le bas de sa jupe, comme si elle craignait qu'un coup de vent ne la soulève.

Victorine, scandalisée, lui enleva le boa et le lança sur le comptoir.

– Non, mais t'as pas idée de t'écourticher de même? Va enlever ça.

– C'est la mode, madame, dit la vendeuse.

– Mode pas mode, ma fille portera pas vos robes scandaleuses. Viens, Rose, y a d'autres magasins.

– Attendez, madame, j'ai autre chose de très joli à vous offrir. Regardez! Celles-ci sont plus habillées; elles conviendraient bien pour un mariage, la champagne surtout. Voyez comme le tissu tombe bien.

Rose hésitait entre une robe de mousseline de soie jaune pâle, coupée au bas du genou, et une en shantung de couleur pêche. La champagne coûtait douze dollars et la pêche, dix.

– Va les essayer, lui dit sa mère.

Rose sortit de la cabine, mignonne comme tout dans la robe champagne.

– Je vais essayer l'autre pis après, je ferai mon choix.

Les deux robes lui allaient à merveille. La commis se tourna vers Victorine et chuchota:

– Madame, vous avez une fille d'une grande beauté. Elle embellit tout ce qu'elle porte.

Rose, hésitante, attendait la décision de sa mère.

–Je sais pas laquelle choisir, les deux sont belles. La jaune est plus chère.

– Pas jaune, champagne, mademoiselle ! la corrigea la vendeuse. Vous avez raison, les deux vous vont comme un gant.

– On va prendre les deux, décida Victorine, une pour le mariage et l'autre pour le soir. Par la suite, tu pourras les porter tout l'été.

– Les deux ? Qu'est-ce que p'pa va dire ? chuchota Rose. Y va trouver qu'on y va largement.

– Quand ton père l'apprendra, ce sera déjà fait.

Victorine se dit qu'après tout ils n'avaient qu'une fille et que ses toilettes n'étaient pas plus coûteuses qu'un poulain et une voiture, une dépense folle de son mari que, malgré presque une décennie, elle n'avait pas encore digérée.

Rose, soucieuse, s'approcha de sa mère pour ne pas être entendue de la vendeuse :

– Y va-t-y rester assez d'argent pour les souliers et les accessoires ?

– On verra. Viens.

Deux portes plus loin se trouvait une modiste.

Rose choisit un chapeau à large bord, en paille de Milan, et une bourse en même paille que le chapeau, un achat de dix dollars au total.

La commis proposa aux acheteuses de garnir le chapeau de rubans qui répéteraient le ton des robes, ce qui compléterait bien les toilettes.

– Le ruban ne coûte presque rien. Si vous le choisissez large, vous pourrez l'attacher en boucle que vous fixerez sur le côté ; sinon, vous ferez simplement un nœud et vous laisserez tomber le surplus sur l'épaule.

Rose et sa mère se rendirent ensuite chez Zénon Bellerose, où elles achetèrent des souliers à talons hauts au prix d'un dollar cinquante. Chez Trudeau, voisin du bureau de poste, elles prirent des gants de dentelle, à un dollar. Rose n'en croyait pas ses yeux ; cette générosité de la part de ses parents lui allait droit au cœur.

Dans l'autobus qui ramenait les femmes à Saint-Côme, Victorine, enchantée de ses achats, imaginait sa fille, le jour de son mariage, montant la grande allée au bras de son père. Elle en retirait une grande fierté. Assise à son côté, Rose calculait.

– Je viens de vous coûter trente-quatre piastres et cinquante cennes, une fortune !

Sa mère tapota gentiment sa main.

– Une fois à la maison, montre pas les achats à ton père. Y les verra en temps et lieu.

– Pis si y me le demande, qu'est-ce que je vais y dire ?

– Tu y diras que ça porte malchance de montrer sa toilette de noce avant le jour du mariage.

Rose ne reconnaissait pas sa mère, elle habituellement si soumise.

Heureuse comme ce n'était pas possible, Rose s'imaginait déjà dans les bras d'Ovide.

* * *

Puis ce furent les préparatifs pour la noce : trois jours à cuisiner des tartes, des gâteaux, des galettes, des beignes et des desserts de toutes sortes. Maxime tua ses plus belles bêtes. Pour la préparation des viandes, les tantes et les voisines vinrent prêter main-forte à Victorine. Ça prenait beaucoup de nourriture pour un si grand nombre d'invités. Rose vivait cette aventure comme une somnambule.

Elle pensait que son futur avait beaucoup d'argent puisqu'il avait travaillé toute l'année. Il lui avait dit qu'il avait un logis à Saint-Alphonse. Elle aurait aimé qu'il l'emmène le visiter et rencontrer la famille des Latendresse qu'elle ne connaissait pas, mais il y avait toujours sa mère pour l'empêcher de sortir.

Un peu avant le grand jour, celle-ci lui dit :

– Tu sais, tu vas nous manquer. J'aimerais ben que vous restiez icitte avec nous.

Sa mère paraissait sincère. Rose, naïve, la prit au sérieux. Victorine voulait seulement lui faire savoir qu'elle allait s'ennuyer quand elle serait partie.

Ovide, très content, disait que la mère de Rose avait raison.

* * *

Enfin, le grand jour arriva. C'était un samedi tout ensoleillé. Rose avait vingt-deux ans.

En bas, sa mère l'appelait. Rose sauta du lit. Son bain, ses cheveux, ses ongles, son habillement, son parfum, tous ces préparatifs n'en finissaient plus. Rose voulait être à son meilleur pour le mariage qui devait avoir lieu à neuf heures.

En bas, la cuisine grouillait de monde. Les quatre frères de Rose, Jacob, Louis, Michel et Léon, étaient accompagnés de jeunes filles de la place. De sa chambre, Rose les entendait babiller.

Après avoir fait ses ablutions, Rose peignit ses cheveux longs. Elle appliqua ensuite un peu de poudre de talc sur sa figure. Comme elle sortait de sa chambre, toute de jaune vêtue, en bas, la porte battait : son futur entrait, accompagné de son père. Rose s'engagea doucement dans l'escalier.

Ovide l'attendait au bas des marches. Ému de voir Rose si belle, il prit sa main et la conduisit près de son père.

– Je vous présente celle qui sera bientôt ma femme, dit-il.

Le vieux bonhomme prit Rose dans ses bras et la serra fortement, pour montrer qu'il l'aimait bien.

Victorine tournaillait autour de tout ce beau monde. Elle surveillait la température du four, piquait les viandes et courait du poêle aux tables.

En voyant Rose si jolie dans sa robe de mariée, l'émotion lui arracha une larme. Elle souhaitait de tout son cœur que Rose soit heureuse en mariage.

Alors que tout le monde se rendait à l'église, Victorine dit à Rose qu'elle la trouvait belle.

– Vous m'avez jamais dit ça, m'man.

– Je voulais pas te rendre orgueilleuse. Tu sais, j'aimerais ben assister à ton mariage, mais je dois rester icitte pour m'occuper du repas de noce.

* * *

Malgré l'heure matinale, le perron de l'église regorgeait d'invités. Rose entra au bras de son père sous un joyeux carillonnement de cloches.

Rose était « enfant de Marie », une confrérie qui rassemblait des adolescentes et des jeunes filles consacrées à la Vierge. En entrant, il y avait une marche nuptiale. Rose avança sur le tapis rouge jusqu'à la balustrade où Ovide l'attendait. On déposa son bouquet de lys blancs sur la sainte table. Puis le prêtre fit signe aux mariés de le suivre à la sacristie. Ils s'agenouillèrent dans le confessionnal, une sorte de cabinet à trois portes. Le curé entra s'asseoir au centre. De chaque côté se trouvaient deux petits guichets que le confesseur pouvait ouvrir et fermer à tour de rôle. Pour les mariages, il ouvrait les deux en même temps. Il leur dit :

– Mes enfants, le mariage dans lequel vous vous engagez est un sacrement institué par Jésus-Christ afin que l'homme et la femme soient unis pour la vie dans l'amour. La femme doit obéissance à son mari et le mari doit protéger sa femme comme le Christ, son Église. Vous devez être fidèles l'un à l'autre et accepter tous les enfants qu'il plaira à Dieu de vous donner.

Le prêtre bénit Rose et Ovide.

Au sortir du confessionnal, la présidente des enfants de Marie attendait Rose dans la sacristie. Elle échangea son chapeau contre un voile blanc qu'elle couvrit d'une belle couronne. Quel moment magnifique ! Rose se sentait comme une princesse.

Durant la courte cérémonie, elle demanda à la Vierge de la guider dans sa nouvelle vie afin d'être une bonne épouse et une mère aimante.

Puis la présidente vint la chercher et la conduisit au petit autel, devant la statue de la Vierge. Le chœur entama un cantique.

Bonne Marie, je te confie mon cœur ici-bas.
Prends ma couronne, je te la donne.
Au ciel, n'est-ce pas,
Tu me la rendras.

À ce moment, Rose enleva sa couronne pour la présenter à la Vierge.

Et le chant reprit :

Sous ton empire,
Pour moi si doux,
Fais que j'expire à tes genoux.

On lui rendit son chapeau et elle rejoignit Ovide.

Au pied de l'autel, deux cœurs en émoi palpitaient. Devant une assistance silencieuse, Rose et Ovide échangèrent les promesses. Ce fut un moment très émouvant. Les mariés, qui s'aimaient d'un amour si touchant, allaient commencer leur vie à deux, une vie pleine de promesses, et désormais, rien ne pourrait troubler leur félicité.

Rose venait d'échanger son nom de Beauséjour contre celui de Latendresse.

Au sortir de l'église, les cloches sonnaient d'écho en écho.

L'amour de Rose et d'Ovide réveillait des élans de tendresse chez les invités, jusqu'à réchauffer les cœurs tiédis par le temps.

Puis ce fut le départ. La voiture des mariés prit la tête, puis une deuxième et une troisième ; en tout, vingt-sept voitures décorées de choux, de rubans et de fleurs formaient une longue chaîne. Pesamment, le cortège s'ébranla sur le chemin avec un tintement de joyeux grelots. Les têtes des chevaux touchaient l'arrière des voitures et tous ces attelages se dirigeaient vers le Dixième Rang, jusque chez les parents de la mariée. Les gens du rang sortaient sur leur perron pour regarder passer le chapelet de voitures qui foulait leur chemin.

* * *

Chez les Beauséjour, huit longues tables étaient surchargées de mets tous plus succulents les uns que les autres : oie farcie, pâtés de viande, bœuf à la mode, aspics au chou, galantine.

Assise à la place d'honneur, Rose mangea très peu ; elle ne voulait rien manquer de cette journée unique. Sa belle-sœur Rachel vint lui présenter son amoureux. Parle, parle, jase, jase, son repas refroidissait. Et déjà, on apportait le gâteau.

Rose et Ovide se levèrent. Rose prit le couteau et Ovide posa sa main sur la sienne. Devant eux, le photographe se contorsionnait comme un clown pour prendre des photos sous tous les angles. Rose riait de ses singeries.

Le repas terminé, les hommes démontèrent les tables. Aussitôt, le violoneux du village entama une valse. Ovide était un bon valseur. Il prit la main de Rose et l'entraîna dans un joyeux tourbillon. Par la suite, les reels se succédèrent et les mariés ne manquèrent pas une danse. Entre les sets carrés, chacun poussait sa chanson à répondre. La maison vibrait, le toit en levait presque.

* * *

À l'heure du train, la maison se vida d'un coup. Les invités retournèrent chez eux s'occuper de leurs bêtes, pour ensuite revenir souper. Le moment tant redouté par Rose était arrivé. Elle monta changer de robe. Elle allait se retrouver seule avec un homme. Elle aurait préféré être ailleurs que chez ses parents. Comment se pouvait-il que ceux-ci, hier encore si sévères, lui permettent de passer à la chambre avec un homme simplement parce qu'ils avaient signé un petit papier devant monsieur le curé ? En plus de se sentir coupable, Rose était gênée. Il lui aurait fallu un peu de temps pour assimiler ce changement radical. Son mari, lui, ne semblait pas avoir ce problème. Il était un peu éméché. C'était la première fois que Rose le voyait pompette, mais rien de plus, et elle ne lui en tenait pas rigueur ; elle l'aimait, c'était tout ce qui comptait.

Dans leur chambre, après avoir verrouillé la porte à l'aide d'un petit crochet et bien à l'abri derrière les rideaux tirés, Ovide se déshabilla et Rose, tournée vers le mur, enleva ses vêtements, un à un, en tentant de se cacher le plus possible. Elle se tenait très raide, comme si elle portait un corset de fer. Ovide la tourna vers lui et, émerveillé devant son adorable nudité, il lui dit :

– Mets pas ta robe tout de suite, Rose. Asteure, t'es à moé. Tu m'appartiens.

Debout devant le bureau, Rose, gênée de se montrer nue, gardait la tête basse, les cuisses serrées, les bras croisés sur ses seins.

Un reste de pudeur puérile parcourut tout son être. Rose se hâta d'enfiler sa chemise sur ses épaules. Il y avait dans ses gestes un parfum de chasteté qui la rendait encore plus désirable.

Ovide vit une petite larme hésitante au coin de son œil. Il s'approcha et prit ses mains.

– Regarde-moé, Rose. Je veux que tu saches que toute ma vie, je vais te protéger et t'aimer. Tu me crois ?

– Je te crois.

Ovide la serra dans ses bras et l'embrassa passionnément.

Rose laissa tomber ses principes, et son amour l'emporta sur sa pudeur.

Mais Rose ne fut pas très enthousiasmée de voir son homme nu. Ovide avait de grands orteils pleins de bosses, il n'avait pas de fesses et il avait beaucoup de poils sur la poitrine, les bras et les jambes. Mais bon, il était son mari et ces petits défauts ne lui enlevaient pas ses belles qualités. Rose avait tout de même hâte qu'il se rhabille pour retrouver l'homme qu'elle aimait.

* * *

À l'heure du souper, les mariés descendirent à la cuisine, où la famille et les invités les attendaient. Rose était magnifique dans sa robe pêche.

Pourtant, elle n'était pas à son aise du tout devant les regards insistants et les sous-entendus des hommes. Elle ne se sentait plus chez elle dans cette maison. Déjà, elle regrettait de demeurer chez ses parents.

* * *

Une semaine passa. Rose et Ovide revêtirent leur habit et robe de noces, comme s'ils allaient se marier de nouveau.

Rose ne connaissait de sa belle-famille que son beau-père et sa belle-sœur Rachel, car le jour du mariage, sa belle-mère avait gardé le reste de la maisonnée. Ovide voulait donc présenter Rose à sa mère, qui demeurait à Rawdon. Il demanda à un ami de leur servir de taxi.

Ils arrivèrent à l'heure du dîner. La belle-famille les attendait à bras ouverts.

Rose n'allait jamais oublier ce moment. Ce fut comme si les Latendresse recevaient la reine d'Angleterre. Le père d'Ovide s'avança le premier, suivi de sa femme, une toute petite personne très chétive qui lui ouvrit grand les bras. Cette femme respirait la bonté. Suivaient dix enfants, tous d'une beauté remarquable. Les embrassades, les accolades n'en finissaient plus. Puis vint le tour des autres invités. Imaginez une dizaine d'enfants en plus des oncles, des tantes et des Anglais de la place, on eût dit une deuxième noce. Tout le monde participa à la réception, laquelle fut une réussite. On avait dressé quatre longues tables dans la cour. Elles étaient chargées de sandwiches, de limonade, de foie gras, de galantine de veau. Il y en avait pour tous les appétits. Rose se serait crue chez des gens riches et pourtant, c'était tout le contraire.

Les violons se turent au petit matin.

Les parents d'Ovide demeuraient sur une ferme dont ils avaient la garde. Celle-ci était située à quelques milles du village de Rawdon. Ils vivaient dans une grande maison, mais quelle pauvreté ! Il n'y avait pas d'eau, pas de toilettes, des vieux lits branlants qui craquaient au moindre mouvement. Dans la cuisine se trouvaient une longue table et deux bancs faits de planches rudes, un banc-lit et un tout petit poêle qui servait à cuire la nourriture. Rose s'assit avec précaution ; elle craignait de tirer des fils à sa robe.

La bécosse se trouvait loin de la maison. Il fallait pour s'y rendre passer dans un champ de foin. Rose, étrangère à cette paroisse, craignait de s'y rendre la nuit. Ce n'était pas drôle pour une jeune mariée en voyage de noces. Elle marchait entre les buissons et, à chaque pas, elle entendait le craquement d'une branche qui casse. Pour ajouter au désagrément, la terre gorgée d'eau de la dernière pluie collait à ses chaussures et dégageait une odeur terreuse.

Heureusement, chez les Latendresse, il n'y avait que des gens gentils et aimables !

Les nouveaux mariés y restèrent une semaine. Ils visitèrent les villages de Rawdon et de Saint-Alphonse. Ce fut comme si Rose découvrait un nouveau monde.

Ensuite, les nouveaux mariés durent revenir à la maison. Rose croyait que le retour se ferait en auto, mais non, son mari lui dit :

– Y me reste seulement quatorze dollars.

– Tu veux rire ! dit Rose. Tu dois ben avoir des économies quelque part en banque.

– Ben non ! C'est tout ce qui me reste.

– J'ai un cheval pis une voiture, lui dit son père.

Et l'homme s'écria :

– Ti-Paul, va atteler.

Ti-Paul, un tout petit bonhomme de onze ans, fut désigné pour les reconduire.

Il colla l'attelage au perron. C'était une chignole à roues branlantes tirée par un vieux cheval qui se nommait Ben.

La route était longue de Rawdon à Saint-Côme. Le père Latendresse leur conseilla de coucher à Saint-Alphonse, chez Mignonne, la sœur d'Ovide, pour ne pas épuiser le cheval.

Il ajouta :

– Amusez-vous pas en route ; le temps est mort, je serais pas surpris qu'on ait un bon orage.

Il leur tendit un grand parapluie noir. Dans ces montagnes, on ne voyait pas venir les nuages et quand ils se montraient, c'était le déluge.

Le cheval baissa la tête et partit au pas. Au départ, il faisait un soleil radieux, les oiseaux volaient au-dessus des champs d'avoine, mais peu de temps après, un gros nuage violet apparut à l'ouest et d'étranges bruits emplirent l'air, comme un bourdonnement. Dans les champs, des vaches au poil lustré tournaient le dos à l'ouest comme si elles sentaient le danger proche. Puis le ciel s'assombrit tellement qu'on se serait cru en pleine nuit.

– Le temps se cochonne, dit Ti-Paul, y faudrait ben nous trouver un abri.

– Les prochaines maisons sont loin ; mène ton cheval au trot, lui conseilla Ovide.

Ils avaient à peine parcouru quelques milles que la pluie se mit à tomber drue. Puis les éclairs et le tonnerre se mirent de la partie, un orage comme Rose n'en avait jamais vu de pareil. Le vent devint si violent que, à trois, ils avaient peine à tenir le parapluie, leur seule protection ; l'armature pliait. Ils s'agglutinèrent tels des siamois, les uns sur les autres. Ils auraient voulu s'arrêter, se mettre à l'abri, mais les habitations se trouvaient trop loin. Soudain, la grêle se mit de la partie. Le cheval refusait de continuer à avancer, la grêle lui faisait trop mal ; il cherchait à se jeter par terre. Rose, qui avait très peur de mourir, serrait la main d'Ovide à la briser. Elle ne parlait pas à cause de Ti-Paul qui faisait tout son possible.

Tout prenait une couleur de gris sous la pluie et la visibilité était mauvaise.

– Là, y a une maison ! s'écria Ovide en la montrant du doigt.

Rose laissa échapper un soupir de soulagement. Elle pensa : « Comme on doit être bien dans cette maison ! »

Enfin, ils seraient bientôt en sécurité. Ils réussirent à se rendre chez le cultivateur, où ils furent bien reçus. Le monsieur sortit sur sa galerie et invita les voyageurs à mettre le cheval à l'abri sous l'appentis. Les voyageurs dégouttaient de partout.

Quand l'homme vit Rose secouée par un tremblement incontrôlable, il lui dit :

– Entrez, madame, vous serez mieux en dedans.

Les trois hommes passèrent le reste de l'orage à échanger sous l'appentis.

– Celle-là, on l'a pas vue venir, dit Ovide.

Rose se sentait mal à l'aise de se présenter chez des étrangers, les cheveux collés aux tempes et trempée jusqu'aux os. Elle avait de l'eau jusque dans ses souliers. Elle n'osait pas s'asseoir, encore moins demander d'allumer un feu pour se sécher ; ces gens avaient assez de l'abriter.

Trois petites filles étaient assises sur un banc derrière la table et, devant elles, brûlait un cierge bénit. Le reflet de la flamme dansait dans leurs yeux brillants. Elles ne parlaient pas ; elles aussi devaient être terrifiées par le bruit des décharges électriques. Les murs tremblaient. Toutes ces secousses étaient un bien petit écho du grand ébranlement de la nature.

Rose se mordit les lèvres pour ne pas pleurer.

– J'ai ben pensé mourir, balbutia-t-elle, encore sous le choc. C'était affreux. La grêle tombait sur nous comme du verre, et à chaque coup de tonnerre, je sentais ma mort arriver.

– Icitte, ma petite dame, vous êtes en sécurité. L'an dernier, mon mari a posé des paratonnerres sur la maison pis sur la grange.

Le tonnerre grondait avant d'éclater. On eût dit des bombes qui cherchaient à éventrer les maisons. À chaque coup, les fillettes, apeurées, plaquaient leurs mains sur leurs oreilles et fermaient les yeux. Rose n'arrêtait pas de trembler. En la voyant frissonner et claquer des dents, la femme offrit de lui prêter des vêtements secs que Ti-Paul lui rapporterait au retour. Rose passa à la chambre et échangea sa robe de mariée contre une autre un peu grande pour elle, mais sèche. Elle assécha ses chaussures avec du papier journal. Enfin, la pluie cessa et la femme souffla le cierge.

Quelques rayons de soleil perçaient les nuages.

– Le temps s'éclaircit un peu, dit Rose, on va pouvoir repartir.

L'attelage reprit la route pour s'arrêter chez Mignonne, la sœur d'Ovide.

Mignonne possédait une belle maison avec une toilette à eau.

Ovide se faisait une fierté de présenter sa femme. Rose, elle, était un peu gênée à cause de la robe empruntée, mais Mignonne ne sembla rien remarquer. Elle embrassa tout le monde et tira la main de Rose.

– Viens voir mon bébé, dit-elle. Y vient juste de se réveiller.

Rose suivit Mignonne à la chambre.

C'était un garçon de dix mois, un enfant qui gazouillait sans arrêt. Il regardait Rose dans les yeux. Sa bouche et ses yeux étaient tout sourire.

– Quel beau bébé! dit Rose. On dirait un ange. Y est beau comme les petits Latendresse. On dirait qu'y veut me dire quelque chose. J'ai idée qu'y va parler bientôt.

– Je vous garde à coucher, dit Mignonne.

– Non. T'es ben gentille, mais on doit reprendre notre chemin. Déjà que l'orage nous a pas mal retardés…

Rose raconta à sa belle-sœur la terrible aventure qu'ils venaient de vivre.

Puis elle se leva.

– Viens, Ti-Paul, ma mère nous attend. Pis toé, Mignonne, tu perds rien pour attendre. On va se reprendre.

– Quand vous voudrez.

Mignonne portait bien son nom. Déjà, Rose l'aimait bien.

Rose et Ovide arrivèrent chez les Beauséjour à l'heure du souper. Maxime invita Ti-Paul à coucher, mais le garçon refusa.

– Mes parents seraient trop inquiets, dit-il.

Rose se dit que c'était plutôt la gêne ; chez les Latendresse, les enfants faisaient à leur gré et personne ne s'en souciait.

Maxime refusait de laisser un gamin de onze ans, à sept heures du soir, s'en retourner seul à Rawdon, mais Ti-Paul n'était pas un peureux.

Il rentra chez lui à la tombée de la nuit.

* * *

Les jours passaient et Rose se sentait de plus en plus mal à l'aise qu'Ovide vive dans sa famille. Elle aurait préféré demeurer dans un petit logis à eux.

Elle avait appris de ses frères que son père n'était pas au courant que sa mère l'avait invitée à demeurer avec eux. Rose se demandait ce que son père devait penser d'eux, qui se laissaient nourrir et loger sans donner un sou.

* * *

Pour réparer sa gaffe, Victorine écrivit à sa cousine Thérèse, à Montréal, pour lui demander si elle ne pouvait pas trouver du travail pour son gendre.

Peu de temps après, Rose reçut une très belle lettre où la cousine disait qu'elle aimerait bien qu'Ovide vienne travailler à Montréal. Elle avait trouvé du travail pour lui dans une boulangerie et prétendait qu'elle serait ravie de les prendre en pension tous les deux. Elle voulait une réponse le plus vite possible. Rose, tout heureuse, pensait que son mari accepterait. Elle lui tendit la lettre.

– Tiens, lis ça.

– À Montréal ? C'est non ! dit Ovide, catégorique.

– On peut quand même pas vivre sans un sou, dit Rose, déçue.

– Je vais monter aux chantiers à l'automne.

Ovide n'était pas habitué à une vie rangée.

* * *

Parti à onze ans de chez ses parents, Ovide était libre de faire tout ce qu'il voulait, c'est-à-dire sans aucune responsabilité. Sa mère était la bonté même, mais elle laissait ses enfants à eux-mêmes. Son père était un alcoolique. Il avait un bon fond, mais en boisson, il devenait violent. La vie n'était pas facile dans cette famille. Le père faisait la pluie et le beau temps. Ovide avait raconté à Rose que, lorsque sa sœur Mignonne s'était mariée, son père était resté plus d'un an sans la voir parce qu'elle avait épousé un garçon qui n'était pas à son goût. À la naissance de son enfant, ils s'étaient réconciliés.

Chapitre 17

Depuis septembre 1929, le pays était en période de grande crise. Le choc économique et social laissait des millions de personnes sans emploi et sans abri.

À la grande déception de tout le monde, à l'automne 1932, il n'y eut pas de coupes de bois ni de drave. Rien à Saint-Côme ni à Saint-Michel-des-Saints.

Un après-midi, Jacob arriva du village en disant qu'un homme engageait des gens pour bûcher du bois au fond de Ferme-Neuve, près de Mont-Laurier. Ces gens partaient le lendemain.

– J'y vais, moé itou, dit Ovide.

– Non, insista Rose. Asteure que t'es marié, ta place est icitte, avec ta femme.

Ovide n'en fit qu'à sa tête. Il profiterait de cette occasion pour s'évader. Il colla sa joue à celle de Rose pour un baiser pressé et il déguerpit, la tuque tout de travers sur la tête.

On était en septembre. Ça ne faisait pas deux mois qu'Ovide et Rose étaient mariés. Quelle désolation pour Rose qui restait seule, sans mari, pire qu'une veuve. Elle était sans argent, sans logis, et encore à la merci de ses parents, comme lorsqu'elle était jeune fille. Ce n'était pas du tout la vie de ménage dont la jeune femme avait rêvé.

Un soir, elle monta au grenier. Peut-être y retrouverait-t-elle ses rêves de petite fille.

Le grenier était froid. La grosse malle était toujours là, mais sa couleur bleue avait perdu son éclat, le ber ne bougeait plus, les bouteilles de sirop étaient vides. Rose s'assit devant sa machine à coudre, mais ne ressentit pas le besoin de pédaler comme autrefois. Elle médita. Elle était bien mêlée avec tout ce qui lui arrivait et elle n'avait personne à qui se confier ; sa mère l'avait prévenue qu'une fois mariée, on ne va pas raconter ses peines et ses misères à ses parents. Elle n'avait personne sur qui déverser sa peine. Elle se laissa aller à pleurer sur son sort, jusqu'à ce qu'elle sente un frisson la traverser tout entière. Elle descendit.

Le grenier avait perdu sa magie d'autrefois.

Malgré toutes ces déceptions, il fallait continuer à vivre. Rose passa l'hiver complet seule chez ses parents.

* * *

Le printemps valsait de doux à frisquet.

Ovide revint de Ferme-Neuve avec deux cents dollars en poche. Rose et lui auraient voulu se trouver un petit logis avec leur argent, mais ce qu'ils possédaient n'était pas suffisant. Ils furent donc forcés de demeurer chez les parents de Rose durant tout l'été.

À l'automne, Maxime profita de l'aide d'Ovide pour bûcher son bois de chauffage, mais le job ne dura pas une semaine ; ils étaient cinq hommes pour abattre ce travail, ce qui voulait dire aussi cinq hommes à nourrir et aucun revenu.

* * *

L'année suivante, la situation était toujours la même, sinon pire. Rose demeurait toujours chez ses parents. Elle en était rendue à se demander si elle avait fait le bon choix en mariant Ovide. Si elle regardait autour, les autres garçons, eux, trouvaient moyen de faire vivre leur famille. Et elle se rappela les paroles de Jacob : « Prépare-toi à verser des larmes de sang. »

Pour occuper son temps, elle sortit les cartes, s'assit au bout de la table et commença une patience. Debout derrière elle, Michel et Léon surveillaient son jeu et, à l'occasion, ils corrigeaient ses erreurs. Ovide approcha une chaise.

– Si on jouait plutôt une partie de cinq-cents, Rose? dit-il. Michel pis Léon contre nous deux.

Après quelques mêlées, la malchance s'abattit sur Ovide et Rose qui perdirent la partie. Ovide s'en prit à Rose, qui essaya de le calmer :

– C'est juste un jeu, Ovide. On joue pas à l'argent.

– Toé, sacre-moé patience!

– On va arrêter ça là, dit Rose, humiliée.

Elle croisa les bras, mais Ovide s'entêtait à continuer.

– Non, brasse, on joue une autre partie. Brasse, je te dis!

Le ton était dur. Rose, mal à l'aise devant les siens, mêla les cartes de nouveau.

– Coupe, dit-elle.

Ovide coupa les cartes. Mais la malchance s'acharna encore une fois sur eux.

– Tu sais pas brasser! cria Ovide. J'ai pas de jeu. Tu le fais exprès! Tu me fais perdre.

– Comment peux-tu dire ça ? intervint Michel. Rose voit pas à travers les cartes.

– Toé, mêle-toé de tes affaires.

Michel lui jeta un regard furieux. Il se retenait de dire à Ovide qu'il était chez lui dans cette maison ; il craignait trop de faire pleurer sa sœur.

– Moé, je joue plus, dit Michel en quittant sa chaise.

Ovide, en colère, lança les cartes qui s'éparpillèrent sur le plancher. Rose, mal à l'aise, s'empressa de les ramasser. Un silence lourd pesait sur la cuisine.

Les parents de Rose échangèrent un regard, sans parler. Maxime en voulait à son gendre de rabaisser sa fille. Elle ne se plaignait jamais, mais ce que Rose ne disait pas, il le ressentait profondément. Cependant, il ne voulait pas l'encourager à s'apitoyer sur son sort, ce qui la rendrait plus malheureuse encore. Depuis quelque temps, Ovide ne se gênait pas pour dire des choses désagréables à ses beaux-frères et à Rose à propos de tout et de rien. Et Rose pleurait. Son mari l'humiliait et la dépréciait aux yeux de sa famille. Lui qui, le jour de son mariage, lui avait promis de la protéger n'était plus le même homme.

En se chaussant pour sortir, Ovide malmena tellement ses chaussures qu'il brisa ses lacets. Rose était dans tous ses états. Son père, assis près du poêle, assistait à la scène, le visage fermé. Ça se voyait qu'il était mécontent ; il mâchouillait sa pipe. Depuis que le jeune couple demeurait chez ses parents, Rose n'entendait plus son père siffler ou taper du pied. L'atmosphère était devenue lourde comme autrefois, durant les années de deuil. Le bonheur avait encore une fois déserté la maison. Et Rose se sentait responsable. Elle aurait voulu se voir à cent milles de là.

Elle se posta à la fenêtre.

Ovide descendait la côte d'un pas rapide, comme s'il était pressé. Près du ruisseau, il s'adossa à un arbre et resta cloué sur place. Rose ne reconnaissait plus son mari. Comment l'aurait-elle pu ? Lui-même ne se comprenait pas. Il n'en pouvait plus de vivre sans argent, sans travail, sans projets, sans compter qu'il étouffait au sein de la belle-famille. Il aurait eu besoin d'air, de faire du social, mais sa situation lui semblait sans issue. Résultat, il n'était plus maître de lui.

Il lui fallait maintenant retourner dans cette maison où il ne se sentait pas chez lui.

* * *

La porte claqua sec. Ovide rentrait souper, aussi irrité qu'à son départ.

Rose s'empressa de le servir le premier. Elle approcha vivement le pain et le beurre de son assiette. Son père la voyait ramper devant son mari pour éviter une nouvelle crise et il bouillait intérieurement. Toutefois, son cœur de père lui conseillait de se taire ne pas faire de peine à Rose. Encore une fois, il ne se mêla pas de leur différend.

Ovide mangea comme deux hommes, sans mastiquer, comme un porc. C'était sa façon de se venger de l'insulte subie plus tôt. Pour dessert, il y avait deux tartes pour sept personnes ; Ovide en mangea une à lui seul et, son repas terminé, il s'empressa de sortir. Rose avait honte de son comportement. Elle n'osait pas intervenir devant sa famille, mais elle voyait bien que son père détestait les manières rustres de son mari. La situation était devenue invivable pour tout le monde.

* * *

Le lendemain, Victorine profita d'une courte absence d'Ovide pour parler à Rose.

– On pourra pas vous garder indéfiniment avec nous autres. Si vous pouviez vous trouver quelque chose ailleurs…

Rose ne dit rien. Elle sentait bien que son père n'en pouvait plus de supporter son mari. Il faut dire que l'homme qu'elle avait marié était bien différent des siens. Elle et Ovide n'avaient finalement rien en commun. Elle était douce, lui était bourru et autoritaire. Pour comble, Ovide était boudeur comme un enfant gâté et Rose faisait tout pour que ses parents ne s'en rendent pas compte. Elle courait au-devant de ses moindres caprices pour qu'il soit de bonne humeur.

En quelques mois, Rose avait tellement maigri qu'elle flottait dans sa robe.

* * *

Le soir venu, seule dans sa chambre avec son mari, Rose s'assit sur son côté de lit et raconta à Ovide ce que sa mère lui avait dit. Elle craignait sa réaction. À sa surprise, Ovide comprit que sa mère avait raison.

– On va discuter avec tes parents de ce qu'on pourrait faire et où on pourrait aller, vu qu'on a rien à nous, dit-il.

– Et si on allait travailler tous les deux pour ramasser quelques sous ? proposa Rose. Un nommé Bourgeois possède un lac à Saint-Côme et il construit des chalets pour les touristes. Il se dit prêt à engager un couple.

– Y en est pas question!

Rose insista:

– Pourquoi? Ce serait notre chance, on pourrait mettre un peu d'argent de côté pour enfin nous installer chez nous.

– Toé, côtoyer des hommes à cœur de jour? On sait comment ça tournerait. La place d'une femme est à la maison.

Ovide était jaloux des touristes avant même de les connaître. Rose tenta de le raisonner, de lui faire comprendre qu'il se faisait du mal pour rien, mais elle n'était pas étonnée: à chaque sortie, Ovide trouvait quelque chose à lui reprocher et elle pleurait.

À ce moment, Rose se dit qu'Ovide ne l'aimait pas; tout ce qu'elle disait ou faisait lui déplaisait. Avant de sortir avec elle, Ovide avait aimé éperdument une femme mariée qu'il n'avait probablement jamais oubliée.

Rose était de plus en plus malheureuse et ça se voyait juste à la regarder. Elle était triste, ne souriait plus et elle n'avait personne à qui se confier. Elle était mariée devant Dieu et les hommes et elle n'avait pas d'autre choix que de se résigner. Elle se sentait prise comme dans un tunnel où elle ne pouvait plus reculer. Et plus elle avançait, plus le tunnel rétrécissait.

Elle passait ses journées assise sur une chaise à fixer ses mains. Plus rien ne l'intéressait et elle n'était plus que l'ombre d'elle-même. Les siens la voyaient dépérir, mais comment intervenir?

Rose n'était pas au bout de ses déceptions.

En jasant tout bonnement, son frère Louis leur dit que la petite maison du Sixième Rang était inhabitée. La ferme, laissée à l'abandon, appartenait encore à son père.

C'était la maison où Rose avait grandi et qu'elle avait été si contente de quitter.

– P'pa a toujours dit que c'est un sol où le blé pousse mal, dit Rose.

À cet instant, sans se préoccuper de l'opinion de sa femme, Ovide demanda à son beau-père de lui vendre la terre. Ça ferait bien son affaire de s'éloigner de cette maison où il y avait beaucoup trop de monde.

Maxime accepta de vendre sa terre à Ovide pour la modique somme de trois cent cinquante dollars. Cinquante dollars comptant et cinquante dollars par année pendant six ans, sans intérêts. Sur cette terre, il y avait une maison, une grange, une étable, un hangar, une laiterie, une bergerie, un poulailler et un abri bas où les porcs pouvaient se protéger du soleil.

C'était certainement un bon achat, mais Rose ne voulait pas retourner vivre dans le Sixième Rang où il n'y avait plus aucune de ses amies. Comme elle n'avait pas son mot à dire, elle se laissa entraîner avec la résignation muette d'une martyre.

Dans ce rang, qui jadis comptait beaucoup de cultivateurs, il ne restait plus que quatre familles. C'étaient tous des gens assez âgés qui avaient hérité de la terre de leurs ancêtres. Rose avait très peu connu ces familles, sans doute des gens gentils, mais il n'y avait personne de son âge.

Malgré tout, il fallait maintenant penser à emménager.

Ovide demanda à son père de lui endosser un billet de quarante dollars pour acheter un cheval. Il revint avec la bête. Ce n'était pas un cheval, mais plutôt un éléphant. Il pesait deux mille livres et mangeait comme deux. Il le nomma Patoche.

– Plie tout, emballe tout, Rose, on part!

Rose, prisonnière de son serment, obéit à contrecœur. Elle détestait la campagne et tout ce qui s'y rattachait.

* * *

Ce matin-là, le soleil s'était levé bien avant Rose. Pourtant, Ovide voulait partir tôt.

Rose, en prenant tout son temps, commença à rassembler ce qui lui appartenait, soit quelques cadeaux de noce: un set de chaudrons, un set de vaisselle de quatre couverts, une petite horloge et une coutellerie pour six personnes. Sa mère se mit à fouiller dans son armoire. Elle ne pouvait pas lui donner grand-chose d'autre qu'un peu de nourriture; elle-même n'avait que le strict nécessaire. Heureusement, Rose avait reçu en cadeaux de noce des draps, des taies d'oreiller, un couvre-lit, des linges à vaisselle en toile de lin, une nappe et quelques serviettes qu'elle avait conservés dans des boîtes. Rose déposa dans une valise son linge personnel et celui de son mari. Son père lui donna un lit en bois, une paillasse de paille, deux chaises, une berçante et une petite lampe à huile qui n'éclairait pas plus qu'une bougie. Rose poussait chaque effet contre la porte.

En préparant ces choses, Rose avait le cœur gros; elle avait de la difficulté à retenir ses larmes.

Après avoir entassé son bien dans la grande charrette que son père leur avait prêtée pour le déménagement, Rose revint dans la maison. Son père et Michel étaient à l'écurie. Il n'y avait plus dans la cuisine que sa mère et Léon.

Rose, infiniment triste, regarda tous les beaux tapis qu'elle avait crochetés elle-même, puis elle dit à sa mère :

– Voulez-vous m'en donner un ? Je vous en ferai d'autres plus tard.

Sa mère accepta. Elle enroula un tapis, l'attacha solidement et le déposa dans ses bras.

– Tiens. Y est à toé.

– Je veux aussi apporter la machine à coudre qui est au grenier.

– Non, Rose, je peux pas te donner une chose qui m'appartient pas.

– Si les anciens propriétaires la demandent, Ovide ira la leur porter, mais ça me surprendrait ben gros ; ça fait ben un bon neuf ans qu'elle est là, elle doit pas leur manquer. Pis comme c'est là, elle sert à rien dans le grenier.

– Si tu me promets de la leur rendre, apporte-la.

Rose quitta la maison en pleurant. Pourtant, il y avait longtemps qu'elle désirait avoir son chez-soi, mais elle aurait préféré autre chose que cette vieille ferme abandonnée.

* * *

Ils partirent, Ovide debout sur le devant de la charrette et Rose assise sur une chaise au milieu des bagages. Ils avaient l'air de vrais gitans. Le gros Patoche avançait patiemment en regardant le sol. Pour comble, il leur fallait passer au village signer des papiers, ce qui gênait Rose à mourir.

– Je veux pas traverser le village dans cette charrette, je vais avoir l'air d'une condamnée qu'on mène à l'échafaud.

Ovide lui donna la permission de traverser le petit patelin à pied. À la sortie du village, Rose remonta dans la voiture et l'attelage se mit en branle lentement ; c'était un temps où les gens ne savaient pas se presser. On n'entendit plus que la plainte de la charrette sur les cailloux.

– On approche du coteau, dit Ovide, heureux comme un roi.

– Du calvaire, tu veux dire ? rectifia Rose avec une absence dans le regard.

Ils arrivaient à destination. Rose n'était pas retournée dans le Sixième Rang depuis leur départ, neuf ans plus tôt.

Elle reconnut la vieille maison délabrée, soustraite à l'ombre d'un chêne. Rose connaissait bien l'endroit pour y avoir passé ses années de jeunesse. Rien n'avait changé si ce n'est que, ce jour-là, la maison avait l'air pauvre et négligée, ce qu'elle n'avait pas remarqué autrefois.

Elle poussa la porte gauchie par l'humidité. Les gonds grincèrent sous la poussée. Rose entra dans sa nouvelle demeure les yeux rougis d'avoir trop pleuré.

L'impression de Rose en entrant dans cette maison minable qui dégageait une odeur de mort était indescriptible. Un vrai taudis ! Un refuge pour la vermine. Des mouches collées aux vitres bourdonnaient dans un bruissement d'ailes. Le plancher était parsemé de brindilles de foin et de crottes de souris. Et aucun bruit, aucun mouvement. La mort !

Le beau jaune pâle de la cuisine avait perdu son éclat. Une branche de rameau bénit restée au-dessus de la porte était prisonnière de fils d'araignée. Le vieux poêle était toujours là ; lorsque sa famille avait déménagé dans le Dixième Rang, son père avait laissé ce monstre noir dans la cuisine parce qu'il ne pouvait le déplacer sans qu'il se brise en morceaux. Une pierre mal équarrie remplaçait une patte brisée. À l'endroit du feu, un trou avait été bouché avec un morceau de tôle pour empêcher les tisons de tomber sur le plancher. Rose redoutait de se servir de ce poêle qui serait un danger constant pendant les nuits froides. Malheureusement, leur pauvreté ne leur permettait pas d'en acheter un en meilleur état. Cette maison la dégoûtait. Une vieille armoire, fixée au mur, servait de garde-manger. Rose l'ouvrit. Les souris avaient rongé les tablettes. Au beau milieu de la place, une table d'une saleté noire, aux tiroirs désajustés par l'humidité, et dessus, une main de tabac rougi. Autrefois, son père avait installé, dans un coin de la cuisine, un banc de quêteux où se trouvait une paillasse trouée. C'était là que les souris avaient fait leur nid.

Et dans cette maison, Rose était chez elle. Ce soir-là, elle aurait voulu mourir. Elle pleurait sans pouvoir s'arrêter. Ovide caressa sa joue et lui demanda ce qu'elle avait à tant pleurer.

– C'est cette maison ! Je l'aime pas.

– De quoi tu te plains ? On a un toit sur la tête.

Et Ovide ajouta :

– Je veux que tu retrouves ta bonne humeur pis que t'arrêtes de te ronger les sangs.

Sa jeune femme ne parla plus. Elle aurait voulu tout lui expliquer, mais à quoi bon discutailler ? La transaction une fois conclue, ce n'était pas elle qui allait changer l'ordre des choses.

Au coucher, malgré sa fatigue, Rose mit du temps à s'endormir. De tous ses beaux projets échafaudés deux ans auparavant, aucun ne s'était réalisé.

Rose, la plus belle fille de la paroisse, se sentait la dernière des dernières. Comme elle regrettait la maison chaude de son père!

* * *

Le lendemain, comme le soleil entrait par les fenêtres nues, Rose s'arracha difficilement de ses draps et, sans se presser, elle refit le lit.

Ils déjeunaient de rôties beurrées de graisse de grillades quand Ovide lui dit:

– Je dois aller au village chercher du foin pis de l'avoine pour mon cheval.

– J'aimerais que tu m'apportes un tapis de table, dit Rose en évitant son regard.

Ovide n'avait plus un sou, mais il pouvait acheter à crédit au magasin général. Durant ces années où les paysans vivaient des revenus de la terre, ils payaient leurs achats avec l'argent de leurs récoltes.

Après le départ d'Ovide, Rose se sentit abandonnée de tout le monde en plus d'être condamnée à vivre dans une chaumière miteuse. Elle en était là dans ses pensées quand elle aperçut une souris sournoise longer le mur à la recherche d'une cachette. Elle cria et sortit en vitesse.

À l'extérieur, pas un bruit, pas de vent, seulement une solitude muette, désespérante. Le soleil entrait faiblement par les vitres sales de la véranda; lui, au moins, ne l'avait pas abandonnée. Elle se pelotonna en haut du petit escalier de quatre marches et porta un regard dédaigneux sur ce qui l'entourait. Le vieux puits était là avec sa brimbale immobile, le jardin, à l'abandon, le verger, en friche.

Deux crapauds sautaient en toute liberté. Toutes ces choses qui lui souriaient au temps de sa jeunesse la répugnaient. C'était triste partout. Et dans ce lieu lugubre, elle allait faire son nid.

Son regard venait de s'arrêter sur une habitation misérable qui se trouvait en biais de la sienne quand elle vit venir sur le chemin le premier voisin, Jos Gauthier, qui se trouvait être un cousin éloigné de son père.

L'arrivée de Rose et d'Ovide était tout un événement dans ce rang isolé.

Rose se sentit moins seule.

– Tiens, vous v'là déménagés icitte ? dit Jos. Ça fait des années que cette maison est vide. Ça prend des jeunes comme vous deux pour ramener un peu de vie dans le rang.

– Je me demande ben à qui appartient cette vieille cabane, dit Rose en pointant une habitation délabrée. J'ai jamais vu personne y entrer ou en sortir. Elle m'a toujours intriguée, peut-être parce que, dans notre jeunesse, m'man nous défendait d'en approcher.

– Elle appartient à mon frère Hector. Mais comme y a déjà une bonne maison, celle-là y sert pus depuis belle lurette. Y dit que ça vaut pas la peine de l'entretenir ; y la laisse aller à l'abandon. À l'occasion, des quêteux y passent la nuit.

– Et quel âge a ce vieux chêne ? demanda Rose. Y est encore chargé de glands.

– Du plus loin que je me souvienne, y a toujours été là. Y est ben vieux, pis y vieillira encore pendant des siècles. Y est comme les choses qui vivent dans le souvenir des hommes au-delà de leur durée naturelle. Y est digne d'être admiré par qui le voit.

– Quoi qu'y en soit, je trouve tout laid icitte.

– Pourtant, ce chêne est beau, droit et flexible.

Rose se tassa pour libérer une petite place à son côté.

– Voulez-vous vous assire ?

– Non, entrons ! Chus venu pour t'aider.

– M'aider à quoi ? J'ai pas le goût de rien faire icitte.

Rose déplia lentement son long corps maigre. Elle poussa la porte de bois disjointe qui fit entendre un long craquement et elle précéda le cousin Jos dans son humble réduit.

L'homme ouvrit la fenêtre pour inviter l'air pur à entrer.

Il fallait tout nettoyer, mais par où commencer ? Elle s'attaqua à l'armoire qui devait servir de garde-manger afin de pouvoir placer le peu de mangeaille que sa mère lui avait donnée. Elle réussit avec un frisson de répugnance à enlever la paillasse du banc de quêteux. Aidée du vieux cousin, ce ne fut pas long que la vieillerie se retrouva dehors. Ensuite, à l'aide du balai, l'homme enleva les fils d'araignée et nettoya toutes les pièces du bas. Pendant ce temps, Rose s'attaqua au poêle qui était tout rouillé. Avec une brosse à crin dur, elle enleva tout ce qu'elle put. Elle fit de même avec la table.

Finalement, le cousin, un peu fatigué, lui dit :

– Avant de partir, je vais m'asseoir un peu.

Sitôt dans la berçante, il cligna des yeux comme s'il allait s'endormir, puis il sursauta et se leva promptement.

– Bon ! Moé, j'y vais.

– Vous partez pas déjà ? C'est vrai que ma maison est pas ben attirante.

– C'est pas ça, y faut que j'aille au village. Si j'avais su qu'Ovide y allait, j'y aurais donné une commission, quelques vis seulement.

– J'espère qu'y oubliera pas d'apporter des trappes à souris.

Jos se rassit doucement et raconta :

– Chez nous, y a quelques années, mon frère pis moé, on a vu des gros rats en haut de la soue, dans le carré à grain. Ces bêtes-là m'ont toujours écœuré. De connivence avec Hector, chus monté en douceur pis là, j'ai frappé un coup léger avec mon pied pour les effrayer juste un peu. Les rats sont sortis de leur cachette. Y sautaient de marche en marche jusqu'au bas de l'escalier, où Jos les attendait avec un bâton pour les assommer. On a dû en tuer une trentaine. Par la suite, on en a jamais revu un.

– Vous êtes pas obligé de me distraire, dit-elle.

Jos se leva.

– Cette fois, j'y vais pour de bon. Écoute, Rose, je vais revenir de temps en temps, je te le promets. D'ici là, je vais envoyer mes petits-enfants te porter un chat pour la vermine.

Une fois Jos parti, Rose se rendit au puits et revint avec une chaudière d'eau qui servirait à laver le plancher. Elle s'agenouilla et, à l'aide d'une brosse de crin dur et d'un gros savon du pays, elle se mit à frotter. Elle suait. « Ouf ! » disait-elle épuisée. Ce travail l'éreintait ; depuis un bon bout de temps, elle ne mangeait presque rien. Elle s'assoyait un moment sur ses talons, passait son avant-bras sur son front et se remettait au travail afin que cette sale besogne soit terminée pour le retour d'Ovide. Elle n'abandonna pas sa tâche avant que son plancher brille de propreté. Rose posa le tapis crocheté au pied de la porte, puis, épuisée, elle s'abandonna au va-et-vient de la berçante.

Au retour d'Ovide, Rose lui demanda :

– Comment tu trouves mon plancher ?

– Qu'est-ce qu'y a, ton plancher ?

Ovide n'avait rien remarqué. Il lança un petit paquet sur la table.

– Tiens, le compte est écrit sur le papier d'emballage.

Rose le déballa. C'était un tapis ciré, coloré de petites pommes rouges et de feuilles vertes, sur fond blanc. Rose l'étendit sur la table. Déjà la cuisine prenait un air de propreté.

* * *

Quelques jours plus tard, Rose faisait briller ses vitres quand elle vit un attelage monter la côte. Elle reconnut son père. Elle courut à l'extérieur. Léon l'accompagnait. Assis derrière la charrette, il traînait une vache à lait qui se nommait Pommette. Elle était rouge avec une belle face blanche. Léon posa des pierres derrière les roues de la charrette pour l'empêcher de descendre et conduisit Pommette à l'étable.

– Ma Pommette ! s'écria Rose. Incroyable !

Depuis deux ans, Rose la trayait. Elle donnait beaucoup de lait. Son père craignait-il qu'elle ne meure de faim ? C'est ce que Rose en déduisit. Son père lui apportait aussi un bureau de chambre surmonté d'un miroir au contour biseauté. Du beau neuf. Son père, si économe, avait délié les cordons de sa bourse pour elle et Rose en était touchée.

Même si elle était contente de voir les siens, en même temps, Rose était intimidée devant de si imposants cadeaux. Elle ne pouvait parler, elle avait trop envie de pleurer tant l'émotion lui bloquait la gorge.

Ses parents s'en faisaient pour elle. Rose se sentait maintenant moins abandonnée.

Cette visite impromptue fut un soulagement à sa détresse.

Rose se demandait comment ils allaient vivre durant le prochain hiver ; la saison était trop avancée pour semer et il n'y avait de travail nulle part. Dans le temps, le beurre se vendait quinze sous la livre, les œufs, dix sous la douzaine, mais Ovide et Rose ne vendaient rien aux gens du village. Ils achetaient tout à crédit.

* * *

Heureusement, ils avaient des voisins formidables, des gens à l'aise qui, comme ils étaient établis là depuis plusieurs années, ne manquaient de rien. Rose et Ovide allaient survivre grâce à la générosité de ces bonnes âmes toujours prêtes à leur venir en aide.

Leur premier voisin, Jos Gauthier, avait une famille de six enfants, tous mariés. Il demeurait avec la petite famille de Donatien, son cadet. Que de services ces gens rendirent au jeune couple sans jamais demander un sou en retour ! Ils veillaient sur Rose comme si elle eût été leur fille.

Les deux autres voisins étaient plus âgés. Arthur n'avait plus d'enfants à la maison et Hector, qui n'en avait jamais eu, se trouvait malheureux, alors il gâtait les Latendresse comme s'il les avait adoptés. Ces trois familles Gauthier veillaient sur Rose comme des anges gardiens.

Après le souper, Ovide allait sortir comme chaque soir.

– Tu me laisses encore tout seule ? dit Rose. Si tu savais comme j'ai peur à la noirceur !

– Peur de quoi ?

– Tu vois la vieille cabane de monsieur Hector ? Je pense qu'elle sert de refuge à des êtres étranges.

– Mais non ! Y a personne qui vit là.

– Je te le dis ! insista Rose.

– C'est ton imagination qui te joue des tours.

– Je te le jure !

– Je vais en parler à nos voisins.

Ceux-ci s'intéressaient à tout ce qui se passait chez le jeune couple.

– Reste avec moé, insista Rose.

– Sois raisonnable ! Je serai pas longtemps, je vais juste faire un petit tour à la forge.

Finalement, Ovide lui promit de revenir avant la noirceur.

* * *

Le soir tombait sur la campagne et Ovide ne revenait pas.

Rose, nerveuse, se promenait d'une fenêtre à l'autre quand elle aperçut deux silhouettes sur le chemin. Plus près, elle reconnut ses petites voisines, Rachel et Augustine. Les filles devaient avoir douze et treize ans.

Rose s'attachait à elles, à Rachel surtout, qui bavardait beaucoup et s'intéressait à tout. Rose leur raconta la découverte de son grenier aux trésors, ce qui passionna les filles. Finalement, Augustine s'endormit sur le banc de quêteux.

Par la suite, lors des absences répétées d'Ovide, Jos Gauthier lui envoyait ses petites-filles et, même si elles étaient jeunes, Rose se sentait en sécurité. Désormais, elle ne serait plus seule quand son mari s'absenterait le soir.

* * *

Tous les vendredis, Hector faisait boucherie. Il tuait un porc, un bœuf, des volailles ; il débitait le tout en différentes grosseurs et, le lendemain, il passait dans les rangs avec une voiture couverte pour vendre sa viande. À chaque porte, il faisait sonner une clochette. Les femmes sortaient de leur maison et choisissaient leurs morceaux préférés.

Au retour, Hector rapportait toujours quelques parties invendues. Chose curieuse, il en restait pour une seule famille.

Il frappa chez les Latendresse avec un sac à la main.

– Entrez, cria Ovide.

– Ma run est finie pis y me reste un peu de viande. Si vous la voulez… plutôt que de la perdre…

Rose se leva prestement.

– Pas tout ça pour nous ? C'est le bon Dieu qui vous envoie. Tenez ! Mettez ça su' le boutte de la table.

– Assoyez-vous, monsieur Gauthier, dit Ovide en avançant la berçante. Prenez le temps de souffler un peu pis de nous donner quelques nouvelles de tout un chacun.

Hector s'assit. C'était l'histoire de toute une semaine qu'il rapportait avec son surplus de viande. Il ramassait tout ce qu'il entendait de nouvelles, sans se préoccuper si elles étaient vraies ou fausses.

Quand Rose put placer un mot, elle lui demanda :

– Vous entendez pas parler de matante Léonie ?

– Le monde en parle pus. Personne sait rien. Depuis toutes ces années, si elle avait eu à revenir, ce serait fait depuis un bon boutte. P't-être ben qu'elle est morte !

– Je pense que non ; elle aurait pas emporté sa valise. M'man pense qu'elle est pas allée loin parce qu'elle est partie à pied. J'aurais ben aimé ça la connaître, comme elle fait partie de ma famille...

Tout en parlant, Rose se couvrit d'un grand tablier qui lui allait du cou aux pieds. Elle déposa le lard dans un saloir caché dans le hangar et revint à la cuisine. Elle sortit de l'armoire des petits contenants en verre et se mit en frais de diviser les viandes en repas.

– Je vais en avoir pour toute la semaine. Je vous dis que vous nous gâtez ! Avec Ovide qu'a pas de travail, les temps sont pas mal durs. Si on vous avait pas, on mourrait de faim.

– Quand je travaille pas, je peux vous aider, monsieur Gauthier, offrit Ovide, autant pour abattre vos bêtes que pour vos livraisons.

– T'es ben d'adon. Je peux pas refuser une si belle offre.

– Si ça peut compenser un peu pour votre générosité !

Monsieur Hector suivait Rose du regard. « Si ma viande peut la remplumer », se dit-il.

– J'espère qu'un jour on vous remettra tout ça, dit Rose.

– Tu me dois rien pantoute. Ces surplus-là, je les aurais perdus.

Un flot de reconnaissance ramena un sourire aux lèvres de Rose.

* * *

Les semaines suivantes, les Latendresse reçurent de nouveau des surplus de viande. Rose se demandait si monsieur Hector lui en réservait par charité.

Les petits-enfants de Jos Gauthier lui apportaient des pommes de terre et des légumes du jardin. Ces bonnes choses étaient toujours gratuites et, lentement, Rose se rempluma.

Chapitre 18

Dès que les parents d'Ovide apprirent que Rose et leur fils étaient installés sur leur propre ferme, ils s'empressèrent d'aller les visiter. Ils apportèrent deux petits cochons à engraisser, deux poules pondeuses et la promesse de leur donner un chien plus tard.

Rose sortit en courant comme quand les siens arrivaient.

– Vous autres ! C'est pas vrai ! Entrez, dit-elle en laissant passer devant elle une ribambelle de beaux enfants.

Sa belle-mère entra la dernière. Elle portait une robe noire à petits pois blancs et des chaussures éculées. Elle remarqua la pâleur et les yeux cernés de Rose.

– Asteure que vous êtes là, dit Rose, je vous garde à dîner.

– Je m'en veux de m'imposer. Vu qu'on arrive comme un cheveu sur la soupe, j'ai apporté ce qu'y faut.

Elle donna un petit coup de tête vers Ti-Paul.

– Va chercher la boîte de manger dans la voiture.

* * *

La dernière bouchée avalée, les hommes sortirent sur le perron et les enfants s'éparpillèrent à l'extérieur, laissant leur mère et Rose seules, attablées devant un café.

– Votre café a pas le même goût que le nôtre.

– C'est notre eau qui est sulfureuse. Quand je la laisse reposer, elle perd son goût d'œufs pourris, mais aujourd'hui, avec votre belle visite, j'avais la tête ailleurs.

– Rose, vous avez beaucoup changé depuis la dernière fois qu'on s'est vues. Avez-vous été malade ?

– Non.

– Qu'est-ce qui se passe, Rose ? Vous êtes pas heureuse ?

– ...

– Vous êtes pas obligée de me répondre ; vous êtes pas à confesse.

– Tout va de travers depuis mon mariage. Ovide manque souvent d'ouvrage, ça fait qu'on se passe du nécessaire. Finalement, y a acheté cette ferme que je déteste. Ovide fera jamais un bon cultivateur ; y tient pas en place, y est partout sauf icitte pis c'est moé qui dois m'occuper des animaux pis de tout le tralala. Le pire, c'est que, le soir, y me laisse toujours seule. Si c'est que ça, la stupide de vie !

– Pauvre Rose ! Je sais pas quoi vous dire.

– Si vous y parliez, y vous écouterait peut-être, vous, sa mère.

– Ce serait pour rien. Ovide est comme son père, oh, pas méchant pour deux cennes, mais pas responsable. Comme nos vies se ressemblent, Rose ! Mon mari m'a toujours trimballée d'une maison à une autre sans jamais me demander mon avis. Je pense que c'est notre sort à nous les femmes d'être nées servantes au point de nous oublier, ce qui veut dire : suivre, obéir, servir. Pis on nous appelle les reines du foyer, dit-elle, les yeux au plafond, la bouche dédaigneuse.

Rose ne connaissait pas sa belle-mère sous des dehors aussi moqueurs. Elle égrena un petit rire clair qu'elle étouffa aussitôt dans sa main pour reprendre son sérieux.

– Pis vous, êtes-vous heureuse ?

– Notre bonheur, Rose, on doit le construire au jour le jour. Moé, mes enfants sont ma raison de vivre, ma consolation.

* * *

Comme Ovide était si peu présent, Rose attendit l'heure du coucher pour jaser avec lui, le questionner pour en apprendre davantage sur sa belle-famille. Ce soir-là, Rose, fine mouche, tournait autour du pot :

– Parle-moé de tes parents, de leur caractère, je veux dire, comment ça se passe entre eux ?

– Qu'est-ce que tu veux dire ?

– Je voudrais savoir s'ils sont heureux.

– Je pense que oui.

– Pis toé, Ovide, t'es heureux ? Tu m'aimes ?

– Tu le sais ben !

– Non, je le sais pas, tu me le dis jamais.

– Je serais plus heureux si j'avais plus à t'offrir, mais j'ai pas d'argent.

– Ce que j'ai le plus besoin, c'est de ta présence pis ça, ça coûte rien.

Croyant lui faire plaisir, Ovide lui fit l'amour.

En se donnant à son mari, Rose pensait : « Pas encore ! J'ai pas le droit de refuser. » La jeune femme, la tête ailleurs, pensait que l'amour était ce qu'il y avait de plus beau au monde, que son mari lui dirait des mots doux à cœur de jour, comme au temps de leurs fréquentations, qu'il la prendrait dans ses bras, la bercerait et lui ferait des caresses sans qu'elle soit obligée de faire chaque fois l'amour, mais c'était tout le contraire : après son mariage, c'était comme si les caresses et les mots d'amour étaient dérisoires. Son mari demandait et exigeait. Il était marié, autant en profiter.

Après tant de déceptions accumulées, les sentiments de Rose étaient écorchés.

* * *

L'hiver suivant fut long et froid. Ovide bûcha du bois de chauffage, mais comme il était vert, il ne donnait que peu de chaleur. Rose dut porter son manteau à cœur de jour dans la maison.

* * *

Après presque trois ans de mariage, Rose en vint à penser qu'elle n'aurait pas d'enfants, mais au début de juin, elle fut surprise de se trouver enceinte. Tous les matins, elle était prise de nausées ; elle ne gardait même pas l'eau qu'elle buvait. Le peu de nourriture avalée lui tombait sur le cœur. Elle repoussait même le bon lard salé que monsieur Hector Gauthier lui donnait et dont elle était si friande.

Un midi, à la table, elle annonça à son mari qu'elle était enceinte. Elle pensait qu'il se réjouirait, mais non, Ovide ne dit rien.

– T'es pas content? Tu savais ben qu'on en viendrait là, à force de coucher dans le même lit.

– On est trop pauvres pour avoir un bébé.

– Fallait y penser avant.

Rose en déduisit qu'Ovide n'aimait pas les enfants.

Même si elle ne connaissait pas grand-chose aux bébés, Rose était très contente. Enfin, elle allait avoir un petit être à chérir, à dorloter, comme autrefois son frère Claude. Elle aimait déjà l'enfant qui s'annonçait.

Dès le début de sa grossesse, Rose passa tout son temps à préparer la venue de son enfant. Penchée sur sa machine à coudre, elle avait l'occasion de manifester son talent de couturière. Elle confectionna des couches, des piqués, des jaquettes, des bonnets et deux courtepointes de berceau. Il n'était pas question d'acheter des verges de matériel; elle taillait tous les petits vêtements dans du linge usagé que les gens lui donnaient: des sacs de farine pour les couches et les piqués, des petites jaquettes dans le dos des chemises usées au col. La machine à coudre ne dérougissait pas. Sa mère lui donna sa layette de baptême brodée à la main, un ensemble d'une beauté rare, un héritage de sa grand-mère Marquise.

Rose hérita aussi du berceau dans lequel toute sa famille avait été élevée.

* * *

Un soir, alors que Rose tricotait, elle crut voir une ombre se déplacer près de la cabane en bois noirci. Une peur irraisonnée la saisit. Ce n'était pas le vent; le temps était d'un calme plat. Peut-être un ours. Elle regarda mieux.

Rien ! De nouveau la chose noire bougea, mais impossible d'en distinguer clairement la forme. Fort heureusement, Ovide était sur le point de rentrer de l'étable.

Il avait à peine ouvert la porte que Rose lui fit part de son inquiétude :

– J'ai vu bouger quelque chose près de la cabane. C'est peut-être un ours.

– Voyons donc ! C'est plutôt rare qu'ils rôdent près des maisons.

– Tiens, assis-toé là pis surveille.

– Ça doit être monsieur Hector. Comme c'est sa cabane, y peut s'en servir pour entreposer des choses.

Ovide alluma sa pipe

– T'as ben raison, y a quelque chose qui grouille par là. Y fait trop noir pour reconnaître ce que c'est.

– Y me semblait aussi que j'avais pas la berlue !

* * *

Le lendemain, Hector frappa chez les Latendresse. Ovide lui avança une chaise et lui dit :

– Hier, j'ai cru voir bouger quelque chose autour de votre cabane. Comme y faisait noir, j'ai pas pu distinguer si c'était un homme ou une bête.

–C'est un homme. Vous avez un nouveau voisin, Achille Lafrenière.

– Enfin, des voisins ! s'exclama Rose que la nouvelle réjouissait. Je vais me sentir moins seule. Cet homme a une grosse famille ?

– Non. Achille vit seul. C'est un être bizarre.

Rose, d'un naturel craintif, éprouva une amère déception ; aussi vite elle s'était emballée, aussi vite ses espoirs s'évanouissaient. Elle se sentait déjà menacée. Un être étrange se terrait dans une habitation misérable, située de biais avec la sienne.

– Qu'est-ce que vous voulez dire par « bizarre » ?

– C'est un être étrange que les gens aiment pas côtoyer, comme s'il était une menace. Y est toujours vêtu de noir, comme s'il voulait disparaître dans la nuit. Y porte la barbe pis les cheveux longs pour cacher son visage. Ses yeux sont comme des tisons. Un bon jour, je vous le présenterai en personne pis vous comprendrez. Je suis venu vous dire de pus compter sur Rachel pis Augustine pour venir vous tenir compagnie le soir ; depuis l'arrivée d'Achille, leur mère trouve pas prudent de laisser les filles sortir à la noirceur.

Rose en déduisit que le nouveau venu n'avait rien de rassurant.

– Cet homme est âgé ?

– Y doit être dans la cinquantaine.

– Y est-y dangereux ? demanda Rose. Je veux dire, y est-y méchant ?

– Pour le savoir, y faudrait entrer dans sa tête.

– T'entends ça, Ovide ? Je veux pus jamais que tu me laisses seule le soir.

Hector Gauthier connaissait bien Achille ; cet homme avait un lien de parenté éloigné avec lui.

– Parlez-moé de lui, dit Rose.

– C'est un homme en déroute qu'un grand amour a terrassé. On raconte dans le coin que, aux États, sa femme l'aurait fait interner pour un crime. On répète aussi qu'y se serait évadé de prison pour finalement revenir au pays. Demandez-moé pas comment, ça reste un mystère.

– Êtes-vous sûr qu'y est marié? Quelle femme accepterait de vivre avec un pareil monstre?

– Y est marié avec une fille de par icitte, la fille à Donatien Venne.

– J'ai jamais vu de lumière aux fenêtres, dit Rose, ni la cheminée fumer. Y va manquer d'air, enfermé entre ses quatre murs, la maladie va s'installer.

– La nuit, y court les bois, comme si y était poursuivi, ajouta monsieur Hector.

Et cet homme était son voisin! Rose n'était pas rassurée.

* * *

Le lendemain, au déjeuner, Rose proposa à Ovide:

– Si tu voulais atteler Patoche au boghei, après-midi, on irait faire un petit tour chez mémère Beauséjour. Comme elle est au courant de tout ce qui se passe dans la paroisse, elle en sait peut-être un peu sur notre nouveau voisin.

* * *

Les vieux se berçaient doucement dans la grande cuisine. Le grand-père reçut le jeune couple à bras ouverts.

– Ah ben, de la belle visite!

La vieille Prudentienne quitta sa berçante et leur servit un café et des galettes au son. Elle approcha quatre chaises de la table.

– Là, ma Rose, dit-elle, tu dois avoir quelque chose de ben important à me demander pour venir me voir comme ça, en pleine semaine.

– Vous avez deviné, mémère.

– Si c'est de l'argent, j'en ai pas ; si c'est autre chose, je t'écoute.

– Ovide pis moé, on se demande si vous connaissez notre nouveau voisin, Achille Lafrenière.

Rose avait frappé à la bonne porte.

– Ben sûr que je le connais ! Dans la place, on le surnomme Achille le gorille. C'est un Lafrenière. Y est né par icitte, dans le Dixième Rang. On le voit jamais à la messe. Ah, c'est un drôle de pistolet, celui-là ! Si vous saviez comme y en a fait arracher à sa mère, sans parler de son père qui s'est consolé avec la bouteille. Cet homme qui n'avait jamais bu disait : « Le ciel a mis l'oubli pour tous au fond d'un verre. » Y est devenu ivrogne. Les gens disent qu'y a bu sa terre !

– À croire ce qu'on dit, cet Achille est marié.

– Y s'est marié à trente ans avec une fille de la place qui avait la moitié de son âge. Le jour même de son mariage, le couple s'est exilé aux États pour aller travailler dans les facteries de coton. Pis à croire tous les propos qui courent sur son compte, ç'aurait l'air que, là-bas, cet homme aurait eu des difficultés avec la justice pis que sa femme aurait réussi à le faire enfermer. En tout cas, c'est ce que lui raconte. Après des années de prison, y aurait fini par s'évader. Personne sait quand ni comment y a pu revenir par icitte.

Comme la vieille avait son orgueil, elle passa sous silence sa présence au mariage d'Achille ainsi que son lien de parenté avec lui.

– Y faut en parler sous toute réserve, dit la grand-mère. Sinon, vous risqueriez de blesser certaines gens ; dans Saint-Côme, presque tout le monde est parent.

– Cet homme est notre voisin. Je l'ai jamais vu pis, déjà, j'en ai peur, dit Rose. On dit que c'est un être barbu, fort laid.

– Tu sais, y peut y avoir des arbres malades dans une forêt merveilleuse.

Ovide se leva.

– Y faut y aller, Rose, si on veut arriver pour l'heure des vaches. Tu reviendras jaser un autre tantôt.

* * *

Le lendemain, Rose se plaça un peu en retrait de la fenêtre pour observer discrètement la cabane. Le détail qui frappait l'œil était la porte faite de planches grossières, mal équarries. Le reste de la maison était caché dans l'ombre. De chez elle, on n'apercevait que cette porte qui avait l'air malhonnête, une porte sans vitre, sans teint, battue par les vents et les pluies. La boîte aux lettres ne portait pas de nom, mais le numéro trente-huit. Rose se demandait bien pourquoi avoir mis un chiffre quand les autres boîtes aux lettres portaient les noms des occupants. Peut-être était-ce son numéro de prisonnier. De toute façon, le facteur ne s'y arrêtait jamais.

Ce sinistre individu devait craindre que les autorités ne lui mettent la main au collet et ne l'enferment à nouveau.

* * *

Un soir, le bon Hector amena Achille veiller chez les Latendresse. C'était la première fois qu'il entrait chez eux. Ovide lui approcha une chaise.

Achille était un homme bien bâti, probablement très laid; on ne pouvait deviner son âge, ni voir sa figure avec sa tignasse de cheveux noirs qui lui retombait sur les yeux et sa barbe aussi longue d'où sortait une pipe pendue aux dents. Il se tenait un peu penché en avant, comme s'il traînait un poids sur ses épaules.

En apercevant l'individu, ni bête ni homme, Rose se glaça d'horreur.

Elle approcha la berçante contre la cheminée puis sortit de son panier à raccommodage un carinquin qu'elle poussa au fond d'un bas percé. La tête penchée sur son ouvrage, elle reprisait une talonnette tout en écoutant attentivement les deux hommes causer avec son mari. De temps à autre, la jeune femme levait un œil discret sur l'inconnu. Elle ne pouvait jamais voir ses yeux, il regardait toujours par terre.

Rose se demandait pourquoi monsieur Hector tenait tant à leur présenter cet être dégoûtant.

Achille était pourtant un homme instruit, qui parlait deux langues. Il était intéressant à écouter, jusqu'à ce qu'il parle d'un jeu d'anneaux de broche qui, disait-il, lui avait été enseigné par des prisonniers. Puis il se mit à rire, d'un rire sarcastique qui semblait venir des profondeurs de la bête. Rose sentit un frisson la parcourir.

Par la suite, il revint de temps en temps faire un brin de causette avec Ovide. Rose ne lui parlait jamais, elle le trouvait terrible.

Achille travaillait peu, il ramassait quelques petits fruits sauvages, des glands, et Rose se demandait de quoi d'autre il se nourrissait. Sans doute comme elle, de la générosité de ses voisins.

* * *

Ce soir-là, Rose était seule dans la maison. Elle sortit son chapelet, qu'elle récita assise dans la berçante. Rendue à sa deuxième dizaine, elle entendit frapper à la porte. Elle rangea son chapelet dans la poche de son tablier et se rendit ouvrir, les jambes flageolantes. C'était Achille. Avec ses mains aux jointures déformées comme des nœuds d'arbre, il déposa un petit bouquet de fleurs sur la table et repartit sans dire un mot. Rose aurait aimé qu'il lui épargne cette attention. Elle se demandait s'il avait remarqué qu'elle tremblait de peur.

Dans le temps, les femmes nourrissaient de vives appréhensions concernant les grossesses, comme les taches de naissance par exemple, toutes des histoires de bonne femme. Rose, elle, craignait que son enfant ne naisse avec des cheveux raides et longs comme ceux d'Achille le gorille. Elle avait beau essayer de chasser cette idée de son esprit, elle lui revenait toujours et, à chaque rappel, son cœur se serrait d'angoisse.

Chapitre 19

Il pleuvait depuis le matin et, à trois endroits, l'eau du toit dégoulinait dans la maison. Rose plaça une casserole, un seau et une boîte de conserve aux endroits stratégiques et, pendant la journée, elle vaqua à ses occupations en contournant les contenants. La nuit, elle entendait des « ploc » réguliers. Dans cette vieille maison, on entendait toujours des bruits, comme le vent siffler ou encore une planche ou un contrevent frapper le mur, et Ovide n'était jamais pressé de les réparer. Rose devait s'endormir au son de ces bruits bizarres. Pour comble, il y avait les loups. Les grands bois en étaient pleins et la nuit, quand ces bêtes voraces étaient affamées, elles s'approchaient des maisons à la recherche de nourriture comme les poules et les brebis. On pouvait reconnaître les loups à leurs yeux phosphorescents. Entendre une meute de loups hurler à l'heure du crépuscule faisait dresser les cheveux sur la tête. Il y en avait qui criaient, certains hurlaient, d'autres pleuraient comme des petits enfants. Rose ne s'habituait pas à ces sons ; c'était pourtant ceux de sa jeunesse. Ce n'était pas la plus belle musique à entendre pour une femme souvent seule. Dire que, deux ans plus tôt, elle dormait bien tranquille chez ses parents. Là-bas, elle ne connaissait pas ces peurs et ces angoisses.

C'était un soir comme les autres. À l'heure où le soleil déclinait, Ovide sortit et, comme d'habitude, il alluma son fanal et s'en alla sur la terre détrempée, par un petit chemin que lui seul connaissait, rassembler ses moutons pour les ramener à la bergerie. Il devait les enfermer pour empêcher les loups ou les renards de s'en régaler.

Deux heures plus tard, alors que le jour avait culbuté dans la nuit, Ovide n'était toujours pas revenu. Rose arpentait la cuisine en se rongeant les sangs. Ses peurs d'enfant se réveillaient. Elle surveillait la fenêtre où elle craignait d'apercevoir une face d'homme ou encore un être humain monstrueux comme Achille. Les loups hurlaient près de la maison. Rose, morte d'inquiétude, allait d'une fenêtre à l'autre, mais la pénombre et un rideau de pluie l'empêchaient de voir plus loin que l'étable. Elle imaginait les pires scénarios. Toujours rien. Elle prit son courage à deux mains et, en pleine noirceur, elle se rendit à la bergerie. Les moutons étaient bien enfermés, mais son mari n'était pas là. Rose s'imagina aussitôt que les loups l'avaient dévoré ; plus tôt, ces carnivores avaient rôdé près des bâtiments. La jeune femme craignait de s'éloigner de chez elle en pleine noirceur autant qu'elle craignait d'y rester.

À dix heures, n'en pouvant plus de se morfondre, elle décida de se rendre chez Jos Gauthier. Elle jeta sur ses épaules un manteau en toile noire sans passer les manches et, arrivée sur le pas de la porte, elle promena un regard apeuré autour d'elle et hésita un moment. La pluie l'empêchait de voir le refuge du gorille. Dieu qu'elle craignait cet homme ! « Et si Ovide est en danger ? pensait-elle. J'y vais !

Au moins, chez monsieur Jos, je serai pas toute seule. »
Rose prit le fusil et fila à grandes enjambées sur le chemin boueux.

* * *

Les Gauthier furent surpris de voir arriver Rose sous l'averse, à une heure aussi tardive et, pour comble, avec une arme à la main. Elle ressemblait à une chauve-souris. Elle avait des yeux étranges et elle était tout essoufflée. La dame lui enleva le fusil des mains.

– Donnez-moé votre bougrine pis assisez-vous là. Pendant que vous allez reprendre votre souffle, je vais vous préparer une tisane. Mais dites-moé donc, qu'est-ce que vous faites sur le chemin en pleine noirceur ?

Rose ne pouvait répondre. Des soupirs montaient à sa gorge et son cœur battait fort comme un clou qu'on enfonce à coups de marteau.

– Prenez le temps de vous remettre, dit la dame. C'est pas bon dans votre état de vous énerver de même.

Après avoir repris ses esprits, Rose mit les Gauthier au courant de son inquiétude. Monsieur Jos lui dit :

– Je pense que je sais où se trouve ton mari.

Il raconta que vers six heures et demie, une auto s'était dirigée chez leur voisin de droite et, vu l'état lamentable des routes par les jours de pluie, la voiture s'était embourbée. Ça prenait des hommes pour pousser. Ovide et lui avaient porté secours au chauffeur. Comme ils étaient de la place, le chauffeur, pour les remercier, les avait invités à prendre un verre.

– Moé, comme je bois pas, chus revenu à la maison, mais Ovide doit être encore là.

Rose, soulagée de savoir Ovide sain et sauf, expira longuement.

– Je vous ai dérangés pour rien, dit-elle, désolée.

– Ça te prendrait un gros chien pour te rassurer, lui dit Jos.

– Si on avait un chien, y aurait pas été là, y aurait suivi Ovide.

– Reprends ton souffle. Tantôt, j'irai te reconduire.

* * *

Ovide n'avait même pas réalisé que sa femme pouvait s'inquiéter. Il avait été élevé comme ça ; dans sa famille, ils étaient plusieurs enfants et même si certains soirs ils ne rentraient pas coucher, personne ne s'en souciait. L'année précédente, ses parents avaient perdu leur gamin de neuf ans pendant quinze jours. Quand Ovide racontait ce fait, il riait.

À son retour à la maison, Ovide reconnut malgré tout son erreur et promit à Rose de ne plus recommencer.

Que de belles promesses ! Un soir où elle était seule, Rose entendit frapper. Avant d'ouvrir, elle regarda par la fenêtre. C'était un mendiant. Il portait une longue barbe grise et il était accompagné d'un chien haut comme la table. L'homme respirait la bonté. Rose lui ouvrit. Il demanda un toit pour la nuit. Son chien se coucha à ses pieds. Rose se sentait en sécurité avec lui. Au retour d'Ovide, le mendiant lui parla un peu, puis il se mit à jouer de l'harmonica. Plus tard, Rose apprit qu'on le surnommait Méo.

* * *

Durant ces jours sombres, Rose eut la consolation de voir arriver son frère Jacob qu'elle n'avait pas revu depuis les fêtes. Quelque temps après son déménagement, sa mère lui avait raconté à quel point ce cher grand frère avait pleuré à son départ de la maison, pleuré à s'en rendre malade. Ce fait avait touché Rose profondément.

– Jacob ! s'écria-t-elle en lui ouvrant toute grande sa porte. Si tu savais comme chus contente de te voir !

Jacob passa quelques jours chez sa sœur. Comme il faisait bon jaser le soir avec un membre de sa famille, surtout avec ce grand frère qu'elle aimait tant !

– À te regarder aller, comme ça, dans ta maison avec ton mari pis un enfant qui vient, ça me donne le goût de la famille. J'ai ben hâte que mon tour vienne.

– T'es sérieux, Jacob ? Je te pensais pas de même. J'ai jamais entendu un homme dire qu'il avait hâte d'être père.

– Les hommes se vantent pas de ça, mais au fond, y sont des grands sensibles qui cachent leurs sentiments.

– Comme ça, toé pis Claire, c'est sérieux ?

– Non ! Avec Claire, c'est fini. Elle pis moé, on n'avait pas les mêmes ambitions pis nos rencontres finissaient toujours par des obstinations à n'en pus finir. J'ai finalement mis fin à tout ça.

Jacob lui raconta qu'il fréquentait maintenant Ghislaine Lafond, une fille de Saint-Alphonse, intelligente et économe.

– Qu'est-cé qu'elle a l'air ?

– Elle est belle et douce. Elle pis moé, on commence à parler de mariage. Je te raconte ça de même, mais personne encore est au courant de nos projets.

– J'ai ben hâte de la connaître. Quand est-ce que tu vas me la présenter?

– Elle sort pas; ses parents sont trop sévères. Tu la verras peut-être au temps des fêtes.

– Comme je te connais, chus sûre que tu vas faire un bon mari.

Rose imaginait son départ.

– Comme ça, tranquillement, la maison va se vider. Notre frère Louis, y a-t-y une blonde?

– Lui, y tombe en amour avec toutes les filles, mais ça dure pas longtemps. Y aime mieux jeunesser que de se mettre la corde au cou.

Avec Jacob, Rose pouvait parler plus librement qu'avec sa mère. Jacob ne se scandalisait de rien et, avec lui, elle ne voyait pas les heures filer. Tous les soirs, à la lueur de la lampe, leur bavardage s'éternisait jusqu'à minuit passé.

Mais tout bonne chose ayant une fin, Jacob dut rentrer chez lui, et Rose retrouva ses soirées solitaires.

* * *

Un jour, seule à la maison, Rose enfourna sa pâte à pain et, pendant la période de cuisson, elle reprit son tricot et ses aiguilles laissés à portée de main. À l'instar des femmes de son temps qui avaient toujours un tricot entre les doigts, elle disait que ça la reposait de tricoter. Elle confectionnait un gros gilet gris à torsades pour Ovide. Elle étendit les pièces détachées sur la table de cuisine pour voir l'effet que le chandail produirait une fois assemblé, puis, satisfaite, elle reprit son tricot.

Rose en était à la dernière manche quand Achille frappa deux petits coups à la porte. L'odeur de bon pain chaud devait l'avoir attiré. Le visiteur, très poli, lui demanda une tranche de pain.

– La cuisson est pas terminée. Quand ce sera le temps, j'enverrai Ovide vous en porter.

Achille ne bougeait pas. Il continua de parler. Il lui demanda son âge et depuis combien de temps ils étaient mariés. Rose lui réservait chaque fois une réponse brève et sèche, sans un regard. À l'arrivée d'Ovide, Rose rompit un morceau de pain et le donna à Achille. L'homme adressa quelques mots courtois à Ovide et repartit.

* * *

Quelques jours plus tard, en après-midi, Rose entendit de nouveau frapper au carreau des petits coups très faibles. Elle ouvrit. C'était de nouveau Achille. Il tenait un petit contenant de fraises.

–Tenez! C'est pour vous, dit-il.

Rose prit les fraises et se plaça en travers de la porte, de manière à l'empêcher d'entrer. Il demanda un verre d'eau. Il faisait tellement chaud. Rose se dit: «Pourquoi pas!» Il s'assit sur une chaise et se mit à parler sans arrêt. Rose le craignait. Achille était là depuis une bonne demi-heure quand, dans un sursaut de bestialité, il lui proposa:

– Je suis seul dans la vie et vous êtes presque toujours seule vous aussi; si vous acceptiez de coucher avec moé, vous me rendriez un grand service.

Rose sentit le sol se dérober sous ses pieds. Elle n'osa pas dire un mot de peur de blesser le gorille, de le rendre violent. Elle regardait le tisonnier brûlant au dos du poêle; en cas d'attaque, il pourrait lui servir d'arme. Elle s'approcha de la porte, passa dangereusement près de la chaise où se trouvait Achille, se pencha et, rapidement, souleva le tapis, comme pour le secouer, ce qui n'était qu'une feinte pour se sauver de la maison. Sitôt à l'extérieur, elle dévala le petit escalier en sautant les marches et courut retrouver son mari à l'étable. Ses cris épouvantés s'étouffaient dans son gosier. Ovide avait beau lui dire de se calmer, Rose n'arrivait pas à reprendre ses esprits. Quand elle parvint à articuler quelques mots, ce fut:

– Y est là. Y est dans la cuisine.

– Qui ça?

– Le gorille. Y m'a demandé de coucher avec lui.

Ovide ramena aussitôt Rose à la maison.

– Je vais y montrer qui est le maître icitte.

À leur retour, ils trouvèrent la maison vide.

– Y est reparti, dit Rose. Y devait avoir sa mauvaise intention derrière la tête quand y m'a offert des fraises pis des fleurs!

Le même soir, le jeune couple était en train de souper tranquillement quand Achille frappa de nouveau.

– Pas encore lui! chuchota Rose qui se mit à trembler.

L'homme entra et se dirigea directement près de la table, en face d'Ovide, et lui tendit la main en lui demandant de bien vouloir l'excuser pour l'affront qu'il venait de lui faire.

– J'ai eu tort, je vous promets de ne plus recommencer.

À Rose, il ne fit aucune excuse.

Ovide l'avertit:

– Je veux pas vous voir icitte quand j'y suis pas, sinon, j'avertirai les autorités. C'est clair?

Achille salua et sortit. Rose soupira.

– Ouf! Y en a, du toupet!

En dépit de cette menace d'Ovide, Rose n'était pas rassurée. De sa masure, Achille pouvait facilement surveiller les allers et retours d'Ovide. Quand celui-ci n'était pas aux chantiers, il sortait le soir pour aller veiller chez le forgeron ou chez des connaissances du rang voisin et Rose passait toutes ses soirées seule. Une phrase lui revenait à l'esprit: « Vous êtes presque toujours seule vous aussi. »

Rose avait tellement peur de cet être bizarre qu'elle en faisait des cauchemars la nuit.

* * *

Ovide était toujours sans travail. Un jour, le bon vieux Hector lui dit:

– Y faut pas que tu laisses ta femme seule; asteure qu'elle est enceinte, ta place est icitte. T'as un bon cheval, je te conseillerais de faire des billots. De cette façon, tu rentrerais à la maison tous les soirs.

Avant de s'aventurer dans cette entreprise, Ovide voulait être certain de vendre son bois. Il se rendit à Saint-Alphonse parler à un dénommé Boisvert, propriétaire d'un moulin à scie. Le scieur lui dit:

– J'achèterai ton bois à la condition que tu me l'apportes au pont noir, à Saint-Alphonse.

– C'est toute une trotte, dit Ovide, mais je vais m'organiser en conséquence.

Il acheta un godendard, une sciotte, une hache, des chaînes pour débarder et un bacul.

* * *

Ses billots bûchés et livrés, Ovide se rendit chez l'acheteur pour se faire payer. Celui-ci lui dit :

– Premièrement, je dois mesurer ton bois, ensuite on verra.

Finalement, Ovide revint chez lui avec une somme de trois cents dollars. Il pensait en tirer le double. Il n'en eut même pas assez pour payer l'avoine et le foin que son « éléphant » avait mangés.

– Ceux qui ont le portefeuille ben garni ambitionnent sur les petits crève-faim comme nous, dit-il, révolté.

– Boisvert se mettra pas riche en ambitionnant su' le pauvre monde, l'appuya Rose. Un jour, y va payer pour. Mémère disait : « On a une loi de notre bord qui nous coûte rien, c'est la loi du retour. »

Chapitre 20

L'accouchement de Rose était prévu pour la fin de février. Le 1er février, le jeune couple décida d'aller se promener chez les parents de Rose ; ce devait être leur dernière sortie avant la naissance.

Pendant la veillée, Victorine s'aperçut que Rose n'était pas comme d'habitude.

– T'es pas malade, Rose ? Tu files ben ?

– J'ai une petite crampe au ventre de temps en temps, mais c'est presque rien, peut-être ma digestion. Ça va passer.

Sa mère les invita à coucher et, le lendemain, comme il n'y avait pas de changement, ils allèrent à la messe du dimanche. Rose n'était pas inquiète du tout, même si ses légers malaises persistaient.

Peu de temps après la messe, sa mère lui dit :

– On va demander l'avis de madame Ozine. Comme ça, on va savoir à quoi s'en tenir.

* * *

La sage-femme l'examina et lui dit :

– C'est ben ça. Elle va avoir son bébé, mais y est encore loin.

Comme ce n'était pas urgent, Ovide retourna au rang Belœil s'occuper de ses animaux. Il promit de revenir le lendemain.

Les contractions s'enchaînaient, régulières, et augmentaient en force.

Le lendemain, Ovide revint vers la fin de la journée. Il croyait que tout serait fini, mais non, Rose était toujours grosse. Elle criait si fort que le lit en tremblait.

À trois heures du matin, Rose était épuisée et ses contractions rapprochées ne lui laissaient plus aucun répit. Elle poussait des hurlements qui s'étiraient en plaintes pour reprendre aussitôt. À certains moments, elle s'écriait d'un ton douloureux : « Mon Dieu que c'est long ! » et ses cris reprenaient de plus belle. Sa mère lui passa une débarbouillette mouillée sur le front.

Madame Ozine lui dit :

– Pousse fort.

Mais Rose n'avait plus de forces et le bébé ne sortait pas.

Maxime n'en pouvait plus d'entendre les cris déchirants de Rose traverser la cloison. Sa Rose, qu'il voyait encore comme une gamine, allait-elle mourir ? Sans avertir personne, il alla chercher le curé et lui dit que sa fille était en train de rendre l'âme.

En apercevant le prêtre, Rose se dit : « Ça y est ! Je vais mourir. »

Le curé s'approcha du lit, posa sa main sur son front, la bénit et lui dit :

– Aie confiance, tout va bien aller.

Le prêtre s'en retourna comme il était venu.

Et Rose continua de souffrir. Son père entra dans la chambre pour l'aider. Ce n'était pas la place d'un homme, mais il n'y pensa même pas ; il craignait tellement pour la vie de sa fille et celle de l'enfant. Il s'y connaissait un peu dans ce domaine pour avoir aidé ses animaux à mettre bas, surtout quand ceux-ci étaient près de mourir.

Debout près de Rose, son père lui dit :

– Pousse très fort, Rose.

En même temps, son père poussait à deux mains sur son ventre pour aider à expulser le bébé.

Rose poussait comme pour jeter une maison par terre quand soudain elle se sentit déchirer.

Enfin, son bébé naquit.

Son père se retira à la cuisine.

Rose se mit à rire et à pleurer à la fois.

– Je perds mon contrôle, dit-elle, c'est que je suis épuisée.

Rose n'avait jamais imaginé que ça pouvait être aussi souffrant de mettre un enfant au monde, mais finalement elle était délivrée.

La sage-femme déposa le petit garçon sur son ventre et lui dit :

– C'est un bébé délicat, mais y a tous ses morceaux.

Rose était heureuse, son enfant avait un duvet blond et il n'était pas infirme, ce qu'elle avait redouté tout le temps de sa grossesse.

Plus de douleurs et beaucoup d'amour. Comme il était beau, son bébé, et comme elle l'aimait !

– Une femme qu'a pas accouché connaîtra jamais le bonheur de donner la vie, dit-elle. C'est quelque chose de mystérieux, de merveilleux.

Le jour même, on porta l'enfant sur les fonts baptismaux.

* * *

Avec un enfant dans la maison, la vie chez les Latendresse était beaucoup plus agréable.

Le petit Réjean était un enfant sans problème. Il ne pleurait presque jamais. C'était un petit être heureux, paisible, facile dès le début. Les deux familles en étaient folles.

Rose le nourrissait et c'était pour elle un plaisir de le prendre dans ses bras, de le bercer.

Ovide l'adorait lui aussi. Déjà, à la naissance, il parlait à son bébé comme s'il avait cinq ans.

* * *

Malgré qu'elle eût pensé mourir, pour Rose, pas question d'empêcher la famille ; c'était défendu par l'Église. Il n'y avait pas d'autres moyens pour espacer les naissances que de nourrir son enfant. Sa tante Blanche lui avait dit qu'une femme qui ne pouvait nourrir son bébé en avait un par année et celle qui le nourrissait en avait un aux deux ans.

* * *

Rose retrouva l'amour de son mari, mais ce n'était pas toujours facile de vivre avec lui. Les montagnes et les bois rendent les hommes sauvages, sans toutefois étouffer complètement le côté humain.

Mais Ovide n'était pas très mature. Le fait de prendre des responsabilités le rendait agressif.

Un matin, Rose se rendit à l'étable chercher un pot de lait pour le déjeuner et, avant d'entrer, elle entendit Ovide crier et les vaches beugler. Elle eut l'impression qu'il se passait quelque chose d'anormal en dedans. Elle poussa la porte en douceur et glissa un œil à l'intérieur pour s'assurer qu'Ovide n'était pas blessé. On ne sait jamais avec les animaux. Quelle ne fut pas sa surprise de voir Ovide battre son cheval à coups de fourche. La pauvre bête hennissait et lançait des ruades dans les airs. Les vaches, nerveuses, tournaient la tête et piétinaient sur place. Leurs chaînes, secouées dans un sens et dans l'autre, tiquaient contre leurs mangeoires.

Rose s'écria :

– Arrête, Ovide ! Pauvre bête !

Ovide essuya l'écume au coin de sa bouche.

Ce n'était pas la première fois que Rose voyait son mari se défouler en battant son cheval, ses vaches et même ses cochons.

Toutefois, Rose ne s'habituait pas à tant de violence ; ces agissements lui faisaient mal. Chez son père, personne ne maltraitait les animaux.

Puis, avec le temps, Ovide devint de plus en plus dur à l'endroit de Rose. Il ne se gênait pas pour lui dire des choses désagréables, et ce, devant le monde.

* * *

Quand l'enfant eut un mois, Rose et Ovide se rendirent chez les Latendresse.

Yvonne, la sœur d'Ovide, qui travaillait à Montréal, était aussi en promenade chez ses parents avec un ami et un garçon qui les conduisait.

Après le dîner, alors que le bébé dormait dans les bras de sa grand-mère, Yvonne dit à Rose :

– Viens avec moé, on va aller chercher Léonard.

Son frère Léonard demeurait à quelques milles de là. Pour Rose, faire un tour d'auto était plaisant. Comme elle allait monter s'asseoir près de sa belle-sœur, devant tout le monde, Ovide la tira par le bras et lui dit sans ménagement :

– Je veux pas que tu y ailles. Ta place est icitte.

Quelle humiliation ! Rose l'aurait étranglé, mais comme d'habitude, elle ne dit rien. Elle s'assit derrière la table et ne parla plus. Des larmes pleuvaient sur ses joues.

* * *

À l'été de cette même année, Jacob se maria. Sa mère demanda l'aide de Rose pour préparer la noce qui était prévue pour le mercredi. Le dimanche précédent, Rose se rendit chez ses parents avec le petit Réjean qui avait alors six mois.

Ovide dut s'en retourner chez lui pour s'occuper de ses animaux.

– Je reviendrai pour le mariage, dit-il.

Le matin du mariage, tout le monde était rassemblé sur le perron de l'église, mais Ovide n'arrivait pas. Rose, inquiète, alla voir où son mari attachait habituellement son cheval. Ovide n'était pas là non plus.

La mariée entra au bras de son père, belle comme une princesse. Tout le monde applaudit.

Rose, restée seule sur le parvis de l'église, se faisait du mauvais sang pour Ovide. Elle décida d'entrer à son tour ; elle ne voulait pas manquer le mariage de son frère. Elle avança sans bruit, avec son enfant dans les bras, et prit place dans le dernier banc pour que, à son arrivée, Ovide n'ait pas de difficulté à la trouver.

La cérémonie terminée, Ovide n'était pas encore arrivé. Rose pensa qu'il avait eu un contretemps, sans plus. Elle n'allait pas attendre indéfiniment sur le perron de l'église avec un jeune enfant dans les bras sans savoir quand Ovide reviendrait. Elle se rendit donc à la noce avec son frère Michel.

Plutôt que de venir retrouver sa femme à l'église, Ovide avait préféré attendre devant le magasin général situé un peu plus loin.

Ovide fut donc obligé de monter seul au Dixième Rang. À son arrivée, tous les invités étaient attablés, en train de dîner. Ils étaient plus de cent personnes.

En entrant, Ovide était tellement fâché qu'il ne serra pas la main des mariés. Il se mit à débiter de gros mots à Rose parce qu'elle ne l'avait pas attendu. Rose retenait ses larmes. Elle aurait voulu se voir à cent lieues. Tout le monde était estomaqué de voir Ovide agir de cette façon. Louis, le frère de Rose, se leva et lui dit :

– Assis-toé un instant, Ovide Latendresse. Aujourd'hui, tout le monde est venu icitte pour s'amuser, pas pour tempêter, pis j'aimerais que tu fasses comme eux autres ou ben je te sors d'icitte.

Ovide se calma, mais le dîner ne fut pas très joyeux.

Rose était déçue, elle qui pensait qu'elle allait s'amuser. Ovide était reconnu comme un boute-en-train apprécié dans les veillées. Il chantait bien, dansait bien, aimait raconter des histoires et taquiner les plus jeunes. Mais malheureusement, ce jour-là, il bouda jusqu'à son départ de la noce.

* * *

Pourtant, Ovide n'était pas méchant ; il avait bon cœur. Rose gardait certains faits marquants imprimés dans sa mémoire.

Il y avait au village un adolescent amoureux d'une des filles Gauthier.

Au retour de la messe du dimanche, le garçon sautait toujours dans la voiture d'Ovide pour se rendre dans le Sixième Rang, voir sa blonde.

– Vous me permettez ? disait-il. J'ai pas d'autre moyen de transport pour aller voir Rachel chez le père Gauthier.

Ovide se tassait de côté pour lui laisser une place.

Vers dix heures trente, alors que les Latendresse étaient couchés, le garçon venait frapper à leur porte et demandait :

– Ovide, viendriez-vous me reconduire ? J'ai aucun moyen de transport, pas de cheval, pas d'auto pour m'en retourner chez nous.

Ovide se levait, attelait le cheval et allait reconduire le garçon jusqu'au bas de la côte, où il pouvait prendre l'autobus.

Ovide lui rendit ce service pendant six semaines. Il devait bien ça à Rachel qui n'avait pas hésité à tenir compagnie à

Rose quand il sortait le soir. De son côté, Rose le trouvait bien patient.

Un soir, alors qu'il faisait plus froid, Ovide dit au garçon :

– Je peux pus aller te reconduire chaque semaine. Trouve-toé quelqu'un d'autre.

Les amours finirent là.

Rose reconnaissait que son mari avait de belles qualités, mais aussi des défauts.

* * *

Ovide aurait pu accomplir de grandes choses. C'était un fonceur et il ne connaissait pas la gêne. Il aimait tout le monde. Et s'il ne réussissait pas très bien dans la vie, c'était parce qu'il aimait trop le changement. Dès que les choses commençaient à bien aller, il changeait de situation, croyant toujours faire mieux. Il était maquignon, non seulement pour les chevaux, mais aussi pour tout ce qu'il possédait : cravates, chemises, chaussures, même le beau gilet de laine à torsades que Rose lui avait tricoté avec amour et patience.

Rose lui avait aussi confectionné un beau veston pour l'hiver. Elle avait travaillé une semaine pour défaire un paletot dont l'envers du tissu paraissait neuf. Elle l'avait décousu, recousu et avait brodé des boutonnières à la main. Pour elle, il valait une fortune. À la première occasion, Ovide l'échangea contre un autre qui valait beaucoup moins.

* * *

En mars 1937, Ovide se rendit visiter son beau-frère Gérard, à Saint-Alphonse. Au retour, il dit à Rose :

– Qu'est-ce que tu dirais qu'on aille travailler chez Gérard ? Ma sœur, Mignonne, a besoin de toé aussi. Elle te donnerait deux piastres par semaine, pis moé, j'aurais une piastre par jour avec mon cheval.

– L'offre est très tentante, on n'a jamais un sou. Mais qu'est-ce qu'on va faire de nos animaux ?

Ovide avait trois vaches à lait, une à lui et deux louées, quelques brebis, dont une en gestation, et une dizaine de poules pondeuses.

– Je vais remettre les vaches louées pis je vais prêter la mienne avec mes poules pis mes moutons au voisin.

Quand Rose annonça la nouvelle à ses parents, ceux-ci ne furent pas enchantés.

– Si tu me demandes mon opinion, lui dit son père, c'est non. Si vous laissez votre ferme, au retour, vous vous retrouverez le bec à l'eau : pas de jardin, pas de conserves, pas de bois de chauffage, rien.

Rose était un peu déçue, elle qui était si heureuse de cette décision. Elle aurait bien aimé travailler avec Mignonne qu'elle considérait comme une sœur. Et, une fois là-bas, elle n'aurait plus à craindre le gorille.

– C'est Ovide qui va décider, dit-elle.

* * *

Tôt un matin, après avoir ramassé le peu de linge qu'il possédait, le couple partit pour Saint-Alphonse. Arrivés au Quatrième Rang, Rose et Ovide s'arrêtèrent devant une belle grande résidence. La maison possédait l'eau courante et une toilette avec une chasse d'eau. Mignonne et Gérard vivaient comme des seigneurs. Ils avaient deux enfants en bas âge ; avec celui de Rose, ça faisait trois petits à élever.

Mignonne était une femme très aimable. Levée tôt le matin, elle travaillait jusque tard dans la soirée. Son mari était un homme très jovial, toujours de bonne humeur, mais ce n'était pas lui qui abattait les plus grosses besognes. Il avait deux hommes à son service et, en plus, un oncle célibataire qui aidait à différents travaux. Cet oncle était nourri et logé. Rose n'était pas habituée à tant de monde à la table ni à tant d'abondance. Ces gens n'avaient pas souffert de la crise comme eux. Ils avaient tout pour faire de l'argent : une douzaine de vaches à lait, beaucoup de moutons et ils ne comptaient plus leurs poules pondeuses. Gérard exerçait le métier de boucher. Chaque semaine, il tuait une vache, un porc et quelquefois des agneaux qu'il débitait en morceaux. Il plaçait tout ça dans une glacière parmi de gros morceaux de glace et enterrait le tout dans le bran de scie. Rose et Mignonne préparaient le boudin et la saucisse. Elles lavaient, miraient et encaissaient les œufs. Tout devait être prêt pour le vendredi, afin de permettre à Gérard de partir tôt.

Le vendredi matin, Gérard partait vendre ses charcuteries de porte en porte, jusqu'à Rawdon. Il revenait tard le samedi soir, avec de l'argent plein ses poches.

Mignonne ne payait pas Rose. Quant à Ovide, Gérard lui donnait un cinq dollars de temps en temps. L'enthousiasme du début fit place à l'abattement, jusqu'à ce qu'un bon matin Ovide en ait assez.

– Aujourd'hui, dit-il, je m'en vais. Je peux pus travailler des journées de dix heures sans être payé.

Le beau-frère lui répondit :

– Ben, c'est ça ! Va crever de faim dans ton Grand Belœil.

– Si tu me donnes l'argent que tu me dois, je crèverai pas de faim.

– Je te dois rien.

– Oui, pis tu me le devras toute ta vie, même en enfer.

Rose ressentit une grande peine de quitter Mignonne. Elle aimait cette vie grouillante, même si elle n'était pas payée et travaillait beaucoup. Elle n'était jamais seule et ils étaient très bien nourris. Elle jouissait d'une belle grande chambre et, chaque soir, à huit heures, sa journée terminée, elle montait avec son bébé adoré et elle chantait pour l'endormir. Le petit Réjean commençait à parler.

* * *

Ovide et Rose retournèrent chez eux, dans le Sixième Rang, les poches vides. C'était une journée de pluie froide ; on eût dit que le ciel allait leur tomber sur la tête. Le chariot grinçait parce qu'il n'avait pas été graissé de l'été et une roue tremblait. Allaient-ils réussir à se rendre chez eux ? Sur le chemin du retour, Ovide criait :

– Le maudit Gérard ! Pas capable de respecter ses engagements. C'est un profiteur, pour pas dire un voleur. Asteure, on revient les poches vides ; à cause de lui, on va manger de la misère tout l'hiver.

Rose, résignée, se retenait de pleurer. Elle réprimait sa révolte en silence, mais elle n'en pensait pas moins : « Encore la maison du Sixième Rang ! » De nouveau, la misère les attendait au bout du chemin.

Arrivés chez eux, ils prirent pleinement conscience de la désolation. Des mauvaises herbes entouraient leur maison qui avait vieilli de cent ans en quelques mois.

Tout était à recommencer, comme à leur première arrivée. On était en automne et les Latendresse n'avaient pas de récoltes, pas de patates, pas de bois de chauffage et pas un sou ; la misère noire. Rose ne pouvait pas demander l'aide de son père après avoir fait fi de ses conseils au tout début de cette vilaine expérience. Pour comble, Rose était de nouveau enceinte.

À peine rentrée chez elle, Rose déposa le petit Réjean dans la berçante et ouvrit les armoires. Elles étaient vides.

– On a rien à manger, dit Rose, fort dépourvue. Même pas de pain noir !

Et, l'âme en détresse, elle se planta devant la fenêtre pour que l'enfant ne voie pas son désarroi.

Ça bougeait sur le chemin.

– Regarde, Ovide, qui vient là-bas, dit-elle.

Deux hommes montaient péniblement la côte, les bras chargés. Ovide reconnut les frères Gauthier qui, à coup sûr, venaient chez lui. « Si cette visite peut le calmer », pensa Rose.

Les Gauthier leur apportaient des œufs frais et les plus beaux légumes de leur jardin.

Rose s'empressa d'ouvrir.

– Comment avez-vous su qu'on était là ? On vient à peine d'arriver.

– Tantôt, Jos vous a vus passer devant sa porte pis y est venu nous annoncer votre retour.

Encore une fois, les Latendresse dépendaient de leurs bons voisins.

Hector leur raconta que, la veille au soir, avant le coucher du soleil, il était parti avec son fanal et il avait rencontré Achille. Il avait une lèvre fendue et un œil poché à peine visible derrière sa crinière. Le sang lui coulait dans la barbe et sa veste était en lambeaux.

– Je pense qu'y a passé toute la nuite dans le bois.

– Qui l'a amoché comme ça ? demanda Ovide. Pis pourquoi ?

– Je sais pas. On va sûrement en entendre parler.

Ovide lui raconta la proposition obscène qu'Achille avait déjà faite à Rose.

– Si y commence à faire peur aux femmes, Achille a peut-être ben rencontré son homme.

* * *

L'hiver approchait et Rose se demandait comment ils allaient survivre au froid. Le hangar était vide, plus un seul morceau de bois sec ni de bois d'allumage.

– Va donc voir au bois, si tu trouverais pas des arbres morts ou des écorces.

Ovide enfonça sa tuque sur ses oreilles et brava le froid du matin.

Par la suite, chaque matin il partait avec sa hache et son traîneau pour revenir à la fin de la journée avec un peu de bois vert. L'eau dégoulinait au bout des coupes. Ce bois ne donnait que peu de chaleur dans la maison. On entendait bouillir les quartiers au contact du feu.

La nuit, Rose devait coucher le petit Réjean entre Ovide et elle pour le tenir au chaud, et le jour, ils gardaient leurs manteaux à l'intérieur de la maison pour ménager le bois. Il fallait passer l'hiver. C'était la misère noire.

Il neigeait et neigeait tellement que le gros cheval, Patoche, ne pouvait plus passer à travers les champs ; il s'enfonçait dans la neige jusqu'aux paturons.

Malheureusement, à la fin de février, le coin à bois ne contenait plus que quelques écorces que Rose utilisait pour cuire la nourriture.

Chapitre 21

Rose commençait à s'habituer à sa vie de misère, même si Ovide et elle avaient progressé un peu. L'attente d'un deuxième enfant lui faisait apprécier la vie, mais l'accouchement l'effrayait.

Le 5 mars 1938, tôt le matin, Ovide frappa chez Hector Gauthier.

– Vous iriez pas chercher la sage-femme au village ? Rose est dans ses douleurs pis elle veut pas rester tout seule.

Hector, nerveux comme un père dont la fille va accoucher, quitta précipitamment sa chaise et chaussa ses bottes.

– Va retrouver ta femme, dit-il. Pis dis-y de pas s'inquiéter, je vais faire ça vite.

* * *

Heureusement que les contractions de Rose s'étaient déclenchées tôt en avant-midi, parce que vers deux heures, la route défonça et devint impraticable. Mais peu importe les problèmes, cette fois, l'accouchement se déroula normalement et Rose eut un bébé en santé, encore un petit garçon d'une beauté remarquable qui s'étirait et bâillait aux anges. Elle posa sur lui un regard affectueux. On le prénomma Gilles.

Au départ de la sage-femme, le soleil se mit de la partie et la neige devint trop molle pour supporter le cheval. La femme dut retourner chez elle dans une petite charrette tirée par deux chiens.

La nuit suivante fut très froide. Malgré la pénurie de bois de chauffage, Rose fut très heureuse parce que le froid durcissait la neige, ce qui permettrait à ses parents et à ses beaux-parents de se rendre au baptême.

Au retour de l'église, ce fut la fête. Les gens du rang se rendirent chez les Latendresse, les bras chargés de victuailles, et un vieil oncle très gentil apporta deux gallons de bon vin de blé. Comme le père d'Ovide aimait bien le vin, il passa deux jours à la maison.

Rose avait hâte qu'il s'en retourne chez lui parce que sa mère avait beaucoup à faire et elle craignait qu'elle ne s'épuise à la tâche.

* * *

Puis, de nouveau, la routine s'installa. Rose traînait sa vie misérable. Ses enfants étaient ses seules joies.

Quand Réjean eut trois ans, il dit avec son bel air fier :

– Moé pis p'pa, on va aller corder du bois. Quand le souper sera prêt, tu nous crieras : « Les hommes, venez manger. »

« Les hommes ! » Rose regardait son petit bout de chou avec tendresse. Elle ne put s'empêcher de rire.

* * *

Le 6 décembre 1939 naquit un autre bébé, Laurent, un prématuré qui arriva après vingt-quatre heures de douleurs qui se terminèrent par des hémorragies. La convalescence de Rose traîna en longueur pendant plusieurs semaines parce qu'elle n'avait pas de tonique pour se remonter.

Laurent était un bébé adorable, avec ses grands yeux bleu foncé, et toujours souriant. Mais quel enfant n'apporte pas ses inquiétudes ?

* * *

Un jour, alors que Rose se préparait à laver son plancher, elle fit asseoir ses fils dans la berçante et donna des bonbons aux plus vieux pour les faire patienter. Elle venait à peine de s'agenouiller près de son seau quand Réjean, son aîné, s'approcha d'elle et lui dit :

– M'man, regardez Laurent.

Le petit était étouffé noir.

Rose le prit dans ses bras, entra son doigt dans sa bouche pour aller chercher le bonbon, mais il était rendu trop loin. Elle le positionna la tête en bas, lui donna des petites tapes dans le dos, mais ses efforts s'avérèrent inefficaces. Son enfant était inconscient, les yeux fermés, les lèvres bleues. Il ne bougeait plus. Rose le coucha sur le dos, s'agenouilla près de lui et, les bras en croix, elle supplia le ciel :

– Seigneur, je t'en supplie, laisse-moé mon bébé ; demande-moé n'importe quoi, mais pas ça.

Au même instant, l'idée lui vint de verser de l'eau tiède dans la bouche de l'enfant. Il était mort, il ne respirait plus. Elle le prit dans ses bras. Il était mou comme un ver.

Elle coucha sa tête sur son épaule et soudain, elle l'entendit faire un rot. Au même moment, l'enfant ouvrit les yeux.

– Merci, mon Dieu, murmura Rose, mon bébé n'est pas mort.

Le petit Laurent dormit tout l'après-midi tant il était affaibli.

* * *

La même année, Ovide monta aux chantiers. Il partit à l'automne en prévoyant revenir au printemps. Il jobbait avec son frère, partageant moitié-moitié les dépenses et les revenus.

Ça prenait un remplaçant à la maison, car Ovide et Rose étaient devenus des petits cultivateurs.

Un jour, un monsieur Prud'homme arriva à la maison. C'était un homme assez âgé qui travaillait pour sa nourriture, un bon diable qui aimait les enfants et qui n'était pas dangereux pour les femmes. Mais il avait un gros défaut, il était malpropre ; à vrai dire, salaud comme un cochon. Il ne se lavait pas, même pas les mains, il était plein de poux et, le pire de tout, il parlait sans arrêt de sujets sans intérêt et il répétait la même rengaine tous les jours. Rose, enceinte de nouveau, avait beaucoup de mal à l'endurer. Lorsqu'une femme devient enceinte, elle n'est plus la même, certaines choses sont plus lourdes à supporter.

Chaque dimanche, Ovide venait visiter les siens. Il arrivait pour la messe de neuf heures et repartait pour les chantiers tôt après le souper. Rose tentait de lui faire comprendre qu'elle n'en pouvait plus de cet engagé, mais Ovide faisait le sourd.

– Renvoie-le, insistait Rose.
– Non.

* * *

Au mois d'avril, alors que les chantiers finissaient, Rose prit son courage à deux mains et dit à l'engagé :

– Asteure que les chantiers sont terminés, on n'a plus besoin de vous.

Comme il ne s'y attendait pas, monsieur Prud'homme fut très déçu.

Puis, Rose dut affronter son mari. Comme elle l'avait prévu, elle eut droit à une engueulade de sa part, mais elle ne plia pas.

* * *

Cette année-là, Rose réussit à s'acheter un manteau de printemps, le premier depuis qu'elle était mariée. Il coûtait cinq dollars. La nouvelle mode était aux manteaux longs et son vieux était court. Elle n'avait qu'une robe de semaine qui ne lui faisait plus parce qu'elle était grosse. Le matin, elle n'avait pas à chercher laquelle porter. Le soir, au coucher, elle lavait sa robe et l'étendait sur une corde près du poêle pour la faire sécher.

À la fin d'avril, Ovide lui annonça sans ménagement :

– Je me sus engagé pour faire la drave.

– Encore partir ? J'espère que t'es pas sérieux, lui dit Rose. Qui va faire les semences, le jardin pis le train ?

– Je vais engager un homme à tout faire.

– Encore ?

Cette fois, ce fut un homme marié qui venait du village voisin. Ovide lui donnait un dollar par jour, nourri, logé. Lui ne parlait pas pour rien.

Les fins de semaine, l'engagé allait retrouver sa femme et ses enfants. Rose se retrouvait donc seule avec le travail à l'étable.

Les filles Gauthier venaient passer la nuit. L'accouchement approchait. Rose aurait aimé qu'Ovide soit à la maison dans ces moments difficiles, mais le pauvre n'aimait pas être présent quand sa femme était souffrante.

À la fin de mai, l'engagé donna sa démission.

Rose resta seule à la maison. Ce furent encore les Gauthier qui s'occupèrent d'elle. Rachel et Augustine étaient devenues des adolescentes matures. Elles savaient que Rose attendait un bébé et elles couchaient à la maison au cas où Rose tomberait malade la nuit. Et, tout ce temps, matin et soir, elles trayaient les vaches et soignaient les animaux.

Le 9 juin 1941, Rose ressentit des douleurs une partie de la nuit. Le matin, elle envoya les sœurs Gauthier avertir le cher voisin, toujours prêt à rendre service. Celui-ci partit chercher la sage-femme du côté de Sainte-Émélie, mais il revint avec un médecin que Rose n'avait jamais vu. N'étant pas habituée à accoucher avec l'aide d'un homme, Rose était toute confuse. Son mari n'était pas là, sa mère non plus. Comme elle se sentait seule! Finalement, elle se dit: « Enfanter avec une sage-femme ou avec un médecin, peu importe. C'est dans les douleurs qu'un enfant naît. » Le 10 juin 1941 naissait Samuel, quatrième garçon de Rose et Ovide Latendresse.

C'était à la famille Latendresse que revenaient les honneurs d'être parrain et marraine.

Arthur et Rita devaient arriver le lendemain, en début d'après-midi. Ovide restait planté devant la porte et, les pouces sous ses bretelles, il surveillait la route quand il vit un nuage de poussière au loin. Il reconnut l'auto d'Arthur. Ovide entretenait une petite jalousie envers son beau-frère qui réussissait bien dans la vie, mais n'empêche qu'il ressentit de la fierté à voir l'auto fouler son petit rang.

Arthur et Rita descendirent de l'auto, tous les deux bien chics.

Rita passa à la chambre et se pencha sur le berceau.

– C'est le plus beau de tous les bébés que j'ai connus.

Rose l'approuvait. Comment ne pas aimer ces petits êtres sans défense?

– Je pensais ben que t'aurais une fille, lui dit Rita.

– Avant que Samuel vienne au monde, je me disais que jamais je n'aurais de fille. Au fond, ça me dérange pas trop parce que, sur la ferme, la vie des femmes est pas facile.

Sa belle-sœur trouvait certainement qu'elle faisait pitié. Rose était mal vêtue et mal chaussée. Avant de partir, Rita lui donna cinq dollars en cadeau et lui dit:

– Quand tu seras mieux, je veux que t'ailles te faire donner une permanente pis que tu t'achètes une robe neuve.

Rita se tourna ensuite vers son frère Ovide:

– T'as ben compris, toé? C'est à Rose que je donne ça.

Rose était enchantée de ce cadeau! Elle irait à Joliette pour sa permanente. Une petite sortie bien plaisante.

* * *

Le mois suivant, Arthur et Rita vinrent chercher Rose pour la conduire chez une coiffeuse. Rita, qui demeurait à Sainte-Marcelline, amena le bébé chez elle. Ovide dut s'occuper seul de sa maisonnée.

Après la coiffeuse, Arthur conduisit Rose dans un cinq-dix-quinze. Elle s'acheta une robe à deux dollars cinquante ; la coiffure avait coûté deux dollars. Elle acheta une épingle à cravate à son mari et vingt-cinq sous de bonbons pour les enfants.

* * *

De retour à la maison, Rose distribua les bonbons aux enfants et, pensant faire plaisir à son mari, elle lui donna son épingle à cravate.

Ovide en voulait à sa sœur qui avait spécifié : « C'est à Rose que je donne ça. » Il dit à sa femme, sur un ton aigre :

– J'en veux pas ! Des cadeaux, quand j'en voudrai, je m'en achèterai.

Quelle déception pour Rose qui ne cherchait qu'à lui faire plaisir !

Aussitôt le parrain parti, Rose prit la petite boîte avec l'épingle et la jeta au feu. Elle se doutait bien qu'Ovide la lui réclamerait. Ce fut ce qui arriva le dimanche suivant. Il avait égaré la sienne et il lui dit tout bonnement :

– Où cé que t'as mis l'épingle que tu m'as apportée l'autre jour ?

– Comme t'en voulais pas, je l'ai jetée dans le poêle, dit Rose.

Ovide ne la traita pas de folle, mais son regard chargé parla pour lui.

Chapitre 22

Durant ces années, les loisirs étaient très rares, surtout pour une femme mariée, et Rose aimait beaucoup danser, chanter et rire. Elle aimait aussi la musique, mais pour une mère de famille, la récréation était finie. Son passe-temps était le travail.

Chaque matin, elle devait se lever à six heures, allumer le poêle pour le déjeuner, traire les vaches, écrémer le lait, préparer le déjeuner, balayer la place, refaire les lits. Le lundi, jour de lessive, elle devait charroyer l'eau du puits, frotter chaque morceau sur une tôle ondulée, tordre à la main, étendre sur la corde, en plus de préparer trois repas par jour. À travers ces travaux, Rose devait s'asseoir cinq ou six fois par jour pour donner le sein à son bébé. Le mardi, c'était la couture et le reprisage, qui étaient fréquents parce que les vêtements qu'ils portaient étaient confectionnés dans du linge usagé. Le mercredi était la plus affreuse des journées car il fallait boulanger : préparer le levain, pétrir la pâte, la laisser lever, la cuire, chauffer le four en pleine chaleur d'été pendant six à sept heures. En même temps, c'était le repassage des vêtements. Rose détestait repasser ; elle devait chauffer le fer sur le poêle et elle se brûlait souvent les doigts. Le jeudi, elle devait entretenir le grand jardin. Le vendredi, balayer les chambres, laver les lits, tuer quelques punaises, passer le peigne fin dans les cheveux des enfants pour les débarrasser des poux. Le samedi, brosser le plancher à genoux jusqu'à en avoir des points dans le dos, donner le bain aux enfants. Et tous les soirs, sans exception, laver les couches des bébés. Elle n'avait pas assez du dimanche pour se reposer.

Le printemps, en plus du jardin, il fallait tondre les moutons, laver la laine dans une cuve, la sécher sur l'herbe et la mettre dans un sac pour l'envoyer au moulin à carder. Elle revenait transformée en beaux petits rouleaux prêts à être filés au rouet, un travail réservé aux longues soirées d'hiver. L'automne arrivé, il fallait fabriquer le beurre avec une baratte que Rose devait tourner à la main pendant une heure ou deux afin de récolter cinq ou six livres de beurre.

Après les fêtes, les travaux extérieurs terminés, les femmes filaient la laine des moutons, tricotaient des bas, crochetaient des tapis et piquaient des courtepointes.

Avec tant de travail, où une femme pouvait-elle trouver du temps pour s'amuser ?

* * *

À la fin de l'été 1941, Rose avait accumulé cinquante beaux tapis crochetés. Le marchand général lui offrit de les acheter au prix de trente-cinq sous chacun. Mais lorsque sa tante apprit cela, elle lui acheta tout le lot pour dix-huit dollars. Rose préférait les vendre en bloc pour s'acheter un prélart pour la cuisine. Elle acheta aussi de jolis rideaux de mousseline à volants froncés et trois stores. C'était devenu joli dans sa demeure.

Malgré le mal que Rose se donnait pour rendre sa maison agréable, Ovide ne se trouvait bien qu'à l'extérieur de chez lui. Rose se dit qu'elle n'avait certainement pas les bonnes manières pour retenir son homme à la maison.

* * *

Chaque municipalité avait un endroit où les hommes aimaient se rassembler pour bavarder et fumer. Dans le Grand Belœil, c'était à la boutique de forge, chez l'oncle Wilfrid et la tante Béatrice, de bien braves gens, toujours de bonne humeur. Ovide s'y rendait tous les soirs. Il fumait la vergine, un tabac très fort. Il y avait toujours chez Wilfrid un baril de vin de blé pour ceux qui aimaient prendre un petit coup. Les hommes du rang, jeunes et vieux, s'y rendaient tous les soirs. La grosse Béatrice était toujours là avec son tricot et, comme elle connaissait les histoires de tout un chacun, elle en avait long à raconter.

Cette tante était une grande et grosse femme, bâtie comme un homme, une vive travailleuse aux bras musclés, pesant dans les deux cents livres. Elle s'occupait des animaux, faisait boucherie, engrangeait le foin ; alors pour les hommes elle était intéressante à écouter. Elle n'était pas orgueilleuse ; elle portait des chaussures d'homme avec des bas de laine qui lui montaient aux genoux, sans jarretelles. Elle portait toujours une jupe étroite. Au début des années quarante, les femmes ne portaient pas de pantalon ; on aurait crié au scandale.

Après le souper, Béatrice s'assoyait dans une vieille berçante sans bras et chaque soir, entre six heures et minuit, pendant que son Wilfrid transformait une barre de métal en fer à cheval, elle tricotait une paire de bas pour homme qu'elle vendait cinquante sous chacune. Sa poitrine oppressée montait et descendait. De temps en temps, elle sortait son dentier, l'essuyait avec le bord de sa jupe et le remettait dans sa bouche. Assise dans sa berçante, trop occupée à son tricot, elle ne s'apercevait pas qu'en se berçant elle faisait remonter sa jupe qui laissait voir ses grosses cuisses blanches. Les hommes s'en moquaient, mais sans malice. Ils disaient: «À soir, on va-t-y voir les cuisses de la grosse Béatrice?»

Dans le temps, les sous-vêtements étaient taillés dans des poches de farine ou de sucre. On ne perdait rien.

Le jeune Mireault racontait, sans doute pour faire rire les gars, qu'il avait vu dans le fond de culotte de Béatrice les mots «Five Roses», écrits rouge sur blanc. Ceux qui l'entendaient se tordaient de rire.

Cette Béatrice était quand même une bien brave femme.

À l'automne 1941, elle demanda à Ovide s'il irait avec elle chez son père, à Sainte-Béatrix, l'aider à arracher les patates. Ovide accepta.

* * *

Heureux comme des rois, Ovide et Béatrice partirent tous deux en barouche. Ça prenait presque une journée pour se rendre chez le vieux, qui demeurait seul avec son fils dans une vieille maison. Comme nourriture, ils mangeaient du mouton. Ovide demeura là une semaine, sans se soucier de sa femme. Pendant ce temps, chez lui, Rose dut exécuter le travail à l'étable en plus de sa besogne.

* * *

Au temps des élections municipales, provinciales ou fédérales, Ovide allait toujours voter et, qu'il gagne ou qu'il perde, il fêtait toujours pendant quatre ou cinq jours, sans revenir chez lui.

Rose en était rendue à ne plus être inquiète du tout. Elle avait la consolation d'avoir avec elle ses quatre petits garçons qu'elle adorait. Ils étaient toute sa vie. Qu'est-ce qu'elle aurait fait sans eux ? Elle leur apprenait à être heureux, à chanter, à prier. Elle les appelait « mes trésors », elle les berçait, les cajolait.

* * *

En décembre, Rose était seule à la maison. C'était elle qui nourrissait les animaux. Le matin, il faisait très froid. Durant la nuit, il était tombé une petite neige qui, devant la porte du hangar, cachait une mare d'eau glacée. Rose devait passer par là pour aller soigner les porcs. Habituellement, elle évitait la plaque gelée en faisant un petit écart, mais ce matin-là, plus pressée que d'habitude, elle partit en vitesse avec une pleine chaudière de bouette à cochon et oublia le danger. En touchant le petit rond de glace, son pied partit et elle tomba à genoux par terre. Elle tenta de se relever, mais elle n'y arriva pas ; son genou gauche la faisait trop souffrir. Elle appela Réjean à son secours. Réjean, qui n'avait que cinq ans, vint à son aide. Il approcha un traîneau et ramena sa mère à la maison. Rose se traîna douloureusement jusqu'au banc-lit près de la porte et s'y allongea. En l'espace de quelques minutes, son genou devint très enflé et lui fit terriblement mal.

– Réjean, dit-elle, habille-toé chaudement pis va demander de l'aide chez monsieur Gauthier. Surtout, brette pas, je tiens à ce que tu reviennes tout de suite.

Le gamin sortit en pleurant.

Ce ne fut pas long que Rose vit arriver les voisins avec Rachel et Augustine. Jos Gauthier lui apportait une paire de vieilles béquilles, un vrai danger : elles étaient toutes brisées et attachées un peu partout avec de la broche à foin. Malgré cela, Rose, émue aux larmes, n'en revenait pas. Cette chère famille, ils étaient quatre à venir à son secours !

Madame Gauthier approcha une chaise du banc de quêteux et examina le genou blessé. Elle grimaça.

– C'est pas beau, madame Rose, vous devriez montrer ça au docteur.

– Je vais aller chercher la charrette, dit Jos. On va te conduire à Sainte-Émélie.

– Je vais attendre qu'Ovide revienne.

– Non ! trancha Jos. Ça peut pas attendre.

– Rachel, va chercher le butin de Rose, dit la dame. Augustine pis toé, pendant notre absence, vous vous occuperez des enfants.

– Les petits ont pas déjeuné, pis les porcs sont pas soignés, dit Rose.

– Je vais demander à Hector de s'occuper du train, dit Jos.

Les filles se sentaient comme deux petites mères dans la maison. Augustine prit Samuel dans ses bras.

– Moé, je m'occupe du bébé, dit-elle.

– Donnes-y un peu de bouillie, dit Rose.

– Rachel sait la faire, dit Augustine.

Rachel se fit un plaisir de montrer son talent de cuisinière.

Appuyée sur les vieilles béquilles de bois, Rose se rendit à la voiture. Chaque cahot de la route la faisait terriblement souffrir. Elle cacha son visage sous la robe de carriole pour qu'on ne voie pas ses grimaces de douleur.

* * *

Après avoir palpé le genou blessé, le médecin constata que Rose n'avait pas de fracture.

N'ayant pas d'équipement moderne, il ne pouvait voir si son tibia était fêlé ou si elle souffrait d'une autre blessure interne. Il lui donna une bouteille de liquide rouge à prendre deux fois par jour.

– Ne marchez pas sur votre jambe pendant une semaine. Ensuite, tout va bien aller.

Rose se leva.

–Combien je vous dois?

– Avec le remède, deux dollars.

– Ovide va passer vous payer.

Au retour, Jos Gauthier fit un crochet par le rang des Venne pour aller chercher Victorine, la mère de Rose, toujours prête à aider sa fille.

* * *

Comme Rose avait assez d'endurance, elle fit attention pendant une semaine, puis elle reprit sa besogne. Son genou la faisait souffrir, mais ça finirait bien par guérir. Avec le temps, elle sentit qu'elle avait moins de force dans cette jambe, surtout quand elle s'agenouillait devant la cuve pour laver les enfants. Mais comme le travail devait se faire, Rose négliga de se faire soigner.

* * *

Le printemps suivant se passa assez bien, mais au début de l'été, comme d'habitude, Rose commença à travailler au grand air. Le jardin, les animaux, la tonte des moutons, c'en était trop, elle devait courir pour arriver à tout faire. En marchant sur les inégalités du sol, son talon gauche se prit dans une brèche sédimentaire et elle tomba de nouveau. Rose reprit ses béquilles, mais cette fois, en plus de sa blessure, elle était enceinte, avec des nausées, des maux de tête et de la faiblesse.

Ovide venait d'engager un nommé Mailloux pour faire son bois de corde sur sa terre. Quand l'homme vit Rose dans cet état, il lui dit :

– Demain, je vais amener ma femme.

Madame Mailloux faisait presque tout le travail de la maison. Elle resta deux mois, le temps que Rose récupère ses forces. Mais comme sa jambe la faisait toujours souffrir, Ovide la conduisit chez un guérisseur de Saint-Félix-de-Valois dont la renommée était faite. On disait que ce rabouteur en avait guéri plusieurs. Même si le cas de Rose ne relevait pas de son savoir, le soigneur lui massa le genou avec une sorte d'huile et lui fit porter un bandage pour quelque temps, ce qui lui fit du bien. Rose put rendre sa grossesse à terme.

Chapitre 23

Le 27 janvier 1943, vers onze heures du soir, Rose donna naissance à une petite fille, ou plutôt, à un ange aux fossettes moqueuses, qu'elle prénomma Diana. À peine née, la petite s'amusait à ouvrir et à refermer ses menottes délicates.

La sage-femme déposa l'enfant sur le sein chaud de sa mère

Malheureusement, sitôt après la naissance, Rose fit une grosse hémorragie, comme si c'était une tradition de mère en fille. La sage-femme lui lavait la figure et lui parlait sans cesse pour l'empêcher de s'endormir. Ç'aurait été une mort sans douleur, mais Rose ne voulait pas mourir. Elle n'avait pas peur de la mort qui l'aurait débarrassée de sa vie de misère, mais il y avait une petite fille et quatre petits garçons qui avaient besoin d'elle. Ils étaient à elle, ces enfants-là.

La sage-femme, se sentant impuissante, se dirigea à la cuisine et revint avec Ovide et un autre homme, sans doute une connaissance d'Ovide. Il y avait du sang sur le plancher de la chambre et sur les draps. L'homme dit :

– Y faut soulever le pied du lit pour qu'elle arrête de saigner.

Rose passa quelques jours dans cette position, la tête en bas, le siège et les jambes élevés.

Le dimanche suivant était un jour de repos, mais pas pour Rose. Sa mère arriva, ainsi que les femmes du rang. Cette visite était un beau geste d'amitié, mais Rose était si faible qu'elle aurait voulu dormir et dormir, comme le jour du baptême.

* * *

Rose avait une adorable petite fille, une vraie poupée aux longs cils, à la bouche railleuse, qu'elle avait tellement hâte de dorloter.

Après une dizaine de jours au lit, un matin, Rose réussit à se lever, mais elle chancelait. Elle engagea une bonne pendant un mois, après quoi, elle fut contente de reprendre sa besogne. Elle boitait toujours et disait :

– Qu'est-ce qu'y a donc, ce genou, à pas vouloir suivre l'autre ?

Réjean allait déjà à l'école. Il devait marcher un mille et demi pour s'y rendre. Il partait le matin avec son sac en toile sur le dos et une petite chaudière à lunch qui contenait soit des beurrées de mélasse, soit des beurrées de graisse de grillades saupoudrées de cassonade. Ce petit bout d'homme commençait déjà sa misère. Il revenait à la maison à la tombée du jour et Rose s'inquiétait. Elle demanda bien poliment à Ovide :

– Si tu voulais, on vendrait notre terre pis on irait rester au village. Là, on serait plus près de l'école pis de l'église. Comme t'es presque toujours parti durant l'hiver, je me sentirais plus en sécurité.

– Pis de quoi on vivrait pendant l'été ?

Ovide avait raison. Depuis quelque temps, ils vivaient un peu mieux.

* * *

En quelques semaines, la jambe de Rose se mit à enfler. Dans la maison, elle marchait en boitant et, à l'extérieur, elle devait se servir d'une canne.

Un nommé Alarie, un nouveau charlatan, venait d'arriver dans le décor. Le dimanche, il assista à la messe et, l'office terminé, il se fit annoncer sur le perron de l'église. Le crieur disait : « Si vous avez quelques maladies, rendez-vous chez monsieur Alarie, y va vous guérir. »

Une femme de la place, dangereusement malade, l'avait consulté et, depuis, elle avait pris beaucoup de mieux. Dans le petit village, la nouvelle se répandit vite ; alors, au moindre bobo, les gens avaient recours à lui. Cet homme était gentil et il s'attirait la confiance des malades. Rose se dit : « Pourquoi pas moé ? »

Monsieur Alarie dit à Rose :

– Je vais vous guérir, mais ça va prendre un peu de temps.

Il lui appliqua une sorte d'onguent, enroula un bandage sur son genou et fit quelques prières.

– Tous les jours, avant le coucher, enlevez le bandage et faites des pansements humides. Récitez chaque fois trois *Je vous salue, Marie*. Et revenez me voir dans quinze jours.

Rose y retourna jusqu'à ce qu'elle rencontre le nouveau curé de la paroisse, l'abbé Henri, un petit homme toujours souriant et très intelligent. À l'église, il avait l'air sévère, il disait le fond de sa pensée, que ça plaise ou non, et aux gens de penser ce que bon leur semblait ; ça faisait partie de sa droiture. Pourtant, à l'extérieur, il était très sensible aux misères humaines. Il était donc la personne à qui tous les misérables se confiaient.

Les gens admiraient le courage de ces chers curés qui vivaient dans des paroisses éloignées de leur famille, enfermés dans de grands presbytères tristes avec une vieille servante toute ridée qui ressemblait à une Mater Dolorosa.

L'abbé Henri ne fréquentait personne ; ç'aurait été mal vu. Toutefois, un dimanche de juillet, après la messe, l'abbé Henri attendit Rose à la sortie de l'église. Il l'avait connue à l'occasion de sa communion solennelle, alors qu'il était venu aider le vieux curé malade. Maintenant qu'il était devenu le curé de Saint-Côme, il se souvenait d'elle. Après la messe, il lui arrivait parfois de venir causer avec elle. Comme il l'avait connue jeune, il la tutoyait. Rose le trouvait sympathique. Il savait qu'elle avait mal à une jambe et qu'elle avait été voir des charlatans.

– Viens au presbytère, j'ai à te parler.

Il lui demanda :

– Qu'est-ce que t'attends pour te faire soigner ? N'attends pas que la gangrène se propage parce que ce sera la fin.

– Monsieur le curé, dit-elle, qu'est-ce que vous voulez que je fasse de plusse ? On n'a pas d'argent pis je connais pas de docteur.

– Laisse-moi m'occuper des frais. À Montréal, il y a un très bon médecin, le docteur Samson. Si tu continues à te fier aux charlatans comme tu le fais, tu vas finir par mourir. Pense à tes enfants qui ont besoin de toi.

Rose baissa la tête. Malgré elle, les larmes coulaient. Elle essuya ses yeux et marmonna :

– Je vais y penser.

– C’est tout de suite que tu dois agir. T’as déjà trop attendu.

– J’ai cinq enfants. Je peux pas les laisser seuls.

– Et quand tu seras morte, tu les laisseras forcément. Je vais parler à ton mari et, dès cette semaine, il va te conduire chez le docteur Valois de Sainte-Émélie. Je vais communiquer avec lui pour qu’il te fasse hospitaliser le plus rapidement possible. T’es une bonne chrétienne, aie confiance, tout va bien aller.

Et il ajouta :

–Je t’avertirai le temps venu.

Ce fut pour Rose comme si elle venait de recevoir un coup de masse sur la tête. Le curé venait de lui faire comprendre qu’elle était très malade. Si ce n’avait été de son intervention, elle serait morte là, comme un chien.

* * *

Deux jours plus tard, elle se rendit chez le médecin qui lui dit :

– Je vais vous prendre un rendez-vous avec le docteur Samson de Montréal. Votre bon curé tient à ce que je vous reconduise moi-même. Tenez-vous prête.

On était au début de juillet.

Quelques jours après la visite de Rose au médecin, alors qu’elle attendait le rendez-vous du docteur, Ovide lui apprit qu’il voulait aller visiter ses parents qui habitaient maintenant Rémigny.

– Tu y penses pas, Ovide ? Je vais entrer à l’hôpital dans quelques jours. J’ai besoin de toé.

– Je vais aller chercher ta mère pis crains pas, je serai revenu à temps pour te conduire à l'hôpital.

– Pis qui va s'occuper de la ferme ?

– Ta mère.

– Toujours ma mère ! Nos enfants sont notre propre responsabilité. Celle-là, je lui en demande déjà trop.

– Dans une semaine, je serai revenu.

– Tu peux pas remettre ton voyage à plus tard ?

Ovide sortit. La porte était son échappatoire quand il ne voulait pas répondre. Et Rose, soumise comme un chien, prit la relève.

En présence de sa mère, Rose faisait abstraction de ses émotions. Mais en son for intérieur, elle ne pouvait s'empêcher de se demander : « Qu'est-cé que j'ai fait au bon Dieu pour avoir tant d'épreuves en même temps ? »

Deux jours passèrent. Rose reçut par la malle rurale un petit papier de monsieur le curé lui disant de se rendre chez le docteur Valois de Sainte-Émélie le lendemain matin : « Vous partirez de chez lui à neuf heures. Soyez prête et surtout pas de retard. »

Cette nuit-là, Rose ne dormit pas beaucoup. Elle devait partir le lendemain et Ovide n'était pas là pour la conduire.

* * *

Le lendemain, elle se tira péniblement du lit et, du bas de l'escalier, elle appela Réjean.

– Va chez les Gauthier demander une fille pour garder les enfants le temps que m'man me conduise à Sainte-Émélie.

Au déjeuner, Rose, assise à la table, regardait chaque enfant sans pouvoir parler. La petite Diana avait six mois et les garçons, deux, trois, cinq et sept ans, mais pour Rose, ils étaient tous des bébés. Elle avait l'impression de les voir pour la dernière fois. Elle aurait voulu les serrer tous à la fois dans ses bras, mais elle en était incapable; elle devait se retenir de pleurer devant eux.

Après le déjeuner, elle demanda:

– Qui va atteler le cheval?

– Je vais aller demander à monsieur Gauthier, dit Réjean qui n'avait pas la taille requise pour harnacher le gros Patoche.

– Encore quémander chez les voisins. Pis pendant ce temps-là, Ovide se promène.

Rose regardait sa mère déposer ses effets dans un sac brun.

– J'amène la petite avec nous; ça va y faire du bien de prendre l'air.

– Pauvre m'man! Jamais je pourrai vous remettre tout ce que vous faites pour moé.

Elles montèrent dans la voiture et hop! les voilà parties.

Rose, qui se voyait déjà morte, se retourna pour regarder sa maison une dernière fois. Ses petits garçons étaient debout au milieu du chemin, ils la regardaient s'en aller. Rose leur fit un dernier bonjour de la main et ses larmes se mirent à couler. Ce n'était pas des larmes, mais une pluie abondante.

Sa mère lui dit:

– Pleure pas comme ça, tu vas te rendre malade.

Mais sa mère elle-même pleurait.

Les femmes se rendirent à Sainte-Émélie, chez l'oncle Liguori, où les attendaient le docteur Valois et sa femme.

Rose prit sa petite fille dans ses bras et, après l'avoir embrassée, elle demanda à sa mère si elle voulait bien la garder avec elle en attendant sa guérison, même lorsque Ovide serait de retour.

Que de déchirements d'être obligée de se séparer de ceux qu'elle aimait !

L'oncle Liguori aida Rose à monter dans l'auto du médecin. Il lui chuchota à l'oreille :

– As-tu un peu d'argent ?

– Non, pas un sou.

Il prit deux dollars et les lui donna.

– Merci ! Merci ! dit-elle.

* * *

Ils arrivèrent à Montréal vers onze heures trente. Le médecin gara son auto devant une pâtisserie.

– Attendez-nous une minute, dit-il.

Lui et sa femme disparurent.

Rose pensait qu'ils allaient dîner, vu qu'ils tardaient à revenir. Elle entra à la pâtisserie et acheta deux petits gâteaux à dix sous. Ce fut son dîner.

Le docteur Valois et sa femme revinrent vers une heure.

– Maintenant, nous allons à la clinique du docteur Samson, dit-il.

La clinique était située beaucoup plus loin, sur la rue Saint-Joseph.

C'était en plein mois de juillet et pourtant, dans cet établissement, tout était froid : la secrétaire, le médecin, le petit bureau.

Après un questionnaire d'usage, on fit passer Rose dans une autre pièce. L'infirmière lui dit :

– Déshabillez-vous, le docteur Samson va arriver.

Rose enleva sa robe. Elle se dit qu'elle n'avait pas besoin d'enlever tous ses vêtements pour faire examiner une jambe.

Arriva une femme toute de blanc vêtue qui lui dit d'un ton autoritaire :

– On vous a dit d'enlever votre linge.

– Tout ?

– Oui, tout !

Rose était là pour une jambe, pas pour se faire tâter un peu partout.

L'infirmière déposa à son côté un linge blanc.

– Vous vous couvrirez avec ceci, dit-elle sèchement.

– Vous êtes sévère avec vos malades, y me semble.

Mais l'infirmière était déjà partie.

Après avoir enlevé tout ce qu'elle portait, Rose revêtit le vêtement qu'on lui avait apporté. Il ressemblait à un scapulaire : une bavette en avant qui cachait à peu près rien et pas davantage de tissu dans le dos. Dans cet accoutrement bizarre, Rose fit la connaissance du docteur Samson, un spécialiste de grande réputation.

– Ça va ? dit-il.

Rose tremblait de peur et de honte.

Malgré son âge avancé, le docteur Samson était un très bel homme. Son charme était ses yeux. Il était chauve, avait un front intelligent et il était très sérieux.

L'examen général commença.

– Madame, allongez-vous sur cette civière. Ouvrez la bouche et dites « ah ».

Suivirent la gorge, les yeux, les oreilles, le cœur, les seins, le ventre, la colonne avec un petit marteau, frappe ici, frappe là, et le voilà rendu au genou.

– On va devoir vous passer aux rayons X. Votre cas est assez grave, madame, mais je vais tout faire pour que vous puissiez conserver votre jambe. En attendant votre place à l'hôpital, ce qui demandera quelques jours, vous ne devrez pas marcher. Vous avez une tumeur de la grosseur d'un pamplemousse et le tissu est mince comme une coquille d'œuf; c'est pourquoi je vous demande de ne pas vous porter sur votre jambe. Retournez chez vous bien sagement en attendant votre entrée à l'hôpital Sacré-Cœur de Cartierville.

Rose était déçue de ne pas être hospitalisée le jour même afin d'en finir au plus tôt avec ce genou. Elle devrait encore une fois tout recommencer: abandonner ses enfants, déranger sa mère, ses voisins et, sans argent, compter sur la charité de qui voudrait bien la conduire à l'hôpital. Quel poids sur ses épaules! Tout allait mal.

Rose monta dans l'auto du docteur Valois. Au retour, avant d'entrer dans Joliette, celui-ci lui demanda:

– Est-ce que vous avez quelqu'un pour vous ramener chez vous?

– Non. Si vous voulez me déposer à l'hôtel Thibault, de là, je prendrai l'autobus pour Saint-Côme.

Arrivée à la porte de l'hôtel, Rose, épuisée, s'arrêta un moment et, avant d'entrer, elle appuya une main au mur pour ne pas s'effondrer. Près de la porte, où se trouvaient trois sièges surélevés, un cireur de chaussures attendait des clients. Le garçon observa Rose. La femme n'était pas bien; des gouttes de sueur glissaient de la racine de ses cheveux et ruisselaient sur son front. L'étranger s'approcha doucement, prit son bras et la soutint jusqu'à la salle à manger. Rose n'avait pas faim, mais comme elle avait les jambes molles depuis l'examen du docteur Samson, elle crut bon de manger si elle ne voulait pas s'évanouir. Elle avait dans son sac à main un dollar quatre-vingts. Son repas lui coûta un dollar cinquante.

En sortant de la salle à manger, Rose rencontra le chauffeur d'autobus, monsieur Fleury. Il s'approcha et lui adressa quelques mots. Rose lui demanda :

– Accepteriez-vous de me ramener à Saint-Côme, même si j'ai pas d'argent pour acheter un billet ?

– Soyez pas inquiète. Bougez pas de là, je viendrai vous chercher quand ce sera l'heure du départ.

Comme Rose avait de la difficulté à marcher, monsieur Fleury l'aida à monter. Une fois rendu à Saint-Côme, il la conduisit en autobus jusque devant la porte de monsieur Lepage, un ami d'Ovide qui fut tout surpris de la voir ; il la pensait à l'hôpital. Rose lui raconta ses péripéties. François Lepage dit à son garçon, Wilfrid :

– Va atteler le cheval et reconduis madame Rose chez elle.

Quand Rose descendit de voiture, la noirceur tombait sur la campagne. Dans la véranda, elle s'attarda un moment à la fenêtre, à regarder vivre les siens. Dans la maison, tout était calme, tout était beau. La lampe était allumée sur la table et ses petits garçons étaient tous là. Sa mère était assise dans la berçante avec Diana dans les bras. De l'extérieur, Rose les entendait chanter. Cette chère maman, comme elle l'aimait !

Rose entra et serra ses enfants dans ses bras.

Il faisait bon de retrouver sa petite famille. Il ne manquait que son mari.

Avant de se coucher, Rose pria comme elle ne l'avait jamais fait: « Seigneur, écoute-moé ben, je t'ai souvent demandé des choses et tu me les as toujours accordées. Aujourd'hui, je te demande de faire un miracle comme au temps où tu vivais sur la terre et que tu guérissais les malades. Tu le peux si tu veux. Demain matin, à mon réveil, je veux être guérie. Si tu me redonnes ma santé, je te promets que jamais plus je me plaindrai de la pauvreté, de l'esclavage et de l'autorité de mon mari. »

Ce soir-là, Rose alla se coucher sur sa paillasse de paille et invita ses petits à monter à ses côtés. Elle se rendit compte qu'elle était bien chez elle et qu'elle ne le savait pas. Elle pensa à son mari qui était en voyage. Elle avait hâte qu'il revienne. Elle glissa ses bras autour du cou des enfants et s'endormit en espérant que le lendemain tout irait mieux.

À l'école, on lui avait appris que, avec la foi, on pouvait transporter les montagnes. Mais le matin à son réveil, Rose s'aperçut que sa foi n'avait rien transporté et qu'elle n'était pas guérie. « Ma foi doit pas être assez forte », se dit-elle.

* * *

Le lendemain, les enfants allèrent de nouveau emprunter les béquilles chez les Gauthier. Étant donné leur mauvais état, Rose craignait de s'en servir, mais elle n'avait pas le choix.

Deux jours après son retour, son mari arriva de Rémigny. Rose était contente, elle avait tellement besoin de lui.

En entrant, Ovide fut tout surpris de la voir à la maison; il la croyait à l'hôpital.

– Parle-moé de ton séjour là-bas.
– Vous m'avez tous manqué, je partirai pus jamais.

Chapitre 24

Le 30 juillet, chez les Latendresse, on frappa à la porte. Comme Rose se déplaçait difficilement, elle dit :

– Les enfants, allez ouvrir.

Gilles et Laurent accoururent. Gilles arriva le premier et s'arrêta net devant l'abbé Henri.

– M'man, c'est monsieur le curé.

Comme Rose allait se lever, l'abbé Henri lui dit :

– Reste assise. Je viens t'avertir qu'une chambre t'attend à l'hôpital. Il faut que tu sois là avant sept heures, le 31, sinon ta place sera prise par une autre personne.

– Je serai là, dit Rose. Si je peux en finir avec cette opération pour pouvoir ensuite reprendre ma besogne normalement !

* * *

Ovide et Rose partirent le même jour, en auto, pour coucher à Montréal. Rose se sentait comme un petit animal qu'on mène à l'abattoir. Ils couchèrent chez Alice, la sœur d'Ovide. Ils dormirent dans une petite pièce sans fenêtre où sévissait une chaleur étouffante. Ils ne pouvaient rien exiger de mieux ; Alice faisait son gros possible pour leur venir en aide. Habituée à tous les sacrifices, Rose ne se plaignit pas. Elle dormit peu, elle qui devait se lever tôt le matin.

Avant de partir pour l'hôpital, Rose demanda à sa belle-sœur de lui prêter sa robe de chambre.

– Ton mari va t'en acheter une, lui dit Alice d'un ton ferme.

– On aura pas le temps à matin, dit Ovide. Rose doit être à l'hôpital avant sept heures.

– La journée s'arrête pas à sept heures. On aura tout le reste du temps pour courir les magasins.

Rose trouvait étrange qu'Alice ait plus de pouvoir sur Ovide qu'elle, sa propre femme.

Ils se rendirent à l'hôpital Sacré-Cœur de Cartierville, situé complètement au bout de la ville. C'était une immense bâtisse. Ils ne purent descendre à la porte. Ils durent donc marcher un bon bout sur le trottoir. Rose s'en allait toute chancelante sur ses béquilles de broches qui craquaient à chaque pas.

L'hôpital était géré par les sœurs de la Providence. Une religieuse les reçut. Après les formalités d'usage, elle dit à Rose :

– Prenez l'ascenseur et rendez-vous au troisième étage, chambre neuf.

Rose était rendue dans sa prison.

Dans la chambre, deux personnes étaient déjà alitées. Rose s'assit sur le seul lit vacant qui se trouvait juste derrière la porte, près d'une petite penderie. Une garde vêtue de blanc lui apporta une jaquette d'hôpital. Après avoir enlevé ses vêtements, Rosa demanda à Alice, sa belle-sœur, de les placer dans la garde-robe. Mais comme celle-ci ouvrait la porte, des malles et des chaussures lui tombèrent sur les pieds. Les supports entassés étaient tous surchargés de vêtements appartenant à ses deux voisines de lit. Il ne restait plus d'espace pour les effets de Rose. Alice les mit dans un sac pour les rapporter chez elle. Après un « au revoir et bonne chance », Alice et Ovide s'en retournèrent.

Rose se sentait seule, au bout du monde, comme si on l'avait expédiée sur un autre continent. Elle ne connaissait personne et il n'y avait pas de téléphone. En vingt jours d'hospitalisation, elle ne reçut qu'une seule visite : sa belle-sœur Alice.

Rose pleurait presque tout le temps. Elle s'ennuyait à mourir de ses enfants. La nuit, elle faisait des cauchemars où elle voyait ses enfants égarés dans le bois ou encore dans sa maison en flammes. Ses petits étaient toujours mal pris. Elle passait des heures d'angoisse. Au bout des quatre premiers jours, elle écrivit une lettre à monsieur le curé.

Cher monsieur le curé,

Encore une fois, je viens vous demander de venir à mon secours. Je ne peux plus supporter ce que j'endure. Je m'ennuie à mourir. Je suis découragée. Je vous en supplie, venez me chercher.

S'il vous plaît, faites ça pour moi.

Merci,

Rose Latendresse

Si elle avait eu ses vêtements, Rose aurait déserté.

Par la suite, le calme revint. On commença à s'occuper d'elle. L'assistant du docteur Samson, le docteur Berthiaume, était un jeune médecin très gentil. Il passait voir Rose tous les jours pour lui remonter le moral. Il fut un peu comme son ange gardien. Rose se demandait si monsieur le curé pouvait lui avoir écrit un petit mot.

* * *

Dix jours après son arrivée à l'hôpital, Rose n'avait toujours pas été opérée.

Une religieuse entra, traînant sur elle une odeur de saint habit. Elle s'approcha du lit et lui dit :

– On va vous opérer bientôt. Ça va prendre une transfusion de sang.

On vint la chercher durant l'après-midi pour la préparer. Ce fut le rasage de poils sur tout le corps. Pourquoi tant de préparations pour lui opérer un genou ?

Le lendemain, une garde lui apporta son déjeuner.

– Non, garde, dit Rose, je dois être à jeun : je vais être opérée aujourd'hui.

– Vous ne serez pas opérée aujourd'hui, dit l'infirmière, vous n'avez personne pour votre transfusion.

– Alors, qu'est-ce qu'on fait quand on a personne ?

– Il faut la payer. Ça coûte dix dollars.

Quelle déception ce fut pour Rose ! Elle n'avait pas un sou.

L'après-midi, comme par miracle, sa belle-sœur arriva. Après avoir été mise au courant des faits et misères de Rose, Alice lui dit :

– Je vais m'occuper de ça.

Cette chère Alice, comme un ange gardien, était toujours là au bon moment pour la secourir.

Alice réussit à contacter Ovide.

– Appelle-moé la veille de l'opération, dit-il, pis je serai arrivé à temps pour y donner du sang.

Ovide arriva la veille de l'opération. Il lui dit qu'il s'était ennuyé d'elle et il lui parla des enfants :

– Diana est chez ta mère, Samuel, chez mon frère, et les trois autres, à la maison. C'est Réjean qui fait la cuisine. Y se débrouille pas mal, tu sais.

– Je le trouve ben jeune pour être responsable de ses frères.

Ovide ne veilla pas tard. Il avait promis de revenir tôt le lendemain pour l'opération prévue à neuf heures. Malgré ses craintes, Rose était soulagée d'être bientôt opérée pour qu'enfin tout finisse.

* * *

Le matin, on la réveilla tôt. On commença les préparatifs par une pilule pour les nerfs, ensuite, une couche de teinture d'iode, une sorte de turban blanc qu'on enroula autour de sa tête, deux grands bas de coton blancs qui ressemblaient à des bas de Noël et la petite jaquette qui ne s'attachait nulle part. Rose ressemblait à une momie. Enfin, la civière. Puis, une infirmière diplômée arriva avec une seringue contenant un liquide dont l'odeur était très forte. Ses amies de chambre lui souhaitèrent bonne chance et la voilà partie. À la porte de la salle de chirurgie, on la fit attendre dans le passage jusqu'à ce que le médecin soit prêt. Une garde d'un certain âge tenait sa main pour la rassurer.

Dans une petite salle tout près, Rose crut voir Ovide. Elle se sentit moins seule, mais pour peu de temps : on poussa sa civière dans la salle de chirurgie.

* * *

Près d'elle se tenaient le bon docteur Samson, son assistant, le docteur Berthiaume, et cinq autres médecins ou assistants que Rose ne connaissait pas. Gentiment, ils aidèrent Rose à se glisser sur la table d'opération. Une grosse lumière éblouissante, juste au-dessus d'elle, l'aveuglait. L'anesthésiste s'approcha avec un masque en caoutchouc pour l'endormir au gaz.

– Respirez ! dit-il. Respirez fort.

L'opération dura six heures.

Rose se réveilla dans une petite chambre qu'on appelait la chambre des mourants. Une infirmière veillait sur elle.

– Bonjour, je suis garde Thibodeau, la responsable des infirmières. Je vais voir à ce que vous ne manquiez de rien.

Rose reconnut la femme qui, avant l'opération, avait tenu sa main. Rose l'aimait parce qu'elle était douce et bienveillante. La garde lui demanda si elle était souffrante.

– J'ai très mal à ma jambe droite et à ma hanche aussi.

– Je vais en parler au médecin.

La garde disparut.

Rose se demandait ce qu'on lui avait fait. On lui avait dit qu'on prendrait un os de la jambe droite pour réparer son genou, mais on ne lui avait jamais parlé de la hanche.

Le soir, Ovide vint la voir. Mais comme elle dormait presque tout le temps, la garde lui conseilla de ne pas rester longtemps pour ne pas la fatiguer.

Ovide prit la main de Rose et lui dit :

– Je reviendrai demain.

Le lendemain fut pire que le jour de l'opération, car Rose faisait de la fièvre. On lui fit des pansements et on lui défendit de boire et de manger.

Comme promis, Ovide revint l'après-midi. Il était de bonne humeur. Il lui parla de Rémigny.

– Si tu savais comme c'est beau dans ce coin de pays ! Y a des belles terres à cultiver. Quand tu seras guérie, aussitôt que tu vas te sentir assez forte, on va aller vivre par là.

Ce fut un coup dur pour Rose qui pensa : « Comme si j'avais pas assez de sacrifices à supporter. Si Ovide pense me faire plaisir... » Elle n'ajouta rien ; aussitôt qu'elle disait un mot, le mal de cœur la prenait. De toute façon, son mari allait sûrement finir par laisser tomber cette idée.

Elle passa trois jours dans cette petite chambre mortuaire. Mais que de bons soins on lui prodigua ! On l'entourait comme si elle avait été la reine d'Angleterre.

Les religieuses s'occupaient de son corps en même temps que de son âme. Les patients récitaient des chapelets. Les sœurs les faisaient prier pour les mourants, pour la conversion des pécheurs et pour les jeunes Québécois qui partaient pour la guerre qui faisait rage en Europe. Hitler voulait conquérir le monde. Les malades écoutaient les nouvelles à la radio et ils avaient peur. En arrière de l'hôpital se trouvait un terrain d'aviation où atterrissaient des avions et descendaient des parachutistes. Le plus incommodant pour les malades était le bruit des gros bombardiers qui passaient au-dessus de l'hôpital. Ils faisaient tellement de bruit qu'on les pensait atterris sur le toit. On répétait qu'Hitler était tellement puissant qu'il pouvait venir bombarder Montréal. Alors, au cas où une telle catastrophe arriverait, les bonnes sœurs faisaient faire des exercices aux patients. Elles appelaient ça un *black-out*. C'était toujours le soir. On déclenchait les sirènes. On exigeait que toutes les lumières soient éteintes, même les feux de cigarettes. Toute la ville était plongée dans l'obscurité. Les gros avions circulaient au-dessus de l'hôpital. Les malades étaient terrifiés. Rose aurait voulu se retrouver dans son petit Saint-Côme, perdu au fond des montagnes, là où régnait la paix. La religieuse les rassurait :

– N'ayez pas peur, c'est seulement un exercice.

* * *

Quelque temps après son opération, Rose alla de mieux en mieux. Les visites étaient rares, mais elle se fit des amies parmi les petites gardes qui prenaient soin d'elle tous les jours. Elle s'amusait sans méchanceté à se moquer des unes et à jouer des tours aux autres. Il y avait une petite garde venue de la Gaspésie qui parlait un français différent du sien et Rose l'imitait très bien.

Rose avait de bons rapports avec ses compagnes de chambre. Sa voisine de lit était une femme dans la cinquantaine. Elle avait plusieurs enfants qui venaient la visiter deux ou trois fois par semaine. Après quelques semaines, ces gens la considéraient comme si elle avait été de la famille. Ils lui apportaient toujours des petites gâteries : du chocolat, des bonbons, des noix. Rose se sentait entourée, choyée.

Un jour, un monsieur arriva avec une gerbe de fleurs et souhaita bonne fête à sa femme. Rose lui dit :

– Comme vous êtes chanceuse ! On vous gâte, mais vous le méritez ben.

Le monsieur avait un autre petit colis qu'il déballa doucement. C'était une gerbe de fleurs, mais plus petite celle-là. Il la tendit à Rose.

– Celle-là est pour vous.

Rose était tellement contente qu'elle aurait aimé embrasser l'homme si généreux. Elle se retint; ç'aurait été mal vu. Elle en était rendue à trouver la vie plus agréable à l'hôpital qu'à la maison, même si ses enfants lui manquaient terriblement; elle n'était pas capable d'en parler sans pleurer.

* * *

Un samedi, Ovide dit aux enfants:

– Je vais aller voir votre mère à l'hôpital pis je vais revenir le dimanche soir.

Le dimanche, sept heures arriva, puis huit heures, mais leur père ne rentra pas. Il avait commencé à neiger dans l'après-midi et il ventait très fort. Les trois petits garçons décidèrent de se coucher. Ils prirent soin de ne pas verrouiller la porte au cas où leur père arriverait. Ils se réfugièrent sur le banc-lit installé non loin de la porte et, dans ce nid sans plumes, sans chaleur, les petits ne dormirent pas; ils avaient peur. Ils parlaient bas, comme on le fait dans la nuit noire, mais à dix heures, leurs paupières tombèrent et le sommeil les emporta.

Le poêle s'éteignit doucement. Comme par miracle, vers une heure du matin, leur bon voisin, monsieur Gauthier, un peu inquiet, se dit: «Je vais aller voir si Ovide est revenu.» Arrivé à la maison des Latendresse, il trouva la porte ouverte, poussée par les bourrasques, et un petit banc de neige allongé sur le plancher. Il faisait très froid dans la cuisine et le coin à bois était vide. Le gros chien Pitou était couché avec les enfants, c'était probablement sa chaleur qui avait empêché les petits malheureux de geler. Le voisin rentra une brassée de cèdre et une autre de bois d'érable. Il fit une bonne attisée et, le temps que la maison se réchauffe, il sortit un chapelet de sa poche et le récita, assis dans la berçante. Avant son départ, il se rendit à l'étable d'où il ramena une robe de carriole qui, en réalité, était une peau de buffle et il en couvrit les trois enfants.

* * *

À l'hôpital, Rose demanda au médecin quand il allait lui enlever son plâtre afin qu'elle puisse se lever et s'en retourner chez elle. Malgré son insistance, elle n'obtint pas de réponse.

À la fin de novembre, le médecin lui dit :

– On a décidé de vous donner votre congé, mais à la condition que vous soyez très raisonnable. Vous resterez alitée et, surtout, il ne faudrait pas que vous nous reveniez enceinte. C'est très important.

Rose obtint son congé au début de décembre avec la promesse de revenir à la fin d'avril.

Elle était au septième ciel. Elle allait revoir ses chers petits qu'elle n'avait pas vus depuis le mois de juillet, elle serait avec eux pour les fêtes de Noël.

* * *

Enfin, Rose rentra au bercail. Avant de serrer ses petits dans ses bras, elle les regarda l'un après l'autre. Ils étaient beaux, ils avaient un peu grandi.

– Venez, tous les trois, je me sus tellement ennuyée de vous autres!

Ovide était content du retour de sa femme. Tout en installant Rose dans son lit, il lui raconta ses petites misères.

– La vie était pas drôle, dit-il. Comme j'avais pas d'argent pour engager une servante, j'ai dû faire la lessive, préparer les repas et travailler un peu pour gagner quelques sous. Je pouvais jamais m'absenter pour me distraire un peu. Heureusement, mon frère a eu pitié de moé. Y est venu demeurer à la maison. Avant son arrivée, j'ai envoyé Laurent à l'école avec Réjean et Gilles pour qu'il ne reste pas seul à la maison. Comme y était trop jeune pour suivre les cours, la sœur de la maîtresse le gardait dans le bas-côté.

Rose s'apitoyait sur le sort de ses enfants.

– Quelle misère pour un enfant de quatre ans de devoir marcher près de deux milles matin et soir, même les jours de tempête. T'aurais pas pu le garder avec toé?

– Je devais m'occuper des animaux.

– À quatre ans, Laurent pouvait te suivre à l'étable.

Réjean, qui écoutait leur conversation depuis le début, raconta à sa mère:

– Le soir, on revenait de l'école à la noirceur. J'avais peur des loups pis des ours, pis je devais toujours attendre Laurent qui marchait pas vite. Après le souper, la dernière bouchée avalée, y tombait endormi, la tête sur la table, sur les miettes de pain.

– Pauvre petit! Ç'a pas de bon sens, Ovide. On devrait déménager au village, près des écoles.

Ovide fit le sourd.

Quand les enfants furent endormis, Ovide vint se coucher près de Rose. Elle était contente de le voir près d'elle, mais comment lui apprendre qu'elle ne pouvait pas faire l'amour sans le décevoir ?

Ovide fut très déçu, mais il comprit.

Ils vécurent comme frère et sœur. Rose couchait dans sa chambre et Ovide, sur le banc de quêteux. Rose passa tout l'hiver couchée dans son lit. Elle ne pouvait se lever ; elle avait un plâtre qui pesait une tonne. Toutefois, elle se trouvait bien chez elle, à veiller sur sa petite famille.

Chapitre 25

Le mois d'avril arriva trop vite.

Rose devait retourner à l'hôpital de Cartierville. On allait enfin lui enlever son plâtre et, une fois guérie, elle reviendrait pour de bon.

À l'hôpital, Rose retrouva les gardes, les religieuses et un jeune médecin. Le docteur Samson était absent. Rose était déçue, elle lui faisait tellement confiance. À la suite d'une importante opération, le chirurgien était parti en convalescence quelque part aux États-Unis et ne devait revenir qu'à l'automne, ce qui signifiait dans six mois.

On assigna à Rose la chambre neuf.

À la suite d'une radiographie, le jeune médecin lui dit :

– C'est très beau. On pourrait vous renvoyer chez vous et vous pourriez recommencer à marcher sur votre jambe, mais ça vous prendrait un support pour empêcher votre jambe de devenir croche.

– Un support ? Vous voulez dire des béquilles ?

Le médecin lui expliqua plus clairement les choses :

– Non, une bottine avec des fers qui monteraient jusqu'au haut du genou. Mais c'est très dispendieux.

Il ajouta :

– Jeune comme vous êtes, je ne vous vois pas porter une chose pareille. Voici ce que je vous proposerais. Si vous êtes d'accord, je vous ferais une toute petite opération et, dans une quinzaine de jours, vous retourneriez chez vous avec un plâtre plus petit. Réfléchissez bien, parlez-en à votre famille et donnez-moi votre réponse.

En fait, il s'agissait simplement d'une toute petite greffe. « Pourquoi ne pas aller jusqu'au bout ? se dit Rose. Ensuite, tout sera fini. »

On décida de l'opérer le 29 mai. Rose n'avait pas peur du tout ; ce serait une petite intervention.

* * *

Rose reprit connaissance dans sa chambre. Garde Gaudet et une autre infirmière se tenaient à son chevet. Rose se sentait très mal. Elle leur dit :

– Je vais mourir.

Garde Gaudet serra son poignet pour la rassurer.

Rose avait de la difficulté à bouger ses bras, ses côtes lui faisaient mal et son cœur battait très vite. Elle avait de nouveau un gros plâtre taché de sang. Elle pensait que c'était la fin, mais heureusement, ses médicaments la rendaient un peu insouciante.

C'était un interne qui s'occupait d'elle, un certain docteur Lamoureux. Il passa la voir seulement la troisième journée qui suivit l'opération. Il lui dit :

– Je suis très déçu de vous voir dans cet état.

Rose n'eut pas le courage de demander ce qui s'était passé. De toute façon, elle ne connaissait rien des termes médicaux.

Une semaine après l'opération, Rose prenait du mieux. Garde Gaudet vint lui faire un brin de causette. Rose lui demanda pourquoi elle avait été si malade.

– C'était censé être une petite opération sans importance et j'ai failli mourir.

– L'opération n'était pas grave, c'est vrai, mais vous avez donné beaucoup de trouble au médecin sur la table d'opération parce que vous avez fait une syncope. Remerciez le bon Dieu que l'équipe ait pu vous sauver la vie.

Rose apprit plus tard qu'ils avaient dû interrompre l'opération pour la réanimer.

Ce cher médecin avait sans doute manqué son coup. Rose ne lui en tint pas rigueur, mais il aurait mieux fait de ne pas toucher à son genou.

À la suite de cette opération, les médecins surent qu'un jour il faudrait lui amputer la jambe, mais personne ne lui en parla.

Deux semaines plus tard, on changea son plâtre souillé de sang. Rose avait au genou une plaie qui suintait.

Le 28 juin, garde Gaudet lui dit :

– Vous allez retourner chez vous pour vous reposer. Le médecin a signé votre congé.

– Vous y pensez pas, garde ? dit Rose. M'en aller chez nous, loin des médecins, malade comme chus.

– Ici, pour le moment, on ne peut rien faire pour vous. Je suis désolée. Vous reviendrez après les vacances, quand le docteur Samson sera de retour.

Garde Gaudet était très sensible à son malheur. Les mots semblaient pris dans sa gorge. Rose était déçue.

Pour l'installer dans l'auto, deux hommes la transportèrent dans leurs bras et la couchèrent sur la banquette arrière.

À la maison, Rose fut alitée de nouveau.

Ça faisait presque un an que Rose était au lit. Par moments, elle se décourageait en voyant tous les problèmes qu'elle causait à son mari ; ce n'était vraiment pas une vie facile pour lui. Elle se considérait ni plus ni moins comme un embarras.

* * *

Le 23 août 1944, Rose retourna à l'hôpital. On lui assigna la chambre cinq. Elle y resta jusqu'au 25 juin 1945. Dix interminables mois.

Pour se désennuyer, Rose se mit à travailler. Bien assise dans son lit, elle commença à tricoter à l'aiguille une jolie petite robe rose pour Diana, puis des sets de gilets et bonnets pour bébé. Ensuite, elle confectionna des bas, des tuques. Les sœurs et les infirmières lui apportaient le matériel. Même les médecins lui passaient des commandes. Ils offraient de la payer, mais Rose n'acceptait pas d'argent car elle était logée, entretenue et nourrie pour rien.

Dès que le docteur Samson fut de retour, on lui enleva son plâtre encore taché de sang séché.

Tous les jours, une garde lui faisait des pansements.

Pendant ces dix mois d'hospitalisation, on l'opéra quatre fois.

Cette fois, Rose partageait sa chambre avec trois filles, une de Saint-Boniface, une de Shawinigan et l'autre de

Montréal. Elles l'appelaient maman, même si une d'entre elles avait son âge.

À la fin de septembre, elles partirent toutes, guéries. Rose était contente pour elles, mais elle pleura leur départ. Par la suite, ses anciennes compagnes vinrent la visiter à tour de rôle.

Malgré ses misères, Rose se trouvait chanceuse d'être entourée de gens aussi gentils pour s'occuper d'elle. Elle était rendue la doyenne de la salle. Toutes les religieuses et les gardes venaient la voir pour passer le temps. Il y avait garde Gaudet, la responsable des infirmières, qui venait régulièrement lui rendre visite. Elle la faisait parler de sa famille et de son coin de pays, sans doute pour l'empêcher de s'ennuyer.

– Saint-Côme, c'est loin d'ici ? demanda garde Gaudet.

– Oui ! C'est au bout du monde.

– Vous habitez au village ?

– Non. Si je restais au village, je me serais pas blessée. Je demeure dans le Sixième Rang.

Rose lui raconta sa chute et garde Gaudet fut tout ouïe. Rose parla du docteur Leblanc, du curé, du forgeron. La garde buvait ses paroles.

– Qui vous a appris à tricoter ?

– Mémère Marquise.

– Marquise, c'est un joli nom. Comment elle est, votre grand-mère ?

– Bonne, chaleureuse, mais un peu triste. M'man m'a raconté qu'elle a vécu une grosse épreuve. La plus jeune de ses filles est disparue à l'âge de seize ans pis, par la suite, elle en a pus jamais entendu parler. Elle s'en est jamais remise. Elle espère la retrouver avant de mourir. Les gens de la place racontaient qu'elle avait un ami secret, un clerc de notaire qui est mort quelques années plus tard.

– Ce monsieur avait-il une famille?

– Il était marié à une fille de Joliette et ils avaient trois enfants.

Rose continuait de causer.

– M'man dit aussi qu'avant le drame, c'était le bonheur dans cette maison. Mémère chantait pis pépère riait. Mais peu après la disparition, les visites ont commencé à s'espacer.

– Pauvre eux! s'exclama garde Gaudet, les yeux humides.

– Moé, ajouta Rose, perdre un enfant, je virerais folle. Chus toujours inquiète de mes petits. Y sont assez beaux, si vous les voyiez! C'est pas parce que c'est les miens, tout le monde le dit.

L'infirmière, l'esprit ailleurs, n'écoutait plus.

– Excusez-moi, Rose, je dois m'occuper d'autres malades.

– Je vous ennuie avec mes histoires, mais ça me fait tellement de bien de parler des miens. Ça me permet de faire un petit voyage en rêve dans mes montagnes.

L'infirmière sortit. Pourtant, c'était comme si un élastique la ramenait à la chambre cinq.

– Demain, dit Rose, matante Blanche a promis de me rendre visite. Mononcle Noé a affaire à Montréal, supposément pour des meubles abîmés pendant le transport.

– Elle a des enfants, votre tante?

– Oui, six, tous plus jeunes que moé.

– Mon Dieu, six? s'exclama la garde.

– Ça vous surprend, hein? Vous savez, en campagne, y a beaucoup de grosses familles.

– Avec vos belles histoires, j'allais oublier mes malades, répondit la garde, soudainement bouleversée.

Et elle quitta la pièce.

Rose s'attacha à cette infirmière, au point que dès qu'elle disparaissait, elle surveillait la porte dans l'espoir de la voir revenir.

* * *

Le lendemain, garde Gaudet se rendit à la chambre cinq, où elle se trouva face à face avec Blanche, qu'elle ne cessa de regarder. L'émotion lui tordait l'estomac ; toutefois, elle parvint à se contrôler.

– Garde Perreault m'a dit que vous étiez en congé aujourd'hui, lui dit Rose.

– Oui ! Je me suis libérée pour passer la journée avec vous.

– Toute la journée avec moé ? Vous êtes donc ben fine !

– Oui, et je vous réserve une surprise.

– Bonne ou mauvaise ?

– Soyez patiente.

Rose fit les présentations.

– C'est matante Blanche. Vous vous rappelez ? Je vous ai parlé d'elle hier.

Rien ne se passait comme l'infirmière l'avait prévu. N'en pouvant plus de se taire, elle coupa au plus court.

– Blanche, je suis Léonie, ta sœur, Léonie Gaudet...

– Vous ? la coupa Rose. Vous seriez ma tante ?

Rose comprenait maintenant la raison de ses visites répétées.

Blanche, incrédule, dévisageait Léonie en comptant les années.

– Vous dites être ma sœur? Léonie était pas infirmière.

– La religieuse, qui m'a prise en charge à mon arrivée à Montréal, m'a référée à l'hôpital Cartierville où j'ai été sélectionnée grâce à mes notes élevées.

Blanche, avec son besoin d'en savoir davantage, fouilla dans le passé de Léonie:

– Quel est le nom de votre mère?

– Marquise Préville, et mon père s'appelle Félicien Gaudet. T'es vraiment ma sœur, Blanche. Tu te rappelles, je suis partie de chez toi en pleine nuit. C'était en 1909. La veille, nous avions pique-niqué, Noé, toi et moi, dans l'atelier de Noé.

Blanche reconnut soudain sa bouche fine et ses yeux d'une extrême douceur. L'émotion l'étrangla.

– Oui, oui! Asteure, y a pus de doute. Toé, Léonie, après tant d'années!

Blanche se jeta dans ses bras et pleura, la tête dans le cou de sa sœur.

– Quand m'man va apprendre la nouvelle! Ça fait un bon trente-cinq ans qu'elle t'attend. Elle qui se demandait si elle te retrouverait avant de mourir. Mais dis donc, pourquoi es-tu partie de la maison?

– C'est une longue histoire. Viens à la maison, je vais tout te raconter.

– C'est impossible, Noé doit venir me reprendre icitte. Mais à son retour...

– On va l'attendre, ton Noé. Suis-moi à la petite salle d'attente. Toi aussi, Rose, je vais te faire transporter en chaise roulante. J'ai autre chose à vous dire.

– Comment se fait-il que j'aie pas deviné, dit Rose, moé, la curieuse qui cherche toujours à tout savoir?

Le nom de Gaudet m'avait pourtant mis la puce à l'oreille. Mais m'man m'a déroutée en me disant: « Des Gaudet, y doit y en avoir des tas dans le Grand Montréal pis en plus, une garde-malade. Ta tante Léonie était pas instruite. »

Rose pensait à sa mère, Victorine, à ses grands-parents, Marquise et Félicien, qui allaient bientôt apprendre la nouvelle! Et c'était elle, Rose Latendresse, la responsable de ces belles retrouvailles.

* * *

Léonie ferma la porte de la salle pour ne pas être dérangée par le va-et-vient de l'hôpital. Elle approcha une chaise de Blanche et, une fois assise, elle prit sa main et la tint dans la sienne, comme pour puiser chez elle une force qui l'aiderait à révéler son secret vieux de trente-cinq ans, sans avoir à étaler sa vie au su et au vu de toute la paroisse. Y arriverait-elle sans perdre sa dignité?

– Franchement, dit-elle, je ne sais pas par quel bout commencer! Tantôt, je vais vous annoncer une nouvelle qui va vous surprendre, une nouvelle qui va décevoir maman.

– Vas-y, parle! T'es mariée?

– Non, l'hôpital n'accepte pas les femmes mariées comme infirmières.

– C'est quoi, ta nouvelle?

– Je vais avoir besoin de ton soutien, Blanche. Sans aide, je ne pourrai jamais y arriver.

Blanche et Rose restaient suspendues à ses lèvres.

– Je suis partie de la maison enceinte de trois mois, avoua Léonie. J'ai une fille de l'âge de Rose. Elle se nomme Luce. Maintenant, vous comprenez pourquoi je suis disparue.

– Pourquoi ne pas me l'avoir dit dans le temps ? J'aurais pu t'aider.

– M'aider ? Comment aurais-tu pu sans que maman l'apprenne ? Il ne me restait que deux solutions : me jeter à la rivière ou me cacher à Montréal. Par chance, le docteur Leblanc m'a soutenue tout le temps de ma grossesse.

Blanche ne pouvait quitter Léonie des yeux.

– Victorine s'en doutait, mais ce n'était que des suppositions. Moé, je te pensais chez les bonnes sœurs. Mais dis-moé donc, qui est le père ?

– Lui, il est mort. Surtout, n'insiste pas pour savoir son nom ; même Luce ne le sait pas. Comme il a des enfants qui ne sont pas responsables de ses actes, je ne veux pas traîner leur nom dans la boue.

– Veux-tu que j'annonce la nouvelle à p'pa pis m'man ou tu préfères t'en occuper toé-même ?

Léonie baissa les yeux.

– Je ne sais pas. Je ne sais plus.

– Pis si on te ramenait à Saint-Côme avec ta fille ? Vous pourriez passer quelques jours chez nos parents, toutes les deux, quitte à vous ramener icitte après. Vous allez en avoir long à vous raconter après toutes ces années.

– Retourner à Saint-Côme ! s'exclama Léonie, l'esprit transporté dans ses chères montagnes. Si tu savais comme ça me tente, mais je crains trop d'être reconnue.

– Fiche-toé donc un peu des gens. Après trente-cinq ans, y doivent avoir oublié ton existence.

Léonie secoua la tête comme pour la vider de ses pensées et plaqua les mains sur ses oreilles.

– Tout est trop précipité, il me faudrait un peu de temps pour réfléchir à tout ça tranquillement. Et si je demandais conseil au vieux docteur Leblanc ? Il a toujours agi comme un bon père pour moi. Déjà, à la naissance de Luce, il me poussait à tout avouer à maman, mais dans le temps, je n'étais pas prête. Si ce n'était de Rose qui m'a ramenée dans le cocon familial, je serais morte avec mon secret.

– Je voudrais ben voir la tête de mémère quand elle va retrouver sa fille, dit Rose qui ne manquait pas un mot de la conversation.

Blanche craignait que Léonie ne se décide jamais à faire un pas de plus. Elle insista :

– Attends pas que nos parents soient dans leur tombe parce que tu le regretteras tout le reste de tes jours. Laisse-nous donc te ramener dans notre coin. Il y a aussi Victorine que tu retrouverais.

– Non, Blanche. Ce serait trop d'émotions à la fois. Je me demande bien comment nos parents réagiront à tout ça.

– Moé, à leur place, je serais soulagée.

– Si jamais maman refusait de voir Luce, qui est toute ma vie, je couperais les ponts de nouveau entre nos parents et moi, et nos retrouvailles seraient un vrai gâchis.

– Et si, au contraire, c'était une grande joie pour p'pa pis m'man ?

Léonie sourit, distraite, rêveuse. Elle s'imaginait de nouveau dans sa famille.

– T'as peut-être raison.

– Viens donc passer la fin de semaine à la maison. Tu pourrais réfléchir tranquillement à tout ça.

– J'ai bien envie d'accepter ton invitation, mais avant, je préfère en parler avec Luce.

– Je donnerais cher pour être là, matante Léonie, dit Rose. Si je pouvais marcher...

* * *

Dans le rang Versailles, la grande cuisine des Gaudet était morte. Depuis la disparition de Léonie, les visites se faisaient rares et, après soixante années de vie de ménage, la routine s'était installée. Marquise et Félicien n'avaient plus grand-chose à se dire, même s'ils ressentaient toujours l'un pour l'autre un attachement immuable.

Après avoir lancé son eau de vaisselle crasseuse au bout du perron, Marquise passa un coup de torchon sur la table, puis elle balaya la place. Pendant que Félicien faisait un somme sur sa berçante, elle mit le gramophone en marche. Depuis la disparition de Léonie, l'appareil était resté muet.

L'après-midi était doux et splendide. Le soleil entrait à pleines fenêtres dans la cuisine et, sans savoir pourquoi, Marquise avait le cœur à la gaieté. Elle venait à peine de s'installer devant son métier à piquer quand elle entendit des pas sur le perron, suivis de coups frappés à la porte.

Félicien ouvrit les paupières.

– J'étais en train de canter sur ma chaise, dit-il. Je vais aller voir qui c'est.

Le médecin s'arrêtait faire une courte visite à Félicien chaque fois qu'il passait devant sa porte. Mais aujourd'hui, c'était différent, il n'était pas seul.

Léonie, un peu mal à l'aise, tentait de disparaître derrière le médecin. Après trente-cinq ans, on n'entre pas chez ses parents comme si on était parti la veille.

– Entrez, docteur ! l'invita Félicien. Enlevez votre bougrine pis prenez une chaise. Vous aussi, madame, restez pas là.

Le médecin n'ouvrait pas la bouche. Il toussait, reniflait, se mouchait.

Léonie observait sa mère occupée à arrêter le gramophone. Sa figure était ridée, son front, plissé et ses yeux devenus gris pâle étaient presque transparents. Toutefois, elle avait conservé un peu de jeunesse dans son regard. Et son père marchait en traînassant ses chaussures bruyamment. D'où lui venait cet air sombre qu'elle ne lui reconnaissait pas ? Lui, un père autrefois très doux qui voyait la vie en rose.

Soudain, Marquise pâlit en fixant la dame du regard.

– Vous ressemblez à ma fille Léonie.

– C'est elle. C'est votre Léonie, dit le médecin.

Léonie tremblait comme une feuille.

– Léonie ? s'écria Marquise. Toé, ma petite Léonie ? C'est pas toé ! Je le crois pas.

Léonie, la bouche tordue d'émotion, se laissa couler dans les bras de sa mère qui la serra sur son cœur. Félicien s'approcha à son tour et entoura les deux femmes de ses bras. Il riait, un rire nerveux proche des pleurs.

Le médecin observait la scène émouvante. Lui aussi, comme Félicien, possédait une sensibilité fort aiguë. Il enleva ses lunettes par deux fois et, de son grand mouchoir, il essuya ses yeux.

– On va arroser ça, dit Félicien.

Il sortit quatre coupes et les déposa sur la table.

Léonie reconnaissait bien l'habitude de son père de fêter les événements un verre à la main. Elle essuya ses yeux.

– Attendez, papa, avant, il y a quelque chose d'important dont je veux vous parler.

– Eh ben, vas-y qu'on lève nos verres.

– J'ai une fille que j'adore et que j'aimerais que vous acceptiez au même titre que moi.

Marquise serra sa main plus fort.

– Ma pauvre Léonie ! On s'en doutait. Elle est où, cette petite ?

– À Montréal.

– Je veux la voir, je suis sa grand-mère.

Léonie souriait, heureuse comme elle ne l'avait jamais été.

– T'es mariée ? demanda son père.

– Non, papa ! C'est pour cette raison que je suis partie de la maison.

– Pourquoi t'as pas amené ta fille ?

– Parce que je voulais vous en parler avant.

Le médecin salua discrètement et se retira.

– Quelle surprise ! s'exclama Félicien. Quel beau jour ! On commençait tout juste à accepter notre sort, à lâcher prise ; y fallait ben continuer, ta mère pis moé. On vivait pus pis, tout à coup, à matin, sans savoir pourquoi, on a senti comme un vent de bonheur traverser la maison, sans doute un signe avant-coureur d'une grande joie. C'est difficile à expliquer, c'était un peu comme une guérison après une longue maladie. Pis v'là que la porte s'ouvre pis que tu rentres chez toé comme avant. Asteure, tu vas rester avec nous autres, tes parents.

– Non, papa. Je travaille à Montréal ; j'ai ma vie là-bas.

Félicien n'arrivait plus à retenir son émotion. Il essuyait de ses poings de grosses larmes qui roulaient sur ses joues creuses.

– T'auras pus besoin de travailler, dit-il, asteure que t'es revenue.

Marquise ne laissait pas la main de Léonie.

– Viens me raconter comment t'as vécu toutes ces années loin de nous.

L'arrivée de Blanche et de Victorine avec leurs familles coupa net aux confidences.

– Venez ! Votre sœur Léonie est revenue, s'écria Félicien, les yeux pleins de joie.

– On sait tout ça, p'pa.

– Vous le saviez pis vous m'avez rien dit ?

– On vient de l'apprendre, pis là, on vous amène de la belle visite : Luce, la fille de Léonie.

Luce, hésitante, avançait, les jambes sciées. Elle avait la fragilité de la porcelaine, le vrai portrait de Léonie plus jeune. Marquise se leva et serra sa petite-fille dans ses bras.

– Asteure, Luce, tu fais partie de notre famille au même titre que mes autres petits-enfants. Je tiens à ce que tu saches que tu es la bienvenue icitte pis que, désormais, notre porte te sera toujours ouverte.

Luce embrassa sa grand-mère sur les deux joues.

– Je vous aime déjà, grand-mère.

– Aujourd'hui, ajouta Blanche, on va fêter vos retrouvailles avec toute la famille. Victorine pis moé, on a apporté le souper. Nos hommes vont venir nous retrouver vers la fin de l'après-midi.

Blanche mit vingt pommes de terre au four.

Le souper fut des plus joyeux. Léonie se retrempait dans le milieu familial.

Chapitre 26

Ovide visitait Rose régulièrement. Il avait comme ami un monsieur Boyer qui le conduisait à l'hôpital chaque samedi. Le soir, il couchait à Montréal et s'en retournait à Saint-Côme le lendemain.

En décembre commencèrent les grosses tempêtes accompagnées de vents violents. Rose avait de la difficulté à dormir en pensant à ses pauvres enfants. Étaient-ils malades ? Étaient-ils seuls ? Avaient-ils froid ? Elle pensait à la fameuse fois, l'hiver précédent, où ses enfants étaient restés seuls une nuit de tempête, la porte de la maison entrouverte, à la merci des loups et des bêtes sauvages, et à cette fois où le petit Laurent était arrivé à l'école un peu après les autres. On lui avait raconté qu'il avait pleuré et que ses larmes étaient restées gelées sur ses joues. Rose craignait que l'histoire ne se répète. La nuit, tous ces rappels refluaient en elle et la rendaient inquiète à mourir. Il y avait aussi le gorille que les enfants craignaient.

Durant cette même semaine, sa belle-sœur Alice lui rendit visite. Cette dernière lui apprit qu'Ovide était reparti pour Saint-Côme seulement le mardi, toujours avec son chauffeur privé.

Sa belle-sœur partie, Rose écrivit immédiatement à Ovide. Elle lui demanda de ne plus jamais laisser les enfants seuls. S'il ne pouvait les faire garder par quelqu'un de fiable, elle préférait qu'il ne vienne pas du tout.

* * *

Rose passa les fêtes de Noël seule. Même si elle était bien traitée, elle se sentait en prison. Que d'idées lui passaient par la tête en ces jours de réjouissances ! À la maison, ses enfants avaient besoin d'elle. Quelle sorte de Noël passeraient-ils sans leur mère ? « Qu'est-ce que j'ai tant fait pour en être rendue légume à ce point, moé, une femme capable comme deux ? Est-ce que je vais rester clouée au lit tout le reste de ma vie ? »

* * *

Au mois de mars, Ovide rendit visite à Rose. Il était tout heureux de lui annoncer qu'il avait vendu sa ferme du Sixième Rang et qu'il se préparait à vendre ses biens à l'encan. Ce qui comprenait les animaux, les voitures et tout ; il avait besoin d'argent pour acheter une maison au village.

– Je vais ouvrir une boulangerie, dit-il.

« Mon Dieu ! Quelle bonne décision ! se dit Rose. Ovide doit penser que je vais mourir et il s'organise pour garder un œil sur les enfants. »

Rose était au courant que, plus tôt, une bonne sœur l'avait invité à passer à son bureau pour tout lui expliquer sur son état de santé.

Ovide devait savoir qu'ils allaient amputer sa jambe, mais il ne lui en souffla jamais mot.

* * *

Peu de temps après l'encan, Ovide acheta une petite maison qui appartenait à madame Prosper Lepage.

La famille déménagea au village en n'emportant presque rien. Rose avait une belle table de cuisine que son père avait fabriquée de ses propres mains. Elle ne la revit jamais, de même qu'un gramophone cabinet avec beaucoup de disques, une berceuse et un sofa qu'elle avait elle-même rembourré, son beau prélart qu'elle aimait tant et qui lui avait coûté des heures de travail à crocheter des tapis. Ovide avait tout vendu à l'encan.

Sitôt arrivé au village, Ovide commença à faire des rénovations afin de pouvoir boulanger le plus rapidement possible. Il devait abattre un mur pour agrandir la boulangerie et faire construire un four tout en brique et ciment.

Rose était heureuse pour Ovide et pour ses enfants qui ne seraient plus seuls.

Elle était encore à l'hôpital et sa plaie à la jambe suppurait toujours. On tenta une autre opération. On lui fit un nouveau plâtre.

Enfin, le 25 juin, le médecin signa son congé et lui dit :

– Vous allez pouvoir vous faire traiter par votre médecin de famille.

Les docteurs hésitaient à amputer sa jambe. Durant ces années, il n'y avait pas encore de pénicilline, ce fameux médicament qui guérissait des milliers de malades tuberculeux. Rose croyait qu'elle avait la tuberculose des os.

Elle avait créé des liens avec une voisine de lit, une jeune femme dans la trentaine qui appartenait à une famille bien à l'aise dont la mère, veuve, demeurait avec une de ses filles. Cette femme se nommait Jeanne Desrochers. C'étaient des gens très gentils. Quand Rose lui apprit qu'elle avait obtenu son congé de l'hôpital, la veuve lui dit :

– Accepteriez-vous qu'on aille vous reconduire chez vous ?

– Ça me ferait ben plaisir, dit Rose, mais je peux pas accepter, c'est beaucoup trop de gentillesse à mon égard. Je pourrai jamais vous remettre ça.

Le jour même, la mère, la fille et un chauffeur privé arrivèrent dans une belle ambulance noire qui ressemblait à un corbillard. On transporta Rose sur une civière et hop ! ils partirent pour Saint-Côme.

* * *

Il y avait bien du roulis dans le village ce jour-là.

C'était la dernière journée de classe. À quatre heures, le chauffeur stationna l'auto près de la boulangerie. La présence d'une ambulance dans ce coin retiré avait un je-ne-sais-quoi qui attirait la foule. C'était sans doute la première fois qu'on voyait une ambulance dans le village de Saint-Côme. Les enfants s'arrêtaient pour voir qui arrivait dans ce char de luxe. Puis ce furent le marchand, le cordonnier, les voisins immédiats et, comme une tradition locale, la nouvelle se répandit dans le patelin que la femme du boulanger était revenue chez elle pour y mourir.

Ovide sortit de son commerce et s'approcha du véhicule.

– Wow ! Madame Latendresse se promène pas à pied ! dit-il.

Il demanda à Rose de se rendre chez son père, car il n'avait pas de chambre pour elle. Il l'avait démolie pour faire place à la boulangerie.

L'auto reprit sa route jusqu'au Dixième Rang. Les parents de Rose, surpris de la voir arriver, en avaient les larmes aux yeux.

Un mélange de bœuf et de légumes du jardin mijotait sur le poêle et embaumait la grande cuisine. Victorine prépara un gâteau au chocolat qu'elle enfourna et, le temps de la cuisson, elle battit vivement une belle crème blanche jusqu'à ce qu'elle forme des pics fermes.

* * *

Après avoir pris un souper animé, les dames Desrochers embrassèrent Rose, lui souhaitèrent bonne chance et se retirèrent.

Rose n'avait pas d'autre chose à leur offrir qu'une infinie reconnaissance.

Elle passa quinze jours chez ses parents à se faire servir comme une invitée. Il faisait bon vivre avec les siens. Sa petite Diana, âgée de deux ans, toute belle, toute blonde, lui faisait une belle façon, mais sans plus. Rose s'aperçut qu'elle n'était plus sa mère. Diana ne se souvenait pas de son départ pour l'hôpital, elle était trop jeune. Rose la regardait se pendre au cou de sa grand-mère. Pendant ses longues absences, sa grand-mère était devenue sa mère, ce qui faisait cruellement souffrir Rose.

– Avez-vous remarqué, m'man ? Ma petite Diana fait toujours un grand détour pour m'éviter, comme si j'étais une menace pour elle.

– Ce serait pas plutôt tes vieilles béquilles qui lui font un peu peur ?

– Peut-être !

* * *

La parenté et les amis se précipitèrent pour rendre visite à Rose. Même le nouveau curé, Zotique Beauchamp, qui venait d'arriver à Saint-Côme et qu'elle ne connaissait pas encore, était du nombre des curieux. On disait de lui qu'il était un saint prêtre et qu'il faisait des miracles.

Le curé se présenta et lui dit :

– Je viens voir la grande malade. Mais je fais erreur, vous n'avez pas l'air malade.

Après l'avoir confessée et bénie, il promit de lui apporter la communion le lendemain.

* * *

À partir de ce moment, la vie de Rose changea. Dans sa nouvelle demeure, comme la cuisine était très grande, Ovide avait pris le tiers de la pièce pour le transformer en une toute petite chambre dont une fenêtre donnait sur la rue.

Cette maison n'était pas ce qu'il y avait de plus moderne : il n'y avait pas de toilettes, par contre, ils avaient l'eau à la pompe, un vieux lavabo tout rouillé, des murs à la peinture écaillée, mais c'était un endroit très gai.

Comme Rose était presque toujours alitée, son passe-temps était de regarder passer les gens. Au coin de la rue, chaque midi, les mêmes visages apparaissaient.

* * *

Dès que l'intérieur du four fut sec, Ovide commença à cuire du beau pain doré. Il s'y connaissait bien, boulanger était son premier métier. Il vendait son pain cinq sous, et ses brioches, quinze sous le paquet de douze. Réjean et Gilles étaient très débrouillards pour leur âge, ils rendaient des petits services à leur père à la boulangerie. Une bonne venait s'occuper de la maisonnée tous les jours de la semaine pour la modique somme de deux dollars. Ainsi, Rose pouvait consacrer beaucoup de temps à échanger avec ses enfants ; ceux-ci lui avaient tellement manqué.

Un jour, elle demanda à Samuel :

– Qu'est-ce que tu vas faire quand tu seras grand ?

Samuel n'avait que quatre ans. Il réfléchit.

– Vous voulez dire, qu'est-ce que je vais devenir ?

– Oui. Boulanger ? menuisier ? cordonnier ?

– Je serai pape, dit Samuel, la tête haute, le corps bien droit.

Il entendit ses frères étouffer des rires incontrôlables, mais il ne se laissa pas intimider.

– Avant de devenir pape, y faut être prêtre, lui dit sa mère.

– Je serai prêtre.

Rose regarda attentivement son petit garçon.

– Mais, Samuel, t'es pas assez sage. Pour ça, il faut être très pieux.

Samuel tira son chapelet de sa poche et le présenta à sa mère.

Rose sourit. Elle sentait chez cet enfant quelque chose d'indéfinissable.

– T'as que quatre ans, Samuel!

* * *

Rose était chez elle depuis une quinzaine de jours quand un nouveau médecin de Sainte-Émélie vint la visiter. C'était un jeune docteur très gentil et, surtout, il n'était pas avare de son temps ni de ses services. Après avoir examiné son genou, il lui dit:

– Je vais enlever ce plâtre. Ensuite, avec une chaise roulante, vous pourrez quitter votre lit quand bon vous semblera.

Le médecin s'exécuta et trouva à l'endroit de l'opération une énorme plaie, ou plutôt une cavité.

– Yark! dit Rose en voyant le dégât.

– Vous devrez changer le pansement tous les jours, lui dit le médecin et, pour que votre genou soit plus solide, je vais placer des éclisses de bois de chaque côté et je vais bien les enrouler à l'aide d'un bandage élastique.

Rose s'informa:

– Ce qui veut dire que je marcherai pus jamais?

– Il ne faut pas que vous pensiez cela. Je vais vous prescrire un bon tonique et tout va aller mieux.

* * *

Pouvant enfin circuler dans la maison avec son fauteuil roulant, Rose se sentait enfin utile. En plus d'essuyer la vaisselle, elle faisait du reprisage, du tricot. Elle mangeait à la table avec les siens. Et surtout, elle n'avait plus à quémander la bonne pour ses moindres besoins, comme pour un simple verre d'eau.

À l'automne, au début des classes, il y eut une épidémie de poux. Alors, tous les soirs, Rose peignait les enfants à l'aide d'un peigne fin trempé dans l'huile à lampe. Ceux-ci grognaient à cause de l'odeur envahissante qui persistait. « Comme ils doivent me détester ! pensait Rose. Mais ils ont assez de se faire manger la nuit par les punaises sans se faire dévorer le jour par les poux. »

* * *

Même si elle n'était pas guérie, Rose n'était pas morte. Elle était toujours mariée à un homme qui avait besoin de sexe.

Un soir, le dernier client retiré, Ovide profita du silence de la cuisine pour se plaindre à Rose :

– Moé, je peux pas passer le reste de ma vie sans faire l'amour.

Rose avait beau lui expliquer que c'était péché d'empêcher la famille et qu'elle craignait de devenir enceinte, Ovide insistait :

– Je vais faire ben attention.

Comme le bon curé venait la voir toutes les semaines, Rose lui fit part de ses inquiétudes.

– Monsieur le curé, je vous en supplie, donnez-moé la permission d'empêcher la famille afin que j'aie la conscience tranquille.

– Je suis désolé, dit le prêtre à regret, ce n'est pas de mon ressort de vous accorder cette permission. Ayez confiance en Dieu et racontez-Lui ce que vous venez de me dire. Il est tout-puissant et Il vous aime beaucoup. Dans quelque temps, nous allons avoir une retraite fermée, prêchée par un père jésuite; je vais lui dire de venir vous voir. Vous lui raconterez vos déboires. Je pense qu'il va pouvoir vous aider.

Rose était nerveuse à la pensée de rencontrer ce prédicateur, mais elle espérait beaucoup de cette rencontre. Le prédicateur allait-il lui donner la permission que son curé lui refusait?

Le prédicateur lui dit:

– Ce que vous me dites me touche profondément. Mais si je comprends bien, vous me demandez une absolution anticipée des actions blâmables que vous désirez commettre. Ce serait me faire l'avocat du diable. Non! Ce que vous me demandez est impossible.

– L'Église est donc si sévère, dit Rose, dépitée.

– On ne juge pas l'Église. Contester l'Église, c'est s'opposer à ses chefs spirituels et aux valeurs qu'ils défendent. Vos épreuves sont très lourdes à porter, mais abandonnez-vous entre les mains de Dieu et vous verrez qu'un jour vous aurez de grandes joies. Maintenant, vous devez vous réconcilier avec Dieu. Avant de partir, je vais vous confesser.

* * *

Rose n'arriva pas à lui faire dire qu'elle pouvait empêcher la famille sans se faire de reproches. Alors, il lui faudrait vivre un jour à la fois.

Rose trouvait tout de même la vie belle. Malgré tout, son mari était de bonne humeur. Il était gentil avec elle. Rose pensait : « Qui aurait cru que la continence pouvait autant changer un homme en pénitence depuis deux ans ? »

* * *

La boulangerie rapportait, l'argent rentrait régulièrement. Ce n'était pas une fortune, mais la famille vivait à l'aise.

Ovide réussit à faire peindre tout l'intérieur de la maison en blanc et à changer les vieilles paillasses pour des neuves. Comme par miracle, finis les punaises et les poux. Rose se rappelait le temps de sa jeunesse, quand son père avait peint la cuisine en jaune : les punaises et les poux avaient disparu.

Rose reprit une vie normale dans sa maison chaude comme un pain de ménage et propre comme de la mie.

Sa cuisine devint le rendez-vous de presque tous les maquillons des paroisses voisines. Le soir, les gens du village venaient jouer aux cartes, tour à tour, et, aux vacances d'été, les sœurs d'Ovide venaient passer une semaine ou deux. Rose avait toujours une bonne à son service.

Les petits garçons travaillaient beaucoup, peut-être trop. Gilles et Réjean, à sept et neuf ans, s'occupaient de nourrir le cheval et la vache et, chaque jour, ils devaient rentrer du bois pour le four à pain, aller chercher la farine chez Lefebvre avec une brouette, l'été, et un traîneau, l'hiver ; tout ça chaque matin, avant de partir pour l'école.

La première année, ce fut Donatienne, une vieille fille de la place, qui livra le pain dans les rangs. La deuxième année, Réjean et Gilles prirent la relève. Tous les matins, ils arrivaient à l'école en retard.

* * *

De chez lui, Noé voyait le gamin, du haut de ses dix ans, se jucher sur un petit banc pour harnacher le cheval. De quelle ingéniosité son neveu devait faire preuve avant la livraison ! Il le prit en pitié et lui porta secours.

– Asteure, tu pourras compter sur moé tous les matins jusqu'à ce que tu grandisses un peu, mais dépêche-toé, bon sang !

– Comme vous êtes ben de service, en retour, je vais vous fournir votre pain gratis, dit Réjean. Ce sera donnant donnant.

Noé riait de l'entendre faire des arrangements de son propre chef.

– Tes parents seront peut-être pas d'accord !

– Je m'arrangerai avec eux.

Noé regarda partir les gamins. Les deux petits traînaient leur misère. Ils allaient de maison en maison avec leur grand tablier blanc noué sur les hanches.

Chapitre 27

Au jour de l'An 1947, les familles Beauséjour et Latendresse étaient invitées au fricot de l'oncle Liguori. Malheureusement, les routes entre Sainte-Émélie et Saint-Côme n'étaient pas ouvertes pour les autos. Rose et les enfants furent très désappointés.

– Un jour de l'An sans visite, c'est pas un jour de l'An, se lamentait Réjean.

Ovide avait préparé des pâtisseries en quantité à apporter.

– J'ai une idée, dit-il. Je vais louer un snowmobile pis on va amener tous les Beauséjour avec nous.

– Y a combien de places dans ce véhicule ? demanda Rose.

– Douze, mais on va se tasser.

Les petits criaient de joie. En tout, ils se retrouvèrent vingt, serrés comme des sardines. Ça faisait du monde là-dedans. Mais que de plaisir et de cris dans ce gros surfeur des neiges ! Chacun chantait son couplet et tout le monde reprenait le refrain.

* * *

De la cuisine, la tante Robertine entendit un grondement. Elle passa la tête sous le rideau.

– C'est pas possible ! Viens voir, Liguori, toute la parenté est là.

La maison se remplit de visite. Ce fut un vrai jour de l'An, avec un bon fricot sur la table, de la musique, des chansons et des histoires, comme Rose en rêvait. Ovide giguait au milieu de la place.

* * *

Au mois de janvier de l'an 1947, un événement important vint marquer la vie des Latendresse. À force de jouer aux jeunes mariés, Rose, à trente-six ans, se retrouva enceinte d'un sixième enfant. Sujette aux hémorragies, elle dut rester alitée pendant quinze jours.

La nouvelle se répandit en rafales dans tout le village. Les gens traitaient les Latendresse de fous et de sans-dessein. Rose, elle-même, se disait : « Pas un autre enfant ! » Elle craignait que le bébé ne vienne au monde infirme comme elle l'était. Elle portait cet enfant sans faire aucun exercice, presque toujours assise dans son fauteuil roulant.

Le docteur lui donna toutes les vitamines nécessaires afin qu'elle donne naissance à un bébé fort et en santé.

Enfin, octobre arriva. Dans ce temps-là, on accouchait à la maison avec une sage-femme. Rose, elle, n'avait rien à craindre, un médecin allait l'accoucher.

Le 6 octobre était une belle journée d'automne. Le soleil brillait de tous ses éclats. La nuit précédente, Rose n'avait pas bien dormi. Elle se sentait pesante, engourdie. Elle réussit à se rendre à la table et, la dernière bouchée avalée, les contractions commencèrent. Elle retourna à sa chambre se faire une toilette à la débarbouillette. Ensuite, elle envoya chercher la sage-femme.

– C'est ben ça, dit celle-ci, tu vas avoir ton bébé. Mais ce serait plus prudent d'avertir le docteur tout de suite.

Ovide alla téléphoner au docteur Ferland. Il ne reçut pas de réponse, alors il attendit le soir pour appeler de nouveau. Toujours pas de réponse. La sage-femme lui conseilla fortement d'en appeler un autre avant qu'il soit trop tard.

Ovide téléphona au docteur Lessard de Saint-Jean-de-Matha.

Il arriva à six heures du soir, surpris de voir une femme aussi éclopée. Il coucha chez les Latendresse. Le lendemain, durant l'avant-midi, il s'absenta une heure et demie pour accoucher une autre femme. Au retour, il dit à Rose :

– Cette femme est moins paresseuse que vous.

Rose accoucha à deux heures. Quand le médecin vit son bébé, il lui dit :

– C'est pas surprenant ; c'est pas un bébé que vous avez eu, c'est un enfant prêt à marcher.

Il était tout rond, tout potelé. Il pesait dix livres. Le petit Francis était encore le plus beau bébé du monde entier.

Rose pensait que si le bon Dieu lui donnait un enfant, il lui donnerait aussi la santé pour l'élever.

– Ovide, va chercher les enfants chez Blanche. Tu leur diras qu'y ont un petit frère.

En apprenant la naissance, Blanche offrit à sa nièce d'adopter l'enfant.

– On a ben réfléchi, Noé pis moé, pis on s'est dit qu'amochée comme tu l'es, tu seras jamais capable de t'en occuper.

– Vous êtes ben bons, mais c'est non. D'autres intéressés nous ont fait la demande pis on a refusé. Un enfant, ça se donne pas.

* * *

Le lendemain de l'accouchement, le docteur Ferland, ayant appris la nouvelle, se présenta chez les Latendresse. Il était désolé ne n'avoir pu assister à l'accouchement. Il prit la température de Rose puis examina sa jambe, qu'elle disait pesante et engourdie jusqu'au pied. Le docteur lui fit une incision. Le sang gicla. Le médecin dut lui installer un garrot pour freiner l'hémorragie.

– Dès que vous aurez repris vos forces, dit-il, vous devrez retourner à l'hôpital. À l'Hôtel-Dieu cette fois.

– Je retournerai à l'hôpital seulement si on accepte d'amputer ma jambe. Je suis fatiguée de traîner ce membre inutile, ça fait cinq ans que je vis soit alitée, soit en chaise roulante.

Ce qui désolait le plus Rose, c'était de laisser son petit Francis. Ce bébé était une grande joie pour la famille ; tous l'aimaient. Elle n'osait pas le confier à sa mère ; à son âge, celle-ci en avait assez de garder son vieil oncle malade et Diana, que Rose refusait de laisser seule avec ses frères, de peur qu'ils la malmènent. Imaginez, garder un petit bébé en plus !

Victorine laissa l'oncle Germain aux bons soins de Maxime et vint passer quinze jours chez sa fille.

Les deux semaines écoulées, elle lui dit :

– Sois pas inquiète pour ton bébé, je le garderai le temps que tu seras à l'hôpital.

– Pauvre m'man ! Je vous en cause, des problèmes pis des misères. Vous avez déjà Diana pis, en plusse, mononcle Germain qui a de la misère à se traîner.

– Je l'amène, trancha sa mère.

Rose fut soulagée. Heureusement, Francis était un enfant qui ne donnait pas de soucis.

* * *

Au mois de novembre, le docteur conseilla à Rose de se rendre à Sainte-Émélie avant le début des neiges à cause des routes qui n'étaient pas entretenues entre Saint-Côme et Sainte-Émélie durant l'hiver.

Rose attendit puis, un jour où de gros flocons tourbillonnaient avant de toucher le sol, ce fut le départ, encore une fois.

Il fallait apporter la robe de chambre de Rose et ses pantoufles. Après avoir bouclé les valises, tous montèrent dans le taxi. Henri, le chauffeur, dit à Ovide :

– Le temps se cochonne. Apporte une pelle au cas où on serait obligés de pelleter.

Enfin, ils partirent. Tout alla bien jusqu'à la côte jaune. L'auto, bloquée par la neige, ne pouvait plus avancer. Le chauffeur et Ovide se mirent à pelleter. Ils réussirent à se rendre à mi-côte. Un autre coup de pelle. Soudain, l'auto se mit à bouger ; elle reculait. À l'intérieur, Rose et les trois petits se mirent à crier. Samuel, qui se trouvait sur la banquette avant, se rangea du côté du chauffeur et mit le pied sur une pédale. C'était la bonne. L'auto s'arrêta complètement. Samuel venait de leur sauver la vie, car sans ce geste de sa part, l'auto serait tombée dans le ravin.

Arrivée à Sainte-Émélie, Rose croyait qu'on la conduirait tout de suite à l'hôpital, mais non, elle dut demeurer chez son oncle Liguori pendant une semaine complète.

Un soir que sa jambe lui faisait terriblement mal, Rose pleura. L'oncle, touché de voir sa nièce dans un état aussi lamentable, partit chercher le médecin.

En l'apercevant, ce dernier lui dit :

– Seriez-vous prête à entrer à l'hôpital ce soir ?

– Oui, je ferais n'importe quoi pour arrêter ce mal insupportable.

Il était neuf heures. À minuit, ils étaient rendus à l'Hôtel-Dieu.

* * *

Rose pensait qu'on amputerait sa jambe aussitôt après son arrivée, mais à sa grande déception, le docteur Bruneau préféra attendre un peu.

– Vous venez de passer un dur moment avec votre accouchement qui n'a pas été facile. Si on retarde votre opération, c'est à cause de votre cœur.

Le temps passait et toujours rien.

Toutes les semaines, Rose écrivait à ses parents et leur demandait des nouvelles des enfants. Ovide ne pouvait venir la visiter, il devait boulanger, et ses parents étaient pris avec la garde des petits. Heureusement, ses beaux-parents et ses belles-sœurs vinrent tous les dimanches, sauf à Noël et au jour de l'An.

Rose, découragée d'attendre, écrivit à son bon curé, Zotique Beauchamp.

Celui-ci lui répondit : « Quand tu te feras amputer la jambe, n'oublie pas de m'avertir et surtout, ne t'en fais pas, tout va bien aller. C'est la main de Dieu qui va t'opérer. » Rose avait confiance en ce bon curé. Il priait tellement avec ferveur que rien ne lui était refusé.

Le matin de l'amputation, le chirurgien lui dit :

– On va vous opérer, mais je vous jure que vous ne ressentirez aucune douleur.

– Allez-y, qu'on en finisse une fois pour toutes.

* * *

On lui fit respirer de l'éther et, en l'espace de quelques secondes, Rose ne sentit plus ses membres inférieurs. On installa un grand drap devant elle, comme un écran, pour l'empêcher de voir l'opération. Elle entendait l'équipe de médecins s'affairer autour d'elle. C'était sans douleur, tout comme quand on a un membre engourdi. Mais quand on arriva à l'os et que Rose entendit la scie, elle commença à avoir chaud. Le cardiologue décida de l'anesthésier davantage. Une injection et voilà ! elle était partie.

Rose se réveilla alors qu'elle était encore sur la table d'opération. Tout était fini. L'intervention avait duré une heure. Quelle belle réussite ! Pas de douleur ni de mal de cœur. Rose n'en croyait pas ses yeux. On lui donna des injections de pénicilline, un nouveau médicament antibactérien.

On commença à lui parler de retourner chez elle. Rose pensait que c'était une farce, mais non. Le docteur lui dit :

– Descendez de votre lit et essayez vos béquilles.

Rose fit un pas et un autre ; ça n'allait pas très fort, elle trébuchait sur tout.

– Vous savez pas boiter comme il faut, madame. Vous allez avoir besoin de vous exercer. Dans quelques jours, vous allez partir.

– Déjà ? Ma jambe est pas guérie.

– Vous avez certainement de la parenté à Montréal qui peut vous héberger pendant quelques jours ?

* * *

Rose n'avait pas vidé son plateau du déjeuner quand elle entendit frapper. Elle reconnut les trois coups discrets d'Alice. Rose lui dit qu'elle devait quitter l'hôpital le jour même.

– Où veux-tu aller ?

– Je sais pas.

– Si je demeurais pas dans un deuxième, je t'inviterais à la maison.

– Je préfère rester icitte pour pas embarrasser personne.

* * *

Dans le courant de l'avant-midi, une pluie abondante se mit à tomber, une grosse pluie froide de février qui glaçait à mesure qu'elle tombait, ce qui causa plusieurs accidents.

De sa chambre d'hôpital, Rose entendait les sirènes des ambulances. Elle dit à la religieuse soignante :

– Ma sœur, je vous en supplie, gardez-moé encore une nuit. S'il le faut, je coucherai par terre.

– On ne peut pas vous garder, la personne qui prend votre lit est déjà arrivée.

* * *

Tôt après le souper, Alice et son mari arrivèrent en taxi. Le chauffeur et un autre homme les accompagnaient. Ils réussirent à transporter Rose, couchée sur une civière, jusqu'au taxi.

La route était glacée comme un miroir. Le taxi avançait pouce par pouce et, malgré toutes les précautions du conducteur, l'auto zigzaguait d'un trottoir à l'autre.

Rendue chez Alice, Rose se demandait comment ils allaient faire pour la monter au deuxième. Son beau-frère s'approcha et lui dit :

– Mets tes mains sur mes épaules.

Il la souleva dans ses bras, tout comme on prend un enfant, et il la monta en patinant sur les marches glacées. Quelques minutes plus tard, Rose se retrouva dans un bon lit.

Son beau-frère, un homme fort et courageux, dit à sa femme :

– J'ai eu peur, j'ai cru que j'y arriverais jamais. Y a un bon Dieu pour nous autres.

Rose passa quelques jours couchée, car elle arrivait à peine à se tenir debout appuyée sur ses béquilles.

* * *

Un bon soir, vers dix heures, Rose vit arriver le docteur Ferland. Il venait prendre de ses nouvelles. Comment se faisait-il qu'il fût rendu rue De La Gauchetière, un endroit qu'il ne connaissait pas du tout ? Rose supposa que son beau-frère lui avait téléphoné pour lui demander de venir la chercher.

Le médecin la trouva très bien. Il lui dit :

– Je suis venu vous chercher.

Il y avait avec lui un homme de Sainte-Émélie.

Rose n'hésita pas ; elle avait tellement hâte de voir son petit bébé qui avait alors déjà quatre mois. Depuis son hospitalisation, elle comptait les jours.

À dix heures trente, ils partirent. Tout en circulant à travers les rues, le docteur lui dit :

– Je dois arrêter ici ; ma femme est là qui m'attend. Seulement quelques minutes, ce ne sera pas long.

Deux heures plus tard, le docteur revint avec sa femme. Rose était fatiguée, mais se sachant dépendante du médecin, elle ne se plaignit pas. Il était minuit et demi. Ils repartirent. Quelques rues plus loin, le médecin s'arrêta de nouveau pour faire monter le curé de Sainte-Émélie. Tout au long du trajet, les hommes parlèrent de choses et d'autres. Après avoir dépassé Joliette, sur la route de Saint-Félix, le conducteur et ses passagers s'endormirent. L'auto prit le côté de la route. Le contrecoup les projeta tous en bas de leur siège, mais sans trop leur faire de mal. Malheureusement, l'auto était ensevelie dans la neige.

Rose portait un manteau brun agrémenté d'un collet de fourrure et, comme coiffure, un beau chapeau brun avec une plume d'autruche sur le côté. Avec le coup, le chapeau lui partit de la tête pour se retrouver en avant, sur les pieds du docteur. Quand celui-ci le lui remit, il était tout écrasé, la plume, brisée, presque arrachée. Rose le remit sur sa tête du mieux qu'elle le put.

Le docteur, après s'être assuré que personne n'était blessé, se rendit sur la route afin de trouver quelqu'un qui viendrait les dépanner. Mais à deux heures du matin, il revint à l'auto, bredouille.

– Il n'y a pas d'autre solution que d'attendre, dit-il. Vers quatre heures, les camions vont commencer à circuler, ils nous dépanneront.

Ce n'est que vers cinq heures qu'on retira la voiture du fossé.

Rose était fatiguée à mourir. Dans l'auto, ils étaient cinq personnes assises, entassées les unes contre les autres. Rose n'arrivait pas à changer de position et il faisait très froid.

L'auto s'engagea de nouveau sur la route. Rendus à Saint-Jean-de-Matha, ils devaient changer de transport ; tout le monde monta dans un snowmobile parce que la route n'était pas entretenue pour les autos.

En arrivant à Sainte-Émélie, près de la route, ils virent un homme qui faisait de grands signes des bras pour arrêter le gros véhicule.

– J'ai besoin d'un docteur, ma femme va accoucher. Elle est dans les grandes douleurs. Elle va mourir.

– Je suis médecin, je peux vous aider.

– Si vous êtes obligé d'accoucher cette femme, dit Rose, faites-moé venir un transport, car je suis rendue au boutte de mes forces.

– Je ne peux pas refuser, dit le médecin en descendant du mastodonte.

Le docteur fit un bref aller-retour et, après une demi-heure, ils arrivèrent chez les parents de Rose.

Il était neuf heures du matin. Le trajet parcouru de Montréal à Saint-Côme avait duré dix heures trente minutes.

Quelle surprise pour Maxime et Victorine qui n'attendaient pas leur fille!

En entrant, Rose s'assit sur la première chaise et demanda à sa mère:

– Est-ce que mon petit Francis dort?

Victorine le lui amena et Rose s'avança pour l'embrasser. En l'apercevant, l'enfant lâcha un cri, comme s'il avait vu le diable.

– Pauvre petit, lui dit Victorine, c'est ben assez pour qu'il ait peur. T'as le chapeau tout écrapouti sur la tête, la plume de travers, pis le visage d'une morte.

– Ça fait plus de dix heures que chus assise dans l'auto, toujours dans la même position. J'ai mal un peu partout.

Son père l'aida à se rendre à son lit et Rose dormit toute la journée. Elle prit quelques jours avant de récupérer. Sa jambe lui faisait très mal, comme si elle était encore là.

– Vous savez, p'pa, y faut passer par là pour savoir à quel point un membre amputé peut faire souffrir même s'il est pus là.

Après une semaine de repos, Rose demanda à retourner chez elle, à Saint-Côme. Le vieil oncle malade lui dit:

– Tu peux pas amener le petit Francis; tu seras pas capable d'en prendre soin.

L'oncle s'était attaché à l'enfant. Francis était un bébé charmant, il souriait toujours et tout le monde l'aimait. Le vieux le surveillait sans cesse et donnait des ordres: « Victorine, le petit est trempé » ou encore: « Victorine, le petit est réveillé. » Il surveillait l'approche des autres enfants à cause des microbes. Chaque fois qu'il sortait, il disait: «Ton oncle s'en va à la prière, mon petit Francis» ou encore: «Ton oncle s'en va à la poste.»

Rose retourna chez elle, encore trop faible pour ramener son bébé. Chaque séparation lui brisait le cœur.

* * *

À la fin de juillet, sa mère arriva avec Diana et le petit Francis.

Le petit passait ses journées à faire le tour de sa couchette, les petites mains accrochées aux barreaux. Rose ne l'assoyait pas par terre pour l'empêcher de se salir. Finalement, à l'âge de neuf mois, Francis se tenait debout sur son matelas. Réjean dit à sa mère:

– M'man, cet enfant-là, y marche pas? Y est-y normal?

– Ben oui, y est normal, tu vois ben: y se tient su' ses pieds.

– Y va pas passer toute sa vie dans sa bassinette?

Réjean le déposa par terre et, sans difficulté, le petit se mit à marcher partout.

Francis était un enfant attachant.

Dans la cuisine des Latendresse, les voisins entraient et sortaient comme s'ils étaient chez eux et tout le monde s'occupait du petit.

– Madame Rose, je peux-tu vous voler votre petit Francis pour une heure ou deux?

Les voisins l'amenaient au restaurant et le ramenaient tout barbouillé de crème glacée ou de chocolat. Tout le monde l'adorait et le petit se sentait à l'aise dans les bras de qui voulait bien de lui. Rose pensait : « C'est impensable ce qu'un enfant peut apporter de joie dans une famille ! »

Avec tout ce va-et-vient, on oubliait Diana, que Rose appelait sa petite enfant martyre. Jusqu'à l'âge de cinq ans, elle avait été élevée par sa grand-mère qui la gâtait beaucoup et, après toutes ces années, Diana ne voulait pas revenir dans sa famille ; sa mère ne la berçait pas le soir pour l'endormir, comme le faisait sa grand-mère, ses frères prenaient toute la place. Ça se voyait que Diana n'était pas heureuse. Ses frères la taquinaient et la faisaient fâcher. Comme cette fois où ils lui firent manger de l'ail. Leur mère leur défendait d'en manger à cause de l'odeur qu'elle avait en aversion. Rose eut beau ouvrir la fenêtre pour purifier l'air, la senteur persista. Elle ne lui fit pas de reproches. Elle lui expliqua doucement pourquoi elle détestait cet oignon, mais Diana, distante, ne la regardait pas, ne lui parlait pas. Elle la fuyait. Elle en voulait à sa mère de l'avoir arrachée à sa grand-mère.

Rose et Diana souffraient toutes les deux de ce changement radical.

* * *

Dans le courant de l'été 1948, Ovide faillit vendre la boulangerie. Ovide était un instable. Les gens de la place lui disaient pourtant que c'était une folie de vendre, que ce commerce lui permettait de bien vivre, mais Ovide était fatigué de cette besogne qui le tenait occupé du matin au soir, sept jours par semaine, lui, habitué de sortir le soir. De plus, les clients en demandaient toujours davantage ; après le pain et les brioches, ce furent les tartes et les gâteaux.

Quelle déception pour Rose ! Elle ne se voyait pas déménager de nouveau. Prisonnière de sa chaise, elle se mit à réciter des chapelets et à faire des neuvaines à Saint-Joseph, le priant que son mari change d'idée.

* * *

Deux mois passèrent. Ovide ne parlait plus de vendre. Rose croyait avoir gagné la partie ; son mari devait s'être résigné. Quelle erreur ! Un soir, au souper, Ovide lui dit :

– D'abord que tu veux pas que je vende, je vais aller me reposer chez mes parents à Rémigny.

Rose n'en croyait pas ses oreilles.

– T'es pas sérieux, Ovide ?

– J'en ai plein le casque.

– Qui va te remplacer à la boulangerie ?

– Réjean pis Gilles.

Réjean, le regard chargé de haine, asséna un violent coup de poing sur la table qui fit s'entrechoquer les assiettes de granit et trembler les enfants.

– J'en ai plein le casque de votre boulangerie. Chus écœuré de charrier votre farine, pis de livrer votre pain de porte en porte.

Depuis quelque temps, Réjean s'affirmait et Rose l'appuyait.

– Réjean a raison. Tu le trouves pas un peu jeune, à douze ans, pour y refiler l'entière responsabilité d'un commerce ?

Ovide ne répondit pas. Il fila à sa chambre préparer sa valise.

Rose tapota le bras de Réjean et lui dit :

– Ton père doit mijoter ce départ depuis un bon boutte de temps.

* * *

Le lendemain, Ovide partit seul pour Rémigny. Il laissait à sa femme, qui ne pouvait marcher, la lourde charge du commerce et de la famille.

Rose fit une proposition à Réjean.

– Va demander à monsieur Théobald Melançon s'il accepterait de venir travailler à la boulangerie. Si ça l'intéresse, qu'il passe me voir pour qu'on s'entende pour les gages. Si vous acceptez d'aider, Gilles pis toé, je vais vous donner un petit montant chaque semaine. Vous en ferez ce que vous voudrez.

Monsieur Théobald accepta de venir tous les jours aider Réjean et Gilles à la boulangerie.

Le roulement reprit comme d'habitude.

Rose était heureuse de pouvoir mener une vie normale. Elle reprit ses tricots qu'elle vendait pour quelques sous à la boulangerie. L'argent rentrait régulièrement. Rose s'occupait de la comptabilité. Elle gardait un certain montant d'argent pour payer les factures et, toutes les semaines, elle déposait le surplus à la Caisse populaire. Cependant, Rose s'inquiétait. Ça faisait un mois qu'Ovide était parti pour Rémigny et il n'avait donné aucune nouvelle. Son mari était-il disparu pour toujours ?

Le lendemain, elle entendit des pas sur le perron.

– Les enfants, venez voir qui arrive.

Les enfants accoururent.

En entrant, Ovide leva le petit Francis au bout de ses bras, puis le déposa par terre. L'enfant le reconnaissait. Il s'accrocha à la jambe de son pantalon et suivit son père partout. Après un mois d'absence, Ovide revenait reposé et de bonne humeur. Il reprit son travail à la boulangerie.

Chapitre 28

Le mois d'août 1949 agonisait.

Six jeunes de Saint-Côme se préparaient à partir pour les chantiers en Abitibi. En signant, ils s'engageaient à y passer tout l'hiver et à revenir seulement une fois le chantier fini. L'Abitibi était le bout du monde.

Réjean faisait partie du groupe. Ça faisait un bout de temps qu'il pensait à aller travailler ailleurs ; il ne supportait plus d'entendre parler de la boulangerie. Ce n'était pas de tout repos d'être au service de son père qui ambitionnait sur ses forces. Il n'avait à peu près pas de salaire. Depuis le retour de son père, à l'occasion, Rose lui donnait quelques dollars en cachette de son mari.

En septembre, ce fut le départ. Réjean prit le petit Francis dans ses bras et lui dit :

– Quand Réjean va revenir, y va t'apporter un beau bicycle.

* * *

Rose s'ennuyait énormément de Réjean. Il manquait un gros morceau dans la maison et, même s'il écrivait régulièrement, Rose craignait de ne plus jamais le revoir.

L'an 1949 fut tout de même une belle année pour Rose et sa famille. Et quel bonheur d'avoir ce petit Francis ! Tout ce qu'il faisait était drôle. Il avait appris à sacrer avant de parler. Un jour, un voisin lui donna une pipe en disant :

– Tiens, mon gars de bois, je t'ai apporté une pipe.

Le petit la porta aussitôt à sa bouche en tenant le fourneau à pleine main, comme un fumeur habitué, et il fit semblant de frotter une allumette sur sa fesse, ce qui fit rire tout le monde.

Quel bouffon attachant que cet enfant !

Quand le petit Francis traversait de la cuisine à la boulangerie, son père lui donnait un morceau de pâte à pain. Le petit s'assoyait par terre et, avec ses petites mains grasses, il roulait son morceau de pâte sur le plancher et le pétrissait comme le faisait son père sur la table. Il amusait les clients.

* * *

En juillet 1950, alors que Francis n'avait pas encore trois ans, Rose mit au monde un mignon petit garçon. Ce fut le plus bel accouchement. Assistée du docteur Ferland, elle souffrit très peu.

Naturellement, c'était encore le plus beau bébé du monde entier avec ses beaux yeux, ses cils très longs et ses cheveux blonds. Cet enfant n'était que joie et lumière. Un autre bébé sans problème qu'on prénomma Denis.

Celui-là, Rose le berça à son goût. Comme elle l'aimait, cet enfant ! Elle ne se lassait pas de le regarder.

* * *

Comme chaque soir, Rose veillait à la lueur de la lampe en attendant la fermeture de la boulangerie. Les enfants dormaient.

Ovide entra, fatigué. Il s'assit sur la première chaise et avertit Rose :

– À l'avenir, quand je déciderai de vendre, tu l'apprendras seulement quand les marchés seront finis.

Rose n'ajouta rien. Elle garda les yeux baissés pour qu'Ovide ne voie pas sa tristesse. Leur commerce roulait bien, mais ce n'était pas à la femme de prendre les décisions. « Avec le temps et l'argent qui rentre, Ovide changera ben d'idée », se dit-elle.

Ce ne fut malheureusement pas le cas.

Deux ans plus tard, au mois de novembre, Ovide apprit à Rose qu'il vendait son commerce à Anselme Venne.

C'était loin de faire l'affaire de Rose, mais elle devait se soumettre à toutes les décisions de son mari.

– T'es pas sérieux ? On vit si ben ! Depuis qu'on a la boulangerie, on manque de rien.

Mais Ovide s'entêtait. Il disait à tout le monde que s'il ne vendait pas, il allait mourir des poumons.

Il vendit la boulangerie pour la somme de six mille dollars, trois mille à recevoir en signant le contrat et le reste plus tard.

La famille dut déménager chez Anselme Venne en attendant d'acheter une maison.

Ovide se croyait riche. Il se réorganisa pour les chantiers. Il n'était bien qu'au grand air. Ça prenait des chevaux, un sleigh, des chaînes, enfin, tout ce qu'il fallait pour jobber.

Au début de décembre, Ovide partit avec son fils Gilles pour passer l'hiver aux chantiers. On disait que la vie de chantier était dure, mais Gilles ne semblait pas s'en soucier.

Rose pleura, comme à chaque départ de ses enfants. Après Réjean, c'était au tour de Gilles. Son Gilles n'avait que quatorze ans. Il serait sous la protection de son père, mais Ovide avait tendance à considérer ses adolescents comme des hommes. Rose regardait son petit gars s'en aller avec son sac sur le dos. Il lui semblait qu'hier encore, elle lui racontait des histoires du bonhomme Sept Heures.

La maison se vidait lentement, et chaque départ creusait un vide dans le cœur de Rose. Elle se demandait si ses enfants étaient malheureux chez elle ; la vie n'était pas drôle pour ces pauvres enfants élevés avec un père très exigeant et souvent absent. Ce devait être la raison pour laquelle ils quittaient la maison dès l'adolescence.

En décembre, dans une lettre, Rose apprit à Réjean que la boulangerie était vendue et qu'ils étaient rendus dans l'ancienne maison d'Anselme Venne.

* * *

Une semaine avant Noël, les enfants aperçurent une face dans le givre de la vitre. Laurent s'écria :

– Réjean !

Rose, incrédule, s'appuya sur ses béquilles et se précipita vers la porte, au risque de tomber. Son cœur ne fit qu'un bond. C'était bien Réjean, blanc comme un bonhomme de neige, avec son sac sur le dos.

– Quelle belle surprise ! dit Rose. Donne-moé ta canadienne que je la secoue su' le tapis, dit-elle.

Le vêtement sentait bon l'écorce et la gomme de sapin.

Réjean se laissa tomber sur une chaise. Il fallait voir le petit Francis lui sauter dans les bras.

– As-tu faim ? demanda Rose.

– Je mangerais ben quelque chose. J'ai rien pris du voyage. L'Abitibi est pas à la porte, hein ! J'ai pris le train de l'Abitibi jusqu'à Joliette, j'ai fait le reste du chemin avec Hector Gauthier, notre ancien voisin du rang Belœil. Y m'a demandé d'y donner un coup de main demain pour tuer un bœuf. J'y ai promis de l'aider ; après tout ce qu'y a fait pour notre famille, je pouvais pas refuser.

* * *

Le lendemain, Réjean se présenta tôt chez Hector. Le fenil avait été balayé scrupuleusement. Réjean tournait la meule et Hector affilait son grand couteau.

Réjean lui dit avec une voix de paysan :

– Où est le taureau ?

– Je l'amène.

Le taureau, enfermé dans une cage de bois, secouait sa chaîne et beuglait comme s'il savait que la mort l'attendait sous la lame du couteau et que bientôt on suspendrait sa carcasse à un crochet.

Hector saisit une masse.

– Tu veux essayer ?

– Non, dit Réjean en reculant. Je ferais pas un bon boucher.

– Pis là, qu'est-ce que tu vas faire de ton hiver ?

– Bonne question !

Après deux mois à ne rien faire, Réjean décida de retourner aux chantiers avec son père et son frère Gilles.

* * *

Au retour des chantiers, Ovide acheta la maison de Théodore Chevrette au coût de deux mille cinq cents dollars, payé comptant.

C'était une maison confortable, au goût de Rose. Elle avait une bonne vue sur la rivière et le soir on entendait l'eau qui ne cessait de couler, ce qui était charmant. Rose aimait la vie toute simple de village : l'église, la forge, le magasin général, les attelages en procession et les passants ; elle était au centre de tout ça.

La petite fortune des Latendresse diminuait, mais, heureusement, Ovide avait un assez bon salaire. Il était maintenant gérant d'un syndicat qui prenait la défense des bûcherons.

Les gens de Saint-Côme s'étaient regroupés pour fonder une coopérative de bûcherons. Ovide engageait les hommes et tenait la comptabilité. Enfin, il s'occupait de tout. Il gagnait un bon salaire, mais il ne voyait pas trop la couleur de l'argent ; il ne regardait pas à la dépense. Finis les dépôts à la Caisse ! Toutefois, Ovide rentrait à la maison tous les soirs.

La vie était belle. Rose y reprenait goût. Elle était contente de pouvoir faire son travail de mère de famille sans toujours recourir à l'aide d'une bonne, même si elle avait aimé toutes les jeunes filles qui avaient travaillé chez elle.

Chapitre 29

À l'automne 1953, un nouvel événement vint menacer la quiétude des Latendresse.

Chaque soir, en rentrant souper, Ovide prenait son plus jeune dans ses bras. Il lui apportait toujours quelques bonbons qu'il cachait dans sa poche de chemise. Comme d'habitude, ce soir-là, le petit Denis, qui n'avait que trois ans, grimpa sur les genoux de son père et se mit à fouiller dans sa poche, sans qu'Ovide s'en rende compte, car il était en grande discussion avec un étranger. Le petit sortit quelque chose que Rose le vit porter à sa bouche. Elle demanda à Ovide ce qu'il avait dans sa poche.

– Des pilules pour dormir, dit-il.

– Le petit vient d'en avaler.

– Je crois pas que ce soit dangereux.

Rose les compta et elle s'aperçut que le petit en avait avalé une dizaine. Ovide, très nerveux, avait besoin d'un téléphone. Il courut à la boulangerie, d'où il appela le médecin.

– Je ne crois pas que ce soit bien grave, lui dit ce dernier. Enlevez-lui tous ses vêtements, couchez-le sur le dos, sans oreiller, et couvrez-le d'une couverture légère. Faites entrer l'air dans la chambre.

Quand Ovide revint de téléphoner, le petit, mou comme un ver, dormait d'un profond sommeil dans les bras de sa mère.

Rose le coucha près d'elle pour mieux le surveiller. Elle ne ferma pas l'œil de la nuit. Elle espérait le voir bouger. Elle priait le bon Dieu de lui laisser son bébé.

Le matin arrivé, aucun changement. Avant de partir pour son travail, Ovide, très inquiet, lui dit :

– Essaie donc de le réveiller.

Rose passa un doigt tremblant sur la joue de velours. Ce fut pour rien.

– Il se réveillera peut-être jamais, dit-il, inquiet.

Ovide partit quand même travailler, les larmes aux yeux. Quelle angoisse ! Que de tristesse !

L'avant-midi passa sans aucun changement.

Vers deux heures de l'après-midi, Rose ne savait plus quoi faire. Elle était certaine que la mort de son enfant approchait. Il prenait de très longues respirations et, à chacune, Rose se demandait si c'était la dernière.

– Diana, dit-elle, va voir monsieur le curé. Dis-y que ton petit frère va mourir et racontes-y ce qui est arrivé.

Ça déplaisait à Diana de faire une telle démarche ; elle était si jeune. Elle n'avait que dix ans.

– J'aime pas ça. Allez-y, vous.

– Non, je dois m'occuper de Denis. Va, obéis !

C'est en pleurant que la petite Diana alla frapper à la porte du presbytère. Le prêtre la reçut gentiment. Il lui dit :

– Dis à ta mère de lui donner un lavement. Ensuite, qu'elle le prenne dans ses bras et qu'elle essaie doucement de le réveiller. Va ! Ton petit frère ne mourra pas.

– Voulez-vous m'écrire ça sur un papier? demanda Diana.

À son retour, Rose fit ce que lui avait conseillé le curé. Après le lavement, elle prit l'enfant dans ses bras et le berça en lui parlant. À sa surprise, le petit ouvrit doucement les yeux et dit:

– Lolo.

Rose approcha un verre d'eau, et l'enfant le saisit à deux mains. Il but une gorgée, puis une autre.

Quel soulagement pour la pauvre mère! Le petit se réveillait après avoir dormi une vingtaine d'heures. Il était très faible. Il ne pouvait plus marcher, ses jambes étaient toutes molles.

Quelques jours plus tard, Rose l'amena chez le médecin. Celui-ci lui donna des vitamines et lui dit:

– Évitez-lui les émotions; son cœur est très fragile.

* * *

L'automne suivant amena une grande joie chez les Latendresse: le départ de Samuel pour le séminaire. Samuel était un adolescent d'une grande beauté, bien planté sur ses longues jambes droites. À treize ans, il en paraissait quinze. Le garçon, doté d'une mémoire exceptionnelle et d'un caractère docile, était très attachant.

Durant ces années où les gens étaient croyants et pratiquants, toutes les familles rêvaient d'avoir un prêtre ou une religieuse parmi les leurs. C'était une bénédiction d'avoir un enfant au service de Dieu.

Rose avait beaucoup prié pour avoir un prêtre parmi ses fils, mais elle se demandait si Samuel avait vraiment la vocation.

* * *

À Saint-Côme, les pères montfortains passaient leurs vacances au lac des Baies. Ces prêtres venaient de Papineauville, où ils enseignaient aux garçons. Ils recrutaient des jeunes élèves intelligents qui avaient de bonnes notes et qui pourraient potentiellement devenir des élus de Dieu.

Beaucoup de jeunes fréquentaient ce séminaire pour faire leur cours classique.

* * *

Sur les conseils de leur curé, Ovide et Rose décidèrent d'envoyer Samuel au séminaire de Papineauville.

Rose aurait préféré le savoir plus près, à Joliette, où elle aurait pu lui rendre visite tous les mois, mais le curé lui dit :

– Si vous l'envoyez à Joliette, il ne restera pas. Ce serait trop près de chez lui ; au moindre ennui, il déserterait et vous débourseriez de l'argent pour rien.

* * *

Rose commença les préparatifs. Ça prenait beaucoup de vêtements ; Samuel partait pour dix mois et, pendant ces dix mois, il aurait la permission de venir dans sa famille la fin de semaine de l'Action de grâce, au temps des fêtes et à Pâques seulement. Rose déposa dans sa valise trois chemises blanches, quatre combinaisons d'hiver et deux d'été, cinq paires de bas, deux paires de mitaines de cuir, dix-huit mouchoirs et trois débarbouillettes. C'était beaucoup trop, mais c'était écrit sur la liste d'effets à apporter.

* * *

Le jour du départ de Samuel, Rose pensait qu'Ovide irait le reconduire à Montréal.

– Tu vas pas le laisser partir tout seul ? À treize ans, Samuel est encore un enfant.

– J'ai pas de machine pis je trouve personne de libre pour nous conduire à la gare centrale. Je vais aller le mener au village en voiture, y prendra l'autobus pour Joliette, ensuite le train pour Montréal. Alice a dit qu'elle irait l'attendre à la gare pis qu'elle le mettrait sur le train de Papineauville.

– Tout ce trajet avec sa grosse valise ? Et s'il s'écarte ?

– Y demandera de l'aide. Y a une langue, y s'en servira.

Samuel écoutait ses parents discuter de son sort. Partir seul, alors qu'il n'était jamais allé plus loin que Sainte-Émélie, l'inquiétait.

Du perron, sa mère le regarda s'en aller, vêtu d'un pantalon gris, d'un veston marine et d'une chemise blanche. Ainsi endimanché, il ressemblait à un professionnel.

* * *

Par malheur, lorsque Samuel arriva à la gare de Montréal, le train venait tout juste de partir. Et comme Samuel était en retard, sa tante Alice aussi était repartie.

Samuel n'avait pas un sou. Désemparé, il s'assit tout recroquevillé sur un banc de la gare, sa valise sur les genoux.

De sa guérite, le télégraphiste lui jetait un regard de temps à autre, mais il n'arrivait pas à voir son visage caché derrière sa valise. « Qu'attend ce garçon ? » se demanda-il. L'agent s'approcha et lui offrit son aide. Il l'invita à le suivre près de sa petite guérite. L'homme composa le numéro de téléphone de la tante en question et lui passa l'appareil. Une demi-heure plus tard, Alice vint le chercher. Samuel dut coucher à Montréal. Il arriva au séminaire le dimanche seulement. Que de misère pour un garçon de treize ans !

Une fois rendu à destination, Samuel se senti bien seul ; il ne connaissait personne.

* * *

Tous les jours, sa mère pensait à lui. Elle se demandait comment ce cher enfant acceptait sa vie nouvelle.

Pour avoir un prêtre dans la famille, il fallait faire beaucoup de sacrifices. Samuel était nourri, logé, entretenu et instruit pour la modique somme de six dollars par mois, le montant de l'allocation familiale versée par le gouvernement, alors que, dans le temps, la pension était de trente dollars par mois.

* * *

Pour la première visite, Ovide loua un taxi.

Il avait neigé toute la nuit. Rose craignait que le chauffeur ne se désiste au dernier moment à cause de l'état des routes.

Papineauville était loin de Saint-Côme. Dans le taxi étaient entassés Ovide, Rose, Laurent, Diana, Francis et Denis. Ils partirent tôt le matin pour arriver à midi chez les pères montfortains, où Samuel les attendait.

L'après-midi passa très vite. Au moment du départ, Samuel les reconduisit à l'auto. Après les embrassades, il prit le petit Denis dans ses bras et l'assit sur la banquette. Denis, qui avait quatre ans, s'accrochait à lui. Il lui demanda :

– Sam, pourquoi tu t'en viens pas avec nous autres ?

Samuel, les yeux remplis de larmes, ne répondit pas.

Au retour, Rose était silencieuse. Samuel occupait toutes ses pensées. Elle ne lui avait jamais dit : « Il faut que tu fasses un prêtre. » Se sentait-il obligé ? Il était beau garçon ; déjà à treize ans, les filles lui tournaient autour. Comme ça devait être difficile pour lui de faire un choix !

Chapitre 30

En avril 1955, Ovide décida de vendre sa maison pour acheter une grande bicoque située près du pont. C'était une maison à revenus, elle comprenait cinq logements à louer, mais elle tombait en désuétude. Ovide pensait vivre convenablement avec les bénéfices mensuels de ces petits logis minables. Chacun était loué dix dollars par mois, l'électricité fournie, mais pas de toilettes, pas de commodités ; les locataires vivaient entassés les uns sur les autres et, pour ajouter, on entendait tout ce qui se passait dans les logements voisins.

Rose s'ennuyait de la belle maison qu'elle venait de quitter. Elle devait maintenant vivre dans un petit logis qui ne comptait que deux chambres à coucher. De nouveau, une dépense dut être convertie en chambre pour Diana. De génération en génération, la situation se reproduisait.

* * *

Ovide commença les rénovations la même année. Que d'argent il dépensa pour réparer cette vieille baraque ! Heureusement, les enfants aimaient cet endroit. Il y avait une grande cour, un garage, et dans le logis avant, un petit restaurant tenu par un policier qui était aussi barbier, mais surtout, un joueur de violon sans pareil. Chaque soir, après son travail, l'homme décrochait son violon et jouait ; même si c'était la nuit, Rose aimait bien l'écouter. La musique lui apportait un peu d'apaisement.

* * *

Malgré ses multiples inconvénients, la vie était agréable pour les Latendresse parce que toute la famille était ensemble. Rose abattait de nouveau presque tout le travail de maison à elle seule. Bien sûr, Diana l'aidait. À douze ans, la fillette lavait le plancher, un travail que Rose ne pouvait faire. C'était beaucoup exiger d'une fillette qui avait été choyée par ses grands-parents. Diana n'aimait pas ce travail tuant. Elle rouspétait chaque fois :

– J'ai assez de mon école.

– Mais qui va le faire si c'est pas toé ? Moé, j'ai juste une jambe.

– Les garçons.

– L'ouvrage de maison, c'est pas l'affaire des garçons.

Diana serrait les lèvres et s'agenouillait devant son seau.

Ses frères, devenus des hommes, travaillaient pour gagner quelques sous afin de pouvoir s'habiller convenablement. Ils étaient fiers ; s'il apparaissait une nouvelle mode vestimentaire, ils étaient les premiers à s'y soumettre.

* * *

Durant cette année-là, Ovide devint très important. Après avoir été gérant d'une coopérative, il fut approché par un groupe d'organisateurs qui soumirent sa candidature comme maire de la place. Ces cabaleurs d'élection se rassemblaient le soir chez les Latendresse. Ils parlaient de projets municipaux : de fossés, d'éclairage des rues, d'écoles.

Ovide gagna ses élections. Lui et Rose furent invités à de grandes cérémonies. Assis à la table d'honneur, les Latendresse étaient devenus des gens importants.

Rose reçut à dîner le député, Joseph Pigeon, Samuel, les pères montfortains, le vicaire de la paroisse et les petites amies des garçons. Tous ces gens se retrouvèrent autour d'une même table à discuter, à rire et à s'empiffrer. Pour Rose, c'était le bonheur.

* * *

Chez les Latendresse, il y avait un va-et-vient régulier. Presque tous les dimanches, ils recevaient la visite des pauvres, des maquignons, des infirmes, la porte était ouverte à tout le monde ; même la nuit, elle n'était jamais verrouillée. Certains matins, au lever, ils trouvaient un infortuné couché sur le banc de quêteux près de la porte. Heureusement, c'était chaque fois une connaissance.

Chapitre 31

Le temps coulait. Les saisons se bousculaient.

Dans la grande cuisine ouverte sur le jardin, Rose, assise à la table de cuisine, calculait le budget familial. Dans la plupart des ménages, il revenait à l'homme de s'occuper de l'argent, la femme ne savait même pas combien le mari possédait ; son rôle se limitait à seconder son mari et à élever les enfants sans dépenser un sou.

Chez les Latendresse, Rose, économe comme tout, devait calculer sou par sou ; Ovide, qui ne regardait pas à la dépense, venait d'acheter une bicyclette à Diana, même si Rose était contre cette folle dépense qui venait de leur coûter vingt-cinq dollars. Rose avait lâché les hauts cris et Ovide lui avait donné comme excuse que Diana s'ennuyait sans sœurs pour partager ses jeux. Ovide ne reconnaissait plus la Rose soumise d'autrefois. Il n'aimait pas voir sa femme s'emporter ; il devenait alors docile comme un petit toutou et rampait à ses pieds. Ce jour-là, il déposa son portefeuille sur le coin de la table.

– Tiens, à l'avenir, tu t'arrangeras avec le budget.

À partir de ce jour, Rose serra les cordons de la bourse. Finies les folles dépenses de son mari. Elle aurait dû imposer sa volonté dès le début de leur mariage. Comme leur vie aurait été différente !

* * *

Rose poussa son cahier noir et son crayon de plomb. Elle se leva et versa deux cafés : un pour elle et un pour Ovide, comme elle le faisait toujours au beau mitan de l'après-midi. Ovide se berçait et fumait, tout en regardant les petits voisins s'amuser avec leur chien. La fumée âcre de son tabac montait en petits nuages gris au-dessus de sa tête. Rose ferma la fenêtre pour atténuer les cris extérieurs. Elle avait besoin de toute l'attention d'Ovide pour discuter sérieusement de l'avenir de sa fille.

– Tu vois, Ovide, on a la possibilité d'envoyer Diana au pensionnat, à Cardinal-Léger, mais pour ça, y va falloir se serrer un peu la ceinture.

– Pourquoi à Montréal ?

– Elle sera mieux loin. Si l'idée de revenir la prenait...

– Ça va coûter la peau des fesses pis tu dis toujours qu'on a pas d'argent. Diana a-t-elle besoin de tant s'instruire pour se marier pis laver des couches ? Tu trouves pas que ce serait de l'argent jeté à l'eau ?

Rose insista ; ce projet lui tenait tellement à cœur !

– Pis si notre fille se marie jamais ? dit-elle.

– Ce serait plutôt surprenant. Diana est belle et intelligente.

– Avec une solide instruction, elle pourrait faire une maîtresse d'école pis vivre comme une demoiselle. Là-bas, les religieuses y apprendraient l'obéissance. Tu sais comment elle est, avec son machin à deux roues, elle est pus tenable.

– T'es trop sévère, Rose.

– Pis toé, en vieillissant, t'es devenu gâteux comme c'est pas possible.

– C'est pas toé qui m'as raconté que, plus jeune, tu te cachais de ta mère pour aller pédaler sur une vieille machine à coudre au grenier de votre maison ? Aujourd'hui, c'est au tour de Diana de pédaler sur son bicycle.

Rose sourit au rappel de ce fait.

– Ben oui ! On voudrait que nos enfants soient mieux que nous, leurs parents.

– Avant de décider quoi que ce soit, as-tu compté le prix que le pensionnat va nous coûter : l'habillement, le voyagement pis tout ça ?

– Oui, oui, tout !

– Si tu y tiens tant que ça ! lâcha Ovide.

C'était gagné.

Comme d'habitude, Rose aurait recours à sa mère qui avait une longue expérience en couture. Celle-ci se faisait toujours un plaisir d'apprendre à sa fille à bâtir, à piquer, à froncer, à ourler adroitement, comme pour de grandes créations.

– Je devrai encore avoir recours à m'man pour son costume de couventine ; si j'avais mes deux jambes pour pédaler, je la dérangerais pas.

– J'ai entendu dire qu'y ont inventé des machines à coudre électriques qui marchent avec seulement un pied. Tu pourrais te débrouiller sans ta mère.

– Je peux pas me permettre une pareille dépense.

* * *

Le lundi suivant, Rose passa un torchon sur la table et l'essuya par deux fois. Près d'elle, Ovide attendait avec deux rallonges. La table étirée, Rose s'occupa à découper les contours des patrons en attendant l'arrivée de sa mère. Celle-ci descendit de voiture, les bras chargés d'effets. Elle devait venir passer quelques jours, peut-être une semaine, le temps que durerait la confection des vêtements exigés : robe de costume, chasuble, chemisiers et couvre-tout marine.

Les deux femmes causaient tout en s'affairant dans la cuisine. L'une cousait une robe de couventine noire, l'autre taillait un jupon et des culottes dans une pièce de coton blanc.

La grande cuisine était sens dessus dessous. Du tissu, des ciseaux, des rouleaux de fil noir et de fines épingles argentées encombraient la table et, par terre, traînaient des retailles de linge et des bouts de fil.

Victorine achevait de confectionner la robe de costume de Diana ; il ne restait plus qu'à mesurer la longueur avant et à l'ourler à la main.

Rose étira le cou à la fenêtre et appela :

– Diana !

Diana était disparue ; elle profitait des vacances d'été qui tiraient à leur fin.

Rose jeta un regard aux alentours. Avec sa bicyclette, sa fille allait toujours de plus en plus loin.

– Celle-là, un vrai courant d'air ! Où c'est qu'elle peut ben être rendue, encore ? J'y ai pourtant ben défendu d'aller plus loin que le pont. Quel malheur que ces bicycles! Ces machins sont juste bons à mener les filles à leur perte.

– Sois donc plus tolérante, Rose. Diana est une bonne fille, tu peux y faire confiance.

– C'est vous, m'man, qui parlez de même! Vous vous rappelez, dans le temps? Vous me défendiez de sortir de la cour, pis pas question de m'amuser avec les petits voisins.

– Les temps ont changé, Rose, pis on doit s'adapter aux nouveaux styles de vie.

Rose pensait: « M'man a peut-être ben raison de prendre la défense de Diana. Elle évolue plus vite que moé. »

– Ta Diana est tout seule pis elle s'ennuie, dit la vieille.

– Elle a ses frères.

– Ben oui! Mais comme Diana a été élevée loin d'eux autres, y restent des étrangers pour elle.

– Vous avez raison, y sont toujours comme chien et chat. Vous les avez entendus au dîner s'obstiner à mort pour la couleur d'un cheval; comme si c'était si important. Ça va être une bonne chose que Diana s'éloigne. En tout cas, je vais avoir la paix pour un bout de temps.

Et Rose ajouta:

– Je me demande si vous l'avez pas trop dorlotée.

– On dorlote jamais trop nos enfants.

Rose lui donnait entièrement raison. Elle-même avait choyé ses garçons et elle adorait sa fille. Mais depuis son retour dans la famille, Diana était distante; elle n'avait jamais pardonné à sa mère de l'avoir arrachée à sa grand-mère.

Des rires clairs venaient de l'extérieur. Rose se rendit à la fenêtre, les poings sur les hanches.

– Bon, enfin ! La v'là qui vient ! Elle est avec la fille d'à côté.

La vieille Victorine regarda Diana descendre de sa bicyclette. Sa main rabattait sa jupe gonflée par le vent. Sa grand-mère ne pouvait pas s'empêcher de la trouver belle.

Diana était charmante. La nature l'avait dotée d'un corps parfait planté sur deux jambes bien droites. De longs cheveux blonds, des yeux légèrement bridés, des pommettes saillantes et des lèvres charnues ajoutaient à sa beauté. Diana possédait tout ce qu'une adolescente pouvait espérer et sa mère s'inquiétait de cette beauté qui lui ouvrirait probablement toutes les portes, bonnes ou mauvaises.

Diana laissa choir sa bicyclette bleue sur la dernière marche du perron et entra en trombe dans la maison, où flottait une odeur de café chaud et de mokas.

– Hum ! Ça sent bon dans la maison, ça sent mémère. Ça tombe ben, j'ai faim !

Pendant un moment, Diana s'assit sur une chaise, essoufflée d'avoir trop pédalé. En reprenant son souffle, elle regardait sa grand-mère broder ses initiales sur chacun de ses vêtements.

– Avant de grignoter, lui dit sa grand-mère, va essayer ta robe de costume que je marque la longueur.

Sa robe enfilée, Diana lui trouva le devant un peu flasque. Elle revint à la cuisine, la bouche en grimace.

– Elle est plutôt grande, vous trouvez pas ? On pourrait embarquer deux là-dedans, dit-elle en pinçant le tissu sous son buste. Vous pouvez pas resserrer un peu le devant, comme ça ?

– Tu serais pas un peu provocante ? Grimpe sur la chaise, je vais prendre la mesure du bord.

Diana monta sur la chaise.

Sa grand-mère plia le tissu et retira une à une les petites épingles qu'elle avait placées entre ses lèvres pincées et les piqua au bas de la jupe.

– Tourne !

Diana se mouvait joliment, comme une poupée tournante.

– Elle est trop longue, dit-elle, raccourcissez-la un peu.

La grand-mère fit quelques pas en arrière afin de juger la mesure à distance.

– Ta mère dit que les religieuses exigent quinze pouces du sol.

– Yark ! Quinze pouces ! répéta Diana en grimaçant. Là-bas, y vont me prendre pour une sœur, arrangée de même.

La vieille rit d'entendre sa comparaison.

– Mettez-la cinq pouces plus courte, mémère ; les sœurs s'en apercevront même pas.

– Bon ! Ça va aller pour trois pouces, mais pas plus. J'ai ben peur que tu fasses pas long, écourtichée de la sorte ; les sœurs vont ben demander de la rallonger.

– Je veux la même longueur pour mon couvre-tout.

Le couvre-tout marine était obligatoire pour les jours de semaine.

Diana examina scrupuleusement chaque vêtement pour finalement s'arrêter aux sous-vêtements. Elle grimaça.

– Ces culottes-là, en gros coton rude, je les aime pas. J'aimerais mieux des culottes en satin.

Même si la grand-mère n'entendait que d'une oreille, elle écoutait tout avec une indulgence dans le regard, mais elle se gardait bien d'intervenir.

– Franchement, Diana! lui dit sa mère. On dirait que tu nous prends pour des millionnaires! Tes culottes, y a personne qui va les voir.

– Ce serait plus doux sur ma peau. Louise Marion en a, elle, pis ses parents sont pas millionnaires. Y me semble que je vous demande pas la lune.

– Louise t'a montré ses culottes? Franchement!

–Ben non! Je les ai vues sur la corde à linge.

Sa mère passa les mains sur son front et les ramena sur ses tempes, comme chaque fois qu'elle réfléchissait. Puis elle murmura, l'air déçu:

– Vous entendez ça, m'man? Elle en est rendue aux dessous de satin.

– Au fait, Rose, ça prendrait pas beaucoup de tissu, pis ça la contenterait. En slackant un peu l'élastique, celles en coton pourraient toujours te servir.

Rose ne comprenait pas que sa mère se plie à tous les caprices de Diana.

– Dans mon temps, dit-elle, je portais des culottes en coton ouaté de couleur marine qui descendaient aux genoux, pis si j'avais protesté, vous auriez fait la sourde.

Diana égrena un rire clair.

– Yark! Pas en coton ouaté?

Tout en ramassant les retailles utilisables pour en faire des courtepointes, l'aïeule laissait traîner sa bonne oreille, curieuse de savoir qui de Rose ou de Diana l'emporterait.

– Diana, enlève ta robe de costume pis cours au magasin général me chercher trois verges de soie blanche.

La grand-mère retint un sourire. Diana ne bougeait pas.

– Je veux aussi un peu de dentelle à la cuisse.

– De la dentelle ? Pis pas autre chose avec ça ? ajouta Rose, offensée. Vous l'entendez, m'man ?

– Bof ! dit la grand-mère avec une infinie tendresse dans le regard.

– Comment, bof ? Dans mon temps, vous me faisiez porter des robes confectionnées à partir de sacs de sucre que vous blanchissiez pis que vous trempiez dans une teinture végétale, pis l'hiver, vous me tricotiez une jupe avec la laine de nos moutons. Pis si je me plaignais, je parlais dans le vide.

– Depuis le temps, les choses ont changé ; ton père tenait les cordons de la bourse ben serrés. Après tout, quatre verges de dentelle, ça devrait pas te coûter les yeux de la tête.

Diana attendait, les bras croisés.

– Bon ben, prends aussi quatre verges de dentelle blanche, dit Rose en soupirant.

Diana sortit et enfourcha sa bicyclette.

Au retour, elle déposa ses achats sur une chaise : le satin, la dentelle et deux verges de ruban marine.

– Qu'est-ce que c'est ça ?

– C'est pour attacher mes cheveux.

* * *

Au pensionnat, les autos, toutes plus luxueuses les unes que les autres, faisaient la file devant le couvent.

Les élèves, accompagnées de leurs parents, en descendaient et, aussitôt leur valise déposée sur le sol, la voiture faisait place à la suivante.

Rose et Diana observaient les femmes, la plupart très élégantes, sauf deux qui, comme elles, devaient venir du fond des campagnes. On reconnaissait facilement leur origine paysanne à leur habillement. Les filles des montagnes portaient des petits souliers de bœuf, alors que les filles de la ville portaient élégamment le cuir.

Samuel, la nuque droite, le menton haut, rajusta son gilet. Il était remarquable dans ses vêtements de collégien. Il aida son père à transporter la valise de Diana jusqu'à l'ascenseur. Les couventines n'avaient d'yeux que pour ce bel adolescent dont la figure s'illuminait d'un large sourire. Cet engouement n'échappait guère à la surveillance des religieuses.

– Venez, invita la sœur de cour, les élèves sont attendues à l'intérieur. Montez votre linge de corps. Aujourd'hui, exceptionnellement, vous avez la permission de parler dans le dortoir, mais en temps normal, le règlement exige le silence.

Diana observait discrètement ses compagnes. Les anciennes se retrouvaient et jacassaient joyeusement. Des cellules de rideaux blancs isolaient les lits. Les mères installaient leur fille. Rose déposa les sous-vêtements et les bas de Diana dans une table de chevet, tout en lui faisant mille recommandations. « Travaille ben, sois polie envers les religieuses pis prends ben soin de tes affaires. » Diana, silencieuse, comparait sa cellule à sa chambre à la maison quand un coup de claquette invita tout le monde à une visite au réfectoire, où on ne servit rien. Un second coup de claquette et tout le groupe suivit la religieuse en classe.

Diana n'était jamais partie de la maison et elle se sentait mal à l'aise dans cette institution où tout lui était étranger : les robes noires à capuche blanche, l'odeur des saints habits, le bruit des chapelets qui annonçait l'approche des religieuses. Ce changement radical était pour elle une chute dans l'inconnu. Elle suivait sa mère de près quand une religieuse la confia à une ancienne élève.

– Mademoiselle Lussier, à l'avenir, vous vous occuperez de mademoiselle Latendresse.

– Oui, ma sœur !

Dans ce pensionnat, tous les noms des élèves étaient précédés de « mademoiselle », une appellation obligatoire.

* * *

Au départ des parents, Rose, voyant Diana sur le point de pleurer, la serra dans ses bras.

– Sois raisonnable, dit-elle. Icitte, tu vas te faire des amies pis betôt tu voudras pus revenir à la maison.

Sur ce, pour éviter des discussions qui ne mèneraient nulle part, Rose quitta sa fille sans se retourner.

* * *

Le soir, ce fut la désolation pour Diana qui se retrouva seule au milieu d'un troupeau de pensionnaires qui ressemblaient à des oies dans leurs jaquettes blanches. Elle éclata en sanglots et courut à sa cellule retrouver ses effets personnels, les seuls liens qui la rattachaient à sa famille.

Sœur Fatima freina sa course.

– Où allez-vous de ce pas, mademoiselle Latendresse ?

Diana se moucha.

– À ma cellule, murmura Diana, les yeux à terre.

– À votre arrivée, on vous a lu le règlement ? Il est interdit aux élèves de se promener seules dans le couvent. Vous devez suivre les autres.

« Comme un troupeau », pensa Diana qui se remit à pleurer.

– Mais qu'est-ce qui vous cause tant de peine ?

– Je veux m'en retourner chez nous. Je connais personne icitte.

– On dit « ici », la corrigea la religieuse. Donnez-vous du temps ; vous venez à peine d'arriver. Suivez-moi.

Sœur Fatima entraîna Diana à la cafétéria. Au bout d'une longue table, deux religieuses sirotaient un thé. Elles levèrent les yeux sur elle, puis reprirent leur conversation à voix basse, comme si le bruit était un péché capital dans ce couvent.

La sœur économe fit asseoir Diana à l'autre bout de la table et lui servit un verre de lait et deux biscottes.

– De quel endroit venez-vous ? demanda la religieuse.

Diana renifla.

– De Saint-Côme.

– Du village ?

– Oui.

– Quelle coïncidence ! Je vais vous dire un secret que vous ne devez répéter à personne. Je viens du même village que vous, je suis une Marion, la sœur de Maurice. Vous le connaissez ?

– Les Marion sont nos voisins. Louise pis moé, on est de bonnes amies.

– Vous devez dire « puis » et « moi ». Soignez votre langage, sinon vous allez perdre des points. Maintenant, si l'ennui vous reprend, demandez à me voir. Je suis la sœur économe. Je vais vous montrer où se trouve mon bureau. Mais à chacune de vos visites, vous devrez avertir votre maîtresse de cour, sœur Reine-Agnès, de votre absence. Maintenant, allez retrouver vos compagnes.

Diana fit semblant d'être consolée. Elle ne retournerait pas au bureau de l'économe ; elle n'avait qu'une idée en tête, fuir cette institution d'une moralité rigide et rentrer à la maison. Elle fila à sa chambrette, enfila sa jaquette et, comme elle plaçait ses vêtements sur son dossier de chaise, sa voisine de cellule souleva le rideau blanc qui tenait lieu de mur.

C'était une longue fille aux cheveux roux abondants, aux yeux de la couleur entre l'or et le vert et aux joues grenelées.

Elle chuchota pour ne pas être entendue de la surveillante :

– Comment tu t'appelles ?

– Diana Latendresse. Pis toé ?

– Jasmine Taillefer. Qui c'est le beau gars qui est venu te reconduire ?

– Beau ? Tu parles de mon frère Samuel ? Je le trouve ben ordinaire.

Diana vit une petite flamme s'allumer dans les yeux de Jasmine.

– Samuel étudie à Papineauville, chez les pères montfortains. Il veut devenir prêtre.

– Ah oui ? Il a quel âge ?

– Seize ans.

– Comme on est voisines de lit, on peut aussi être amies.

– Je resterai pas icitte ; je m'ennuie trop de chez nous.

– Ça va te passer ; à mon arrivée, je raisonnais comme toi. Tu te placeras à côté de moi au réfectoire.

Le bruit d'un chapelet qui approchait dérangea la conversation des deux filles.

– Chut ! V'là la surveillante, murmura Jasmine en laissant retomber le rideau.

Diana posa sa tête sur l'oreiller et fit semblant de dormir.

La première nuit, on entendit des pleurs, des soupirs et des reniflements venus des quatre coins du dortoir.

* * *

Les jours qui suivirent, l'amitié se consolida entre Jasmine et Diana. On ne voyait plus l'une sans l'autre, tellement qu'un jour sœur Reine-Agnès avertit les amies de mettre fin à leur camaraderie qu'elle prenait pour une amitié particulière. Diana en ressentit une grande déception ; elle craignait dorénavant de passer les récréations seule dans son coin. Heureusement, les deux amies se retrouvaient chaque soir au coucher.

* * *

Les semaines filaient et, soir après soir, dans le dortoir, le long rideau blanc se soulevait et les deux charmantes adolescentes parlaient à voix basse comme on le fait dans le noir.

Jasmine chuchota :

– Mes parents vont aller passer la fin de semaine de l'Action de grâce à New York. Un interne va remplacer mon père pendant ces trois jours. Maman refuse de me laisser seule à la maison. Elle a parlé de me confier aux bonnes sœurs quand les pensionnaires vont être en congé. Tu comprends que, pour moi, c'est une punition.

– Qu'est-ce qu'il fait, ton père, comme métier ?

– Il est médecin. Et le tien ?

– Il était boulanger, mais il a vendu le commerce et là, il est maire de Saint-Côme. Pauvre Jasmine ! T'as pas un frère ou une sœur chez qui aller rester ?

– Non. Je suis fille unique. Et chez toi, vous êtes combien ?

– Sept enfants. J'ai six frères.

– Chanceuse !

– Chanceuse ? Ils sont assez fatigants ; on dirait qu'ils en ont tous contre moi. Au fait, je peux demander à mes parents s'ils accepteraient de t'héberger. Chez nous, la maison est petite, mais si t'es prête à te tasser.... Comme c'est juste pour trois jours…

Jasmine pensa aussitôt au beau Samuel qui occupait ses pensées.

– Tu crois qu'ils accepteraient ?

– Je le sais vraiment pas. Je vais leur téléphoner.

* * *

– Bonne nouvelle, dit Diana. Maman accepte à la condition que tu lui obéisses comme si t'étais sa fille. Avant, tu dois comprendre qu'étant neuf personnes à la maison, chez nous, il n'y a pas de fla-fla. À ton tour maintenant d'en parler à tes parents.

– C'est fait, j'ai déjà pris les devants. Si tes parents acceptent, ils n'auront pas à venir nous chercher. Mon père offre de nous conduire à Saint-Côme ; il tient à rencontrer la famille qui va m'héberger et aussi à parler du prix de la pension.

– Mes parents doivent aller chercher mon frère Samuel au terminus de l'est.

Le cœur de Jasmine battait à tout rompre dans sa poitrine. Déjà, toutes ses pensées étaient pour Samuel.

– Ils n'auront pas à se déranger, on peut ramener ton frère. Mon père va se faire un plaisir de passer par là.

Ce soir-là, Jasmine sentit ses yeux se fermer sur son rêve.

* * *

Le vendredi 11 octobre, vers midi, alors que le soleil prenait possession de la campagne, une auto noire freinait devant la porte des Latendresse.

– Ici, les gens vivent sur les hauteurs, à l'air pur, dit Samuel. Ça va être bon pour votre fille.

* * *

Rose, assise à sa fenêtre, vit descendre les Taillefer, un couple élégant. Puis la portière arrière s'ouvrit sur Samuel, Diana et une belle étrangère qui devait être la Jasmine en question.

* * *

Ils entrèrent dans une humble maison grouillante de vie. Des grillades de lard grésillaient sur le feu et une omelette à la ciboulette dormait sur le bout du poêle. L'odeur invitante se répandait dans toute la cuisine.

Les regards des visiteurs allaient et venaient autour de la cuisine minable : des chaises roides, une table en bois de sapin et, au fond de la pièce, une ancienne laveuse à cuve en bois. Quel contraste avec eux qui demeuraient à Outremont, un des quartiers les plus cossus de la ville. Chez ces pauvres gens, les vitres et le plancher brillaient, mais l'évier était écaillé, et les ans avaient fissuré les murs et les plafonds de fines crevasses. Mais quelle chaleur humaine ! Jasmine ne se préoccupait pas de ces détails ; pour elle, il valait mieux être heureuse que riche, et la présence de Samuel suffisait à son bonheur. Elle s'agenouilla et tira doucement la chatte qui dormait sous le poêle à bois. Elle la jucha sur son épaule et caressa son doux pelage gris.

Diana fit les présentations.

Rose, un peu gênée de recevoir un médecin dans sa vieille bicoque, enleva son tablier de toile et saisit ses béquilles pour aller à sa rencontre. Mais l'homme, surpris de trouver une femme handicapée, la mit aussitôt à l'aise.

– Restez assise, madame Latendresse, dit-il en s'approchant d'elle. Je suis ravi de faire votre connaissance.

– Vous avez de beaux enfants ! dit la femme du médecin en posant sur chacun des garçons un regard paisible. Et votre Diana, quelle fille charmante !

Diana resta bouche bée. Elle qui se disait le torchon de la famille, c'était la première fois depuis son retour chez ses parents qu'on lui faisait pareille louange.

Le docteur, un aimable causeur, porta un regard sur Rose qui, malgré les ans, n'avait rien perdu de sa beauté. Par déformation professionnelle, il retroussa sans gêne sa robe jusqu'au moignon.

– Laissez-vous aller, ne vous contractez pas. Cette jambe, ça va ?

– Pas mal. J'arrive à me débrouiller assez ben. Prenez donc des chaises, tout le monde.

Diana présenta une berçante à madame Taillefer.

– Avec votre famille et votre handicap, intervint la dame, vous acceptez en plus de recevoir ma Jasmine pour la grande fin de semaine de congé ? La tâche ne sera pas trop lourde pour vous ?

– Pas si votre fille accepte de manger ce qu'on met dans les assiettes, de rendre des petits services pis de vivre simplement comme nous autres, sans fantaisie. Vous savez, icitte, on met pas les petites assiettes dans les grandes.

Les Taillefer, tout comme Jasmine, aimaient déjà cette femme franche.

–Promis, madame Latendresse, dit Jasmine, le visage rayonnant de bonne volonté. Je vais suivre vos consignes à la lettre.

– Craignez rien, j'ambitionnerai pas ; j'ai l'habitude des enfants. Autre chose aussi : icitte, comme la maison est petite pis qu'on se trouve un peu tassés, votre fille devra accepter de dormir là, avec Diana.

Rose désigna le banc de quêteux.

–Ce sera tout un contraste pour elle qui semble avoir été élevée dans la ouate.

– C'est son choix, trancha le médecin, c'est ici ou le pensionnat.

– Pis si l'ennui la prend?

– Craignez pas! Ce sera pas le cas, dit Jasmine.

Le médecin constata que la femme parlait et agissait avec une douceur qui dissimulait une grande fermeté.

– Je suis content que ma fille soit tombée sur une bonne famille. Maintenant, venons-en au coût de sa pension. Ce sera combien?

– Rien!

– Laissez-moi au moins vous dédommager pour la nourriture.

– On va pas se mettre à compter les grains de sel. On est capable de rendre service sans qu'il y ait une cenne au boutte.

– Vous êtes bien charitable. De savoir notre fille entre bonnes mains va nous permettre de partir l'esprit tranquille. En retour, si jamais vous avez besoin d'un médecin, n'hésitez pas à m'appeler. Je me ferai un plaisir de vous rendre vos gentillesses.

Après mille mercis, le couple se retira. Les visiteurs à peine sortis, Rose invita les enfants à s'attabler.

– Diana, prête donc un tablier à Jasmine. J'aimerais pas qu'elle salisse sa belle robe.

Jasmine, mine de rien, choisit la chaise voisine de Samuel.

– Toé, Diana, commanda sa mère, mets les plats sur la table, pis sers les enfants.

Diana remplit les assiettes, en commençant par celle de Jasmine.

Jasmine mit du temps à manger; tout lui semblait bon.

Pendant que les ustensiles s'entrechoquaient, Rose dit:

– Asteure, vous trois, Samuel et les filles, vous allez me raconter comment s'est passé le début de votre année scolaire.

* * *

Le lendemain, à la barre du jour, Anselme Venne frappa chez les Latendresse, sans égard pour Diana et Jasmine qui dormaient sur le banc de quêteux placé en retrait de la porte.

Diana sauta de son lit et s'empressa d'ouvrir avant que le visiteur réveille toute la maisonnée. Elle aperçut monsieur Anselme, le gilet de travers, tout déboutonné.

– Ton frère est-y revenu du collège ? dit l'homme. J'aurais besoin de lui pour faire la *run* de pain dans les rangs.

– Je ne peux pas décider pour Samuel, il m'en voudrait. Je sais que mes frères sont écœurés de la boulangerie, mais c'est à lui de décider. Je vais le réveiller.

Jasmine était déçue, elle qui pensait côtoyer Samuel pendant ses trois jours de vacances chez lui.

Samuel apparut au haut de l'escalier. Il avait l'air du diable avec ses cheveux en bataille, un chandail troué, un pantalon trop grand pour lui et des chaussures éculées.

Diana pensa : « Asteure que Jasmine a vu Samuel attriqué comme la chienne à Jacques, elle va déchanter. »

Mais Jasmine ne voyait en lui que le chic Samuel en vêtements de collégien, qui traînait la valise de sa sœur.

– Vous êtes de bonne heure sur le piton à matin, monsieur Anselme, dit-il.

– J'aurais besoin de tes services. Si tu veux faire la *run* de pain à ma place, je vais te payer, lui proposa Venne.

– Si vous voulez payer, monsieur Venne, on va jaser. Vous savez bien que mes fonds de poches sont vides, dit Samuel en riant. Mais avant, je vais prendre le temps de déjeuner.

– T'es ben d'adon, mais brette pas trop si tu veux finir de clarté.

Jasmine sauta aussitôt sur ses pieds. Il fallait la voir, avec ses frisottis roux plein le front. Elle portait une jaquette en fin coton blanc à volants froncés au cou et au bas des manches ; un contraste saisissant avec celle de Diana, taillée dans des poches de sucre.

– C'est pas nécessaire de réveiller ta mère, dit Jasmine. À deux, on peut préparer son déjeuner.

Pendant que Diana bourrait le poêle de bois sec, Jasmine déposait sur la table trois assiettes dépareillées et craquelées comme le sol en temps de sécheresse.

Même si elle avait eu une enfance ouatée, Jasmine fermait les yeux sur la différence entre les deux familles.

Assis sur le long banc qui longeait le mur, Samuel étudiait de l'œil la nouvelle venue. Ses boucles rousses retombaient sur sa jaquette à travers laquelle la lumière du jour dessinait ses formes. Il détourna pudiquement le regard.

Sur le poêle, l'eau bouillait tranquillement avec un ronron de satisfaction. Jasmine versa du chocolat chaud dans les tasses.

– Qu'est-ce que tu dirais, Diana, si on aidait ton frère à faire ses livraisons ? Ça lui prendrait moins de temps et ça me permettrait de connaître tous les rangs.

Diana, inspirée par l'appât du gain, ajouta :

– Si Samuel nous paie, oui !

– Venez si vous le voulez, mais pour la paie, c'est non, trancha Samuel.

Une petite idée germa dans la tête de Diana, jamais à court de moyens.

– On va en profiter pour inviter les jeunes du Dixième Rang à venir veiller à la maison, samedi soir, avec leurs violons et leurs accordéons.

– Avant de lancer tes invitations, lui dit Samuel, tu ferais mieux de demander à m'man.

– C'est pas nécessaire ; chez nous entre qui veut. On va se faire des chums, puis une fois au couvent, on va leur écrire des lettres. Peut-être que, avec des correspondants, la vie de pensionnat serait moins monotone.

– Le règlement l'interdit. Toutes les lettres passent par les mains de la sœur supérieure. Elle nous mettrait à la porte.

– Dépêchez-vous, si on veut finir avant la nuit..., dit Samuel, la casquette de travers.

– Toi, au prix que tu nous paies, le coupa Diana, tu devrais être gêné de donner des ordres.

Leurs promptes réparties amusaient Jasmine qui étouffa un petit rire. Samuel souriait. Il souriait toujours.

* * *

C'était une voiture à cheval juchée sur quatre roues et surmontée d'une cabane pour protéger le pain des intempéries.

– C'est moi qui conduis la bête, dit Jasmine, toute pimpante et élégante dans sa petite robe à carreaux écossais et ses souliers de ville.

– Elle a pas besoin d'être commandée, lui dit Samuel, elle a été dressée pour s'arrêter à toutes les portes.

Tout en chargeant son avant-bras d'une grosse brassée de pains, Samuel déléguait les tâches :

– Ici, Diana, trois pains blancs et deux aux raisins. Toi, Jasmine, en face, huit.

Jasmine se pressait. Elle monta dans la voiture en retroussant sa belle jupe qui aurait pu s'abîmer. Elle n'arrivait pas à corder plus de cinq pains sur ses bras délicats.

– Je vais y aller par deux fois, dit-elle.

Samuel les lui retira.

– Laisse ! Je m'en charge.

Jasmine sentit la main douce du garçon toucher involontairement la sienne. Ce fut comme si un fil conducteur guidait ses émotions jusqu'à son cœur. Leurs regards se croisèrent un moment qui, malheureusement, ne dura pas. Pourquoi Samuel restait-il froid devant ses états d'âme ?

Le cheval, la tête basse, passait d'habitation en habitation par les chemins de traverse, les lacs et les montées.

Diana choisissait ses clients dans le but d'inviter ses anciens voisins du rang des Venne et de leur dire d'apporter leurs instruments de musique.

– Viens avec moi, Jasmine, que je te présente mes amis.

La journée fut merveilleuse pour Jasmine. Depuis son arrivée à Saint-Côme, les événements tournaient en sa faveur.

Les livraisons terminées, les trois jeunes rentrèrent à la maison. Rose savait qu'ils reviendraient fatigués. Elle leur servit un excellent ragoût mijoté à feu doux et, comme dessert, un bol de lait caillé saupoudré de sucre d'érable.

– Ça goûte le bonheur, dit Jasmine. Ici, à votre table, tout le monde a le droit de parler et de rire, même les enfants. Chez moi, mon père exige le silence en mangeant et, dès notre sortie de table, il fait un court somme. Là encore, il nous défend de faire du bruit. Bien entendu, il ne faut jamais le contredire ni le déranger. Je n'ai jamais entendu siffler ni taper du pied dans notre maison.

La mort ! Je n'ai pas cent ans, moi ! J'aimerais ça avoir des frères, moi aussi, pour jouer aux cartes.

Rose ne se lassait pas de l'écouter : elle disait tout haut ce qu'elle-même pensait tout bas. Elle sentait dans les critiques de Jasmine un déchirement, l'argent n'apportait pas le bonheur. En même temps, elle y trouvait un réconfort, celui d'avoir su rendre ses enfants heureux. Elle leur avait appris à chanter, à rire, elle leur racontait des histoires vraies. Elle les appelait ses trésors.

– Comme médecin, ton père est dérangé la nuit comme le jour. Le pauvre homme a besoin de repos.

– S'il vous plaît, madame Latendresse, adoptez-moi ! la supplia Jasmine en faisant une moue comique.

Bien sûr, l'adolescente n'était pas sérieuse, mais sa proposition fit rire toute la tablée.

* * *

Le soir, assises sur leur paillasse, les filles passèrent des heures à parler des garçons.

– Maintenant, t'as le choix. T'as vu ? Tu fais déjà tourner toutes les têtes.

– Moi, c'est Samuel que je veux ; je l'aime depuis la première fois que je l'ai vu. Mais va pas y dire ; ça me mettrait mal à l'aise.

– Tu vas pas le détourner de sa vocation ?

– Je suis prête à tout pour l'avoir.

– Si sœur Reine-Agnès t'entendait, elle serait scandalisée.

– Sœur Reine-Agnès ne peut pas comprendre. Les sœurs en ont contre l'amour ; pour elles, aimer est un péché. Et puis, en quoi ça la regarderait ?

– Tu vas tout juste réussir à te faire mal ; Samuel ne fait aucun cas des filles.

– Avec un peu de temps, il flanchera.

– Ma pauvre Jasmine ! Tu ferais mieux de regarder ailleurs. Tu sais, tu n'es pas la seule à trouver Samuel charmant ; mon frère a déjà toutes les filles de la place à ses pieds et il n'en voit aucune. Son choix est fait depuis son enfance. Maman m'a raconté que, à quatre ans, Samuel disait : « Quand je serai grand, je serai pape. » Quatre ans ! Tu vois ça ? C'est plus jeune que l'âge de Denis, mon petit frère !

En entendant ce fait, Jasmine éclata de rire.

– Petit comique ! dit-elle. Des enfants, ça dit n'importe quoi. Quatre ans, c'est trop jeune pour décider de toute une vie.

Jasmine arborait un air de triomphe, mais son sourire manquait un peu d'assurance.

– Ton frère, je vais l'aimer tellement fort que je vais le faire changer d'idée. Tu verras bien.

– Il y a d'autres garçons plus accessibles que Samuel. En faisant la *run*, tu n'as pas vu Léonard Morin te dévorer des yeux ?

Jasmine, déjà éprise, s'empêchait de voir les autres garçons.

Ce soir-là, Diana, maintenant habituée au confort des draps de flanelle du couvent, se plaignit que les draps de laine piquaient sa peau.

Jasmine ne l'écoutait pas. Elle s'endormit en souriant.

* * *

Le lendemain, à l'heure où le soleil baissait à l'horizon, la maison se remplit de jeunes filles et de garçons.

Diana saupoudra le plancher d'acide borique pour le rendre glissant. Norbert Préville accorda son violon et entama un reel, et swingue la compagnie!

Jasmine refusa toutes les danses pour réserver sa place près de Samuel, jusqu'à ce qu'il prenne sa main et l'entraîne au beau milieu de la place pour un set carré.

Entre deux danses, Laurent prit le plancher avec une gigue qui s'éternisa jusqu'à ce que la sueur lui coule sur le front. Puis, ce fut au tour de Léonard d'entamer une chanson d'amour. L'heure était aux sentiments tendres. Léonard, en plus d'être beau garçon, avait une très belle voix. « Jasmine va sûrement craquer pour lui », pensait Diana. Mais elle se trompait; Jasmine avait jeté son dévolu sur Samuel et elle n'en démordait pas. Elle espérait que Samuel pose sa main sur la sienne ou encore qu'il l'invite à nouveau à danser, mais il n'en fit rien.

Le cœur de Samuel n'était pas accessible à l'amour; cependant, une belle amitié s'y développait. Samuel était une bonne nature, il ne se départait pas de son sourire. De voir le bonheur des siens suffisait à le rendre heureux.

Les jeunes, debout au milieu de la place, chantaient, gueulaient, dansaient et applaudissaient, cédant au besoin violent de faire du tapage. Chez elle, Jasmine n'avait jamais vu de pareilles veillées. À dix heures pile, les jeunes retournèrent chacun chez soi. Rose laissa le temps aux garçons de gagner leur chambre et éteignit la lampe.

Alors que l'obscurité se faisait dans la maison, Jasmine s'inventait mille contacts intimes avec le beau Samuel.À Saint-Côme, elle ne voyait pas les jours filer.

La vie grouillante des Latendresse l'éblouissait. Les espiègleries des enfants, les rires et les portes qui claquaient à cœur de jour rendaient le climat agréable et chaleureux. Et il y avait Samuel.

* * *

Le lundi, les Taillefer vinrent chercher Diana et Jasmine, ainsi que Samuel qu'ils devaient conduire au terminus d'autobus.

– Déjà vous autres ? s'exclama Jasmine.

– Oui, déjà nous ! Va ramasser tes effets, lui ordonna son père.

L'accueil était froid. Rose s'empressa d'ajouter :

– Votre fille a pas eu le temps de s'ennuyer avec tout le va-et-vient de la maisonnée.

– Tenez, dit madame Taillefer en tendant un colis de forme allongée qu'elle avait pris soin d'envelopper d'un joli papier bleu parsemé d'étoiles dorées. Ce présent vient d'Angleterre.

– D'Angleterre ?

Rose le déballa avec mille précautions.

– Asteure que vous l'avez acheté, je vais l'accepter, mais c'était pas nécessaire. Oh ! s'exclama-t-elle en découvrant deux belles cannes anglaises.

Ces cannes de prestige étaient munies d'un support et d'une poignée qui remontait sur l'avant-bras et offrait un double appui.

– Pas deux ? Merci !

– Nous avons pensé que deux seraient plus sécuritaires.

– Je savais même pas que de tels machins pouvaient exister.

– Les Anglais savent fabriquer des canons et des bombes, pourquoi pas des béquilles qui n'ont rien de compliqué ?

Rose se leva et fit quelques pas.

– Incroyable ! Je me sens plus solide qu'avec ma vieille canne en frêne. Avec un cadeau comme ça, je vais penser à vous chaque fois que je vais m'en servir. Merci infiniment.

* * *

Au temps des fêtes, le docteur Taillefer et sa dame décidèrent de visiter l'Angleterre. Cette fois, leur absence durerait trois semaines. De nouveau, ils eurent recours aux Latendresse pour la garde de Jasmine. L'adolescente jubilait. Encore une fois, elle allait côtoyer Samuel. Cette fois, elle mettrait toutes les chances de son côté pour le séduire.

* * *

Depuis la veille, un gros vent râlait aux fenêtres.

Ovide colla l'attelage au perron.

– Arrivez, Laurent pis Samuel, venez m'aider à choisir un sapin. On va se rendre au rang des Venne, y en a su' la terre à bois du beau-père.

Samuel revêtit sa canadienne marine et une tuque de même teinte tricotée par sa mère.

Jasmine le regardait avec une envie folle de l'accompagner.

– Vous me permettez d'y aller, madame Latendresse ?

– Seulement si Diana t'accompagne. Habillez-vous chaudement.

Ils étaient sept, entassés les uns sur les autres, sous une grosse robe de carriole. Ovide commanda sa bête au trot. Ils devaient faire vite s'ils voulaient garnir l'arbre avant la nuit. Le chien les suivit jusqu'en bas de la côte en piquant du nez dans la neige, puis il revint sur ses pas.

À l'intérieur de la forêt, pas le moindre vent, la paix. Les cèdres et les épinettes coiffés de leur tuque blanche se découpaient sur le fond bleu du ciel, prêts à braver l'hiver.

– Choisissez le plus fourni, cria Ovide.

Ce fut Diana qui l'emporta.

D'un coup de hache, Ovide marqua le sapin d'une encoche qui laissa à découvert la pulpe rose dans l'écorce verte, telle une plaie profonde. Puis il jeta un regard de côté et s'écria :

– Tenez-vous loin, les enfants. Allez ramasser des cocottes sous les épinettes.

Les plus jeunes s'amusaient à jouer à cache-cache derrière les arbres. Chaque pas laissait son empreinte sur la neige bleutée. Ils se poussaillaient jusqu'à se retrouver étendus de tout leur long dans la neige folle. Laurent encourageait Francis et Denis à clouer les filles au sol. Elles criaient, riaient et, sitôt sur leurs jambes, le même manège reprenait.

Samuel se retira derrière une épinette, sortit un canif de sa poche et recueillit une substance transparente qui suintait de l'écorce.

– Goûte comme c'est bon, Jasmine, dit-il d'un ton familier en lui présentant son couteau chargé de résine.

Jasmine le repoussa comme s'il s'agissait d'un poison, alors Samuel y goûta afin de la rassurer.

– Goûte ! C'est de la gomme d'épinette.

Mais Jasmine, la main sur la bouche, faisait non de la tête.

– Les filles de la ville ne connaissent rien aux produits de la nature. Il y aussi des gommes qui guérissent. Toi, tu connais seulement les gommes à effacer.

– Tu t'amuses à m'intimider. Moque-toi tant que tu voudras, Samuel Latendresse, mais tu me feras pas manger n'importe quoi.

Non loin, Ovide regardait sa proie avant de l'abattre ; il savait y faire, lui, un homme de bois. Il frappa et frappa le pied de l'arbre de plusieurs coups redoutables et, avant l'ultime coup de hache, il s'écria :

– Les enfants, écartez-vous.

L'arbre, sans défense, vacilla et tomba au sol, raide mort. C'était triste de déparer la nature d'un si bel ornement. Mais le sapin allait bientôt renaître, il n'avait pas fini son règne de roi des forêts, il deviendrait un ornement royal. Dans le salon, on le garnirait d'anges et d'étoiles, puis on chanterait et danserait tout autour.

Samuel s'approcha, secoua l'arbre enneigé et le traîna sans pitié jusqu'à la voiture.

– Montez, tout le monde ! s'écria Ovide. On a pus rien à faire icitte.

Le cheval décolla sous le claquement des cordeaux et s'élança sur le chemin de la maison sans avoir besoin d'être guidé. Sous la couverture de fourrure, les jeunes chantaient des chansons à répondre. C'était le bonheur, c'était magique.

* * *

Arrivée à la maison, Diana ouvrit la porte toute grande devant son père, qui traîna le sapin jusqu'au fond du salon. La cuisine laissait échapper des arômes de dinde et de bon pain chaud. L'après-midi passé au grand air avait ouvert les appétits. Les filles vidèrent leurs bottes sur le tapis. Après avoir balayé les aiguilles de sapin tombées au sol, Rose servit des verres de lait et des trous de beignes encore chauds.

– Ça va vous faire patienter jusqu'au souper.

Ovide se plaignait que son scapulaire de saint François qu'il portait à la taille le faisait souffrir chaque fois qu'il se servait de sa hache ou de son godendard pour abattre les arbres.

– Regarde dans mon dos, je dois porter plein de marques.

– Pauvre toé, se moqua Rose, y a pire que ça au purgatoire.

Jasmine étouffa un rire, la main devant la bouche.

Rose installa ensuite des guirlandes autour du sapin et les filles suspendirent aux extrémités des branches des cocottes, des petites maisons peintes en rouge et des anges en carton dont la tête reposait sur deux ailes. Vers cinq heures, le soleil s'éteignit brusquement.

* * *

À la messe de minuit, dans le portique, les gens commençaient à entrer. Les chaussures martelaient le plancher. Samuel, Jasmine et Diana se rendirent à la crèche et déposèrent chacun un sou noir dans l'aumônière de l'ange dont la tête mobile remerciait.

Tous les yeux étaient rivés sur Jasmine, cette étrangère aux traits nobles et réguliers. Elle se tenait agenouillée devant la crèche où le petit Jésus de cire lui tendait les bras.

« Mon Jésus, suppliait-elle, faites que Samuel m'aime d'amour. En retour, je vous promets de communier tous les dimanches. »

Tout le temps de la messe, Jasmine épia les moindres gestes du garçon. Est-ce qu'il adressait à Dieu la même demande ? Jasmine lui porta un intérêt plus vif. Samuel gardait les yeux baissés sur son missel à tranche dorée.

* * *

Au retour de la messe de minuit, Rose distribua les cadeaux : une tuque pour Ovide, des bas de laine pour les garçons et des mitaines pour Diana et Jasmine.

– Je le savais, dit Denis. C'est le même cadeau tous les ans.

Au réveillon, les jeunes mangèrent à la deuxième tablée. Jasmine conservait toujours la même place près de Samuel qui, les sens en éveil, la surveillait discrètement. La chair tendre, les yeux ingénus et la naïveté d'une petite fille de quatorze ans qui le regardait avec son visage d'innocence tentaient son âme. Et s'il goûtait au fruit défendu avant de prononcer ses vœux ? Avant, il ne s'était jamais arrêté à penser à l'amour.

Il glissa un bras dans le dos de Jasmine et appuya la tête sur son épaule. Il sentait les boucles rousses comme une douce caresse sur sa joue.

Jasmine sentait son cœur palpiter, quand soudain, Samuel retira son bras. Il se redressa et, les yeux humides, le regard visiblement embarrassé, il se perdit dans une méditation solitaire.

Jasmine avait-elle la berlue ? Elle ne savait plus que penser. Pourquoi ces yeux proches des larmes ? Peut-être Samuel arrivait-t-il à entendre battre son cœur ? Mettait-il sa vocation en doute ? Éprouvait-il du regret après son geste affectueux ?

Jasmine fit mine de l'ignorer, mais sa résistance devint moins vive ; son cœur s'épuisait dans des élans impossibles vers Samuel. Et pourtant, elle tremblait à la perspective de quitter cette maison.

Le soir, au coucher, Jasmine eut une bonne pensée pour son père. Peut-être que lui comprendrait le comportement étrange de Samuel.

* * *

Le lendemain de Noël, Jasmine se leva radieuse, comme si rien ne s'était passé la veille. Elle s'affairait dans la cuisine sous l'œil indifférent de Samuel.

Après le souper, Jasmine chaussa ses patins blancs, et Diana, les patins noirs de son frère Laurent. Ils devaient marcher un bon quinze minutes pour se rendre à la patinoire, mais rien ne les arrêtait.

Les jeunes se rassemblaient à la patinoire du village, où on avait installé des lumières et un haut-parleur qui répétait sans cesse les mêmes valses entraînantes.

Un vent de folie soulevait les jeunes. Deux petits drôles zigzaguaient d'un côté à l'autre de la patinoire et embêtaient les patineurs. Certains riaient, se poussaillaient, histoire de s'amuser un peu, de ne pas oublier de rire. Tout était fiévreux, fou. On ne voyait pas passer le temps.

À dix heures, ils revinrent tous ensemble à la maison, transis de froid, essoufflés, mais avec du rire plein les yeux. Comme ils approchaient, ils aperçurent de la fumée dans la cheminée et une lueur à la fenêtre.

– Tiens, maman veille, dit Samuel. Elle doit nous attendre.

Mais non, il n'y avait personne dans la cuisine. Les plus jeunes dormaient. Diana enleva son manteau et ses patins, se jeta de tout son long sur le banc de quêteux et s'endormit. Jasmine, elle, se colla au poêle pour dégourdir ses mains rouges de froid et, doucement, déboutonna son manteau à capuchon et le laissa tomber sur une chaise. Tout pour étirer le temps…

– Je suis claquée.

Jasmine jucha ses pieds sur une chaise.

– Veux-tu m'enlever ça, Samuel ? l'implora-t-elle d'une manière touchante.

Le garçon la regarda, l'œil rieur. Il s'agenouilla devant elle et lui retira ses patins. Ses bas restèrent prisonniers à l'intérieur de la bottine et Jasmine se retrouva pieds nus.

Samuel vit deux rangées d'orteils blancs à la hauteur de son visage. Enjoué, il fit mine de les mordre.

– Crunch ! dit-il

C'était charmant.

Jasmine éclata de rire. Puis elle retrouva subitement son sérieux.

– J'aime ça rester ici, dit-elle.

Samuel n'ajouta rien, et Jasmine chercha à travers ses yeux gris à lire au fond de son cœur.

Samuel épongea ensuite ses pieds et massa ses orteils. Il se tenait penché devant elle, le visage à la hauteur du sien. Jasmine ne l'avait jamais vu de si près. Ils ne cessaient de se regarder comme s'ils ne s'étaient jamais vus. Après un moment sans rien dire, front contre front, Jasmine attendit un baiser. « Et si je lui avouais mon amour ? » se dit-elle. Pourtant, elle hésitait. Samuel était-il au même diapason qu'elle ?

– T'es toute trempée, dit-il. C'est comme ça qu'on s'enrhume.

– Le plancher est glacé, dit Jasmine, en réprimant un petit grelottement de frileuse.

– Viens près du poêle.

Le ton était tendre. Jasmine le prit pour une déclaration. Elle regarda Samuel d'un œil si clair qu'il se troubla.

Les épaules rondes, le cou fin, la chair tendre de Jasmine, tout émouvait le garçon.

Jasmine détacha son chignon et, d'un coup de tête gracieux, elle éparpilla ses cheveux en boucles endiablées sur ses frêles épaules.

Elle se demandait pourquoi Samuel n'osait pas l'embrasser. Pourtant, son visage reflétait la joie. Soudain, son cœur s'emballa, elle se pendit à son cou et l'embrassa vivement. Ils en étaient tous deux à leurs premières émotions, sans se douter qu'ils étaient observés.

Rose fit irruption dans la cuisine. Jasmine se redressa d'un coup sec, le visage écarlate, les lèvres déçues. Il n'arrivait que ce qui devait arriver. Courir un pareil risque était l'inconscience même.

Samuel jeta un regard de côté et fila à sa chambre, en montant les marches quatre à quatre, pour éviter une discussion à n'en plus finir. Il laissa Jasmine seule avec son embarras, et celle-ci lui en voulut un peu de ne pas prendre son parti. Sa lèvre inférieure se mit à trembler.

Rose ne savait que penser. « Ces deux jeunes se sont-ils épris de tendresse l'un pour l'autre ? Les sentiments de Samuel seront-ils plus forts que sa raison ? » Elle posa sur Jasmine un regard incisif qui la pénétra jusqu'au fond de l'âme. Elle ne dit rien, mais elle ravala sa salive avec un effort visible, comme si elle s'étranglait. Que madame Latendresse ne dise rien en disait plutôt long.

Honteuse d'avoir été prise en défaut, Jasmine rougit. Elle quitta sa chaise tout naturellement, étendit ses bas à sécher sur le réchaud du poêle et rangea ses patins près de la porte.

– Va te coucher, Jasmine, pis oublie pas de dire ta prière.

Jasmine obéit. « Madame Latendresse va imaginer des affaires effroyables sur mon compte, elle qui me traite avec tant de gentillesse. » Elle aurait maintenant la lourde tâche de regagner son estime. « Et si mes parents apprennent mon comportement, ils ne me permettront pas de revenir. » Déconcertée, Jasmine laissa échapper un long soupir. Malheureusement, le sommeil ne venait pas. Quelle impression Samuel gardait-il de la scène de tantôt ? Jasmine pleura en silence, la tête appuyée sur son bras replié.

– Tu t'ennuies ? demanda Diana en entendant sa respiration saccadée.

– Non, loin de là ! dit-elle. Le temps passe trop vite chez vous.

– Pourquoi tu pleures ?

– Je ne veux pas retourner chez moi.
– Dors.

* * *

Le lendemain ressembla à la veille. Les jeunes passèrent la journée à la patinoire et, au retour, Rose les attendait avec une soupe aux pois, du lard salé et du pain frais.

À la fin du repas, Francis laissa ses croûtes de pain dans son assiette et se leva.

– Y faut pas jeter le pain, Francis, si on veut pas en manquer, lui dit sa mère. On le demande tous les jours dans le *Notre Père*.

– J'ai pus faim, m'man.

– T'arrêteras de manger entre les repas, dit Diana.

– T'auras pas de dessert si tu vides pas ton assiette, ajouta Samuel, histoire de taquiner son frère.

Francis enfonça sa tuque sur ses yeux et se dirigea vers la porte en disant :

– Ici dedans, tout le monde se prend pour mes parents.

Il tira la langue et sortit en refermant la porte d'un bon coup de pied, ce qui fit rire toute la tablée.

Jasmine ne se lassait pas de vivre dans cette cuisine pleine de vie. Chez elle, c'était le calme plat avec une mère qui s'occupait de ses bonnes œuvres et un père absent, trop pris par son travail.

Chapitre 32

Chez les Latendresse, la vie continuait avec ses vieilles habitudes. Les enfants prenaient de l'âge et, trop tôt, la maison se vidait.

Après Réjean, ce fut au tour de Gilles de quitter le nid familial.

La même année, un beau soir d'été, Gilles annonça à ses parents qu'il allait se marier. Cette nouvelle fut un choc pour Rose. Il n'était pas possible que ses enfants quittent le foyer si tôt ; hier encore, ils n'étaient que des tout-petits qui traversaient la cuisine en courant. À vingt ans, Gilles était bien trop jeune pour commencer sa misère. Mais comment pouvait-elle dire à des jeunes qui s'aimaient comme des fous d'attendre pour se marier ? D'autant plus que Rose aimait beaucoup Élisabeth, sa future bru. Elle était plus jeune que Gilles, mais très mature. Rose la connaissait depuis son enfance, alors qu'elle demeurait à trois fermes de chez elle. Dans le temps, dès qu'il arrivait de la visite imprévue chez les Latendresse, Élisabeth s'amenait et rendait de nombreux services.

Laurent, lui, pratiquait le métier de boucher à L'Assomption. Comme il fréquentait sérieusement une fille de là-bas, il ne venait chez lui que lors des grandes occasions.

Samuel étudiait toujours à Papineauville.

À la maison, il ne restait que Diana, Francis et Denis.

Diana avait terminé ses études à quinze ans avec un beau diplôme de neuvième année. Elle était devenue une jeune fille distinguée au langage soigné.

Jasmine et elle étaient restées de bonnes amies. Même si elles ne se voyaient pas souvent, elles entretenaient une correspondance assidue.

* * *

L'année suivante, monsieur le curé vint trouver Diana pour lui proposer d'aller enseigner dans une école de rang aux élèves de la première à la septième année, une école où les enfants avaient la réputation d'être insupportables.

– Si tu te sens capable de les endurer, tu gagneras mille dollars par année.

– Mille dollars ? C'est tentant, dit-elle.

* * *

Enseigner ne fut pas une chose facile pour Diana. Les garçons de septième année avaient presque son âge et ils n'étaient pas intéressés par les études. Ils disaient : « Pourquoi s'instruire si c'est pour aller aux chantiers ? » L'année scolaire ne finissait plus. Le curé l'avait prévenue que la tâche serait ardue, aussi aurait-elle mieux fait de refuser. Cette expérience lui laissa un goût amer.

Comme consolation, à la fin de l'année, Diana put acheter un téléviseur et une antenne. Les Latendresse étaient parmi les premières familles de la paroisse à jouir de cette merveille.

Aux débuts de la télévision, toutes les émissions étaient intéressantes, même les annonces. Le soir, les voisins s'amenaient à tour de rôle, surtout le mercredi, pour écouter *Les Plouffe* et la lutte. Ils se retrouvaient près de vingt personnes entassées dans le salon. Les enfants s'assoyaient par terre pour laisser les chaises aux parents.

Un de ces mercredis soir, Diana, assise sur le perron, surveillait l'arrivée des voisins quand elle vit venir sur le chemin un inconnu, un grand blond, les pouces cachés dans les poches de son pantalon. Il venait vers elle d'un pas assuré.

– Je suis Dominique Roy, du chemin de la Ferme. Je reste près de l'école où vous enseigniez.

Diana sourit.

Elle était belle ce jour-là. Elle portait une petite robe jaune et ses cheveux étaient attachés sur sa nuque.

– Ce ne serait pas vous le garçon qui, chaque matin, à l'heure de la classe, faisait traverser le chemin à son troupeau de vaches, comme par exprès, juste pour me retarder ?

– C'est ben moé, dit Dominique d'un ton sympathique. J'espérais tellement me faire remarquer, mais comme vous m'accordiez même pas l'ombre d'un regard, aujourd'hui, j'ai pris sur moé de venir frapper à votre porte. Vous devez trouver que j'ai l'air d'un grand sot.

– Non. Je vous ai pas reconnu, c'est la première fois que je vous vois endimanché.

Le garçon à l'air tranquille causait sans prétention, sans se départir de son sourire, et Diana s'amusait à l'écouter.

– Entrez donc, dit-elle.

* * *

À sept heures moins dix, les voisins arrivaient tous en même temps pour regarder les émissions de télévision.

Diana invita Dominique à marcher à l'extérieur. Ils se racontèrent leur vie et il leur sembla qu'ils se connaissaient depuis toujours. Diana apprit qu'il exerçait le métier de briqueteur et que, alors en manque de travail, il aidait son père sur la ferme. Tout en causant, Dominique prit la main de Diana, qu'elle ne retira pas. Troublé par l'odeur de sa peau, le garçon passa un bras autour de son épaule. Comme il allait l'embrasser, Diana recula d'un pas. Elle n'allait pas se jeter dans les bras du premier venu. S'il allait mal la juger!

– Pas de ça, murmura-t-elle.

Un silence les éloigna un moment.

– Vous m'en voulez?

– Vous êtes vite en affaires. On se connaît pas. Soyez patient.

– Je suis patient. Depuis le premier jour, je vous désire. Mais vous avez raison de me rappeler à l'ordre. Me permettez-vous quand même d'espérer? Je suis prêt à vous attendre cent ans s'il le faut.

Et il ajouta sur une note enjouée:

–À vrai dire, je préférerais quelques jours.

Ils éclatèrent de rire en même temps.

Ce garçon amusait Diana.

– Pendant toute l'année scolaire, je vous ai regardée passer à ma porte, lui dit Dominique, pis je me disais: «Un jour, cette fille-là sera ma femme, ma reine.» Chez nous, y a ben des Roy, mais peu de reines.

Dominique reprit sa main douce et ils marchèrent longtemps en se racontant leur vie.

À son départ, sans savoir pourquoi, Diana avait déjà le goût de le revoir.

Ce fut le début des fréquentations qui allaient les mener devant le curé.

* * *

L'automne suivant, Diana ne renouvela pas son engagement. Elle n'était pas faite pour l'enseignement; ce travail exigeait trop de patience. Elle aurait préféré travailler comme bonne dans les maisons privées. Elle n'aurait pas les mêmes gages, mais ça lui permettrait tout de même d'être bien habillée. Malheureusement, sa mère refusa de la voir s'éloigner.

Dominique Roy la fréquenta régulièrement pendant presque un an et, le dimanche de Pâques, Diana annonça à sa mère:

– Maman, Dominique et moi, on va se marier à l'automne.

Quelle surprise pour Rose!

– À dix-huit ans? T'es pas trop jeune?

Rose tenta de convaincre Diana d'attendre, mais celle-ci ne voulut rien entendre. Il n'existe plus ni père ni mère quand les cœurs sont épris.

– Je veux que vous le disiez à papa.

– Dis-y toé-même, c'est ton père.

– Non. J'aime mieux que ce soit vous. Moi, je ne saurais pas comment y dire ça. Depuis sa faillite, papa n'est pas parlable.

Quand Rose annonça la nouvelle à Ovide, elle s'aperçut que ça ne lui plaisait pas du tout de perdre sa fille qu'il aimait tant.

L'hiver précédent, de fréquentes tempêtes de neige l'avaient empêché de sortir les billots du bois. Il avait quand même dû faire ce travail, ce qui lui avait coûté une petite fortune et l'avait conduit à la faillite. Pour comble, le bois ne se vendait plus.

Il dit à Diana :

– Attendez l'an prochain. C'est une grosse dépense pis, cette année, j'ai pas d'argent pour t'habiller, pis encore moins pour payer une réception.

Pour Diana, un an semblait une éternité. Elle avait l'impression qu'on lui volait une année de bonheur intense. Blessée au plus profond de son âme, elle gardait les yeux baissés sur ses mains quand elle sentit une boule dure partir de son cœur et monter dans sa gorge.

Après un moment de réflexion, elle répliqua, la moue boudeuse :

– Si j'attends que vous ayez de l'argent, je ne me marierai jamais. Ce n'est pas nécessaire de faire les choses en grand. Ah ! et puis, laissez donc faire, Dominique va m'habiller.

Mais Dominique avait très peu d'argent. Ça prenait un logement, des meubles, un trousseau.

Sa mère posa la main sur son épaule.

– Ma pauvre Diana ! Qu'est-ce que vous allez faire ?

– On va se marier quand même, trancha net Diana.

– J'espère que tu te maries pas pressée.

– Non, répondit Diana, mal à l'aise de parler d'un sujet tabou.

Rose pensait que Diana n'était pas heureuse chez elle, comme si la même histoire devait se répéter de génération en génération, et que c'était pour cette raison que sa fille voulait se marier.

– En tout cas, arrange-toé pas pour t'embarquer dans la misère comme ton père pis moé au début de notre mariage.

– Dominique a un peu d'argent de côté. Il a parlé de vendre son cheval et sa voiture pour acheter un camion. Il a deux cheminées et une maison à briqueter à Joliette. C'est déjà un commencement.

– Son père peut pas l'aider ? Ça revient au père d'établir ses fils.

– Il lui reste encore dix enfants à la maison.

– Si je pouvais vous aider...

– Faites-vous-en pas pour nous, on va passer à travers. Dominique a déjà un métier. Il dit que, pour les meubles, il va essayer de trouver du seconde main. Les gens qui font fabriquer des meubles à mononcle Noé laissent parfois leurs vieux pour les revendre à petit prix. Dominique va s'informer ; il a un talent pour rafistoler les meubles.

* * *

Chez les Latendresse, comme les rentrées d'argent étaient presque inexistantes, Rose offrit à Diana de confectionner sa robe de mariée.

Diana accepta. Alors toute la famille se cotisa. On amassa cinquante dollars. Dans les grands magasins de tissu, mère et fille trouvèrent tout ce qu'il fallait. La modique somme de cinquante dollars leur permit d'acheter du matériel pour la robe de mariée, un tissu léger d'un blanc bleuté, comme l'eau d'un lac. Diana choisit une fine toile beige pour un costume.

Rose dut coudre pendant trois semaines. Pour compléter la toilette, ça prenait aussi une coiffure. Laurent offrit à Diana de la lui payer. Comme celle-ci était grande, elle choisit un chapeau de paille à large bord de la couleur du blé mûr. La teinte se mariait agréablement à son costume. Diana était chic. Son élégant mari et elle formaient un très beau couple. Ils s'installèrent à trois maisons des Latendresse. Ce départ créa un grand vide dans la maison. Heureusement, Diana venait visiter sa mère régulièrement.

* * *

L'année qui suivit, Ovide se retrouva sans travail. Samuel, voyant son père à ne rien faire, lui proposa de travailler au grand séminaire de Papineauville comme concierge. Ovide connaissait les pères montfortains pour les avoir reçus à sa table régulièrement pendant quelques étés. Il accepta l'offre. Il serait nourri et logé, avec un salaire de cinquante dollars par semaine.

Durant la même année, Rose devint maîtresse de poste, une faveur qui lui fut accordée par le député fédéral, monsieur Louis-Joseph Pigeon. Elle fut assermentée le jour de l'Action de grâce. Elle était tout heureuse de devenir fonctionnaire du gouvernement. Enfin, la chance lui souriait.

Cependant, Rose ne connaissait rien à ce travail. Elle devrait faire le tri et oblitérer les timbres, faire des mandats-poste, vendre des timbres d'assurance-chômage et faire le décompte de la caisse trois fois par mois. Les timbres se vendaient cinq sous pour une lettre cachetée et trois sous pour une lettre ouverte. Ce fut très stressant au début, mais Rose voulait tellement faire quelque chose pour gagner un peu d'argent. Avec l'aide de Diana et d'une bonne amie qui était maîtresse de poste à Saint-Alphonse, elle apprit tôt à aimer le métier.

Rose recevait une paie deux fois par mois. La première paie, elle reçut quatre-vingt-neuf dollars. C'était beaucoup au début des années soixante, surtout pour une femme. Elle n'y croyait pas. Elle fila à la Banque canadienne nationale, qui se trouvait dans la maison d'Engelbert Riopel, et y déposa l'argent dans le compte de son mari. Avant chaque dépôt, Rose se réservait quelques dollars qui serviraient à embellir sa maison : prélart, rideaux, literie.

Comme le bureau de poste était dans la maison privée des Latendresse, les gens entraient et sortaient à toute heure du jour, comme si tous les chemins menaient à la poste. On faisait la file à la porte et la sonnette d'entrée ne se taisait jamais. Rose avait droit à deux heures pour dîner, mais les gens ne respectaient pas la consigne ; après les heures de fermeture, ils passaient par la cuisine. Comme il n'y avait pas de casier, tous les gens d'une même famille venaient à la poste : les plus âgés l'avant-midi, les dames l'après-midi et les enfants en sortant de l'école. Le soir, à six heures, le courrier arrivait dans de grands sacs de toile, et déjà, le perron était bondé de jeunes qui attendaient que le courrier et les colis soient classés. C'était le rendez-vous des garçons et des filles de la paroisse, un de ces beaux moments où les cœurs débridés battaient la chamade.

Que de jeunes connurent leurs premières amours sur cette galerie !

* * *

Rose était heureuse ; son salaire lui permettait de bien vivre et de se payer certaines fantaisies, comme se rendre dans les grands magasins acheter à ses enfants des vêtements à la mode du jour. Rose réussit aussi à refaire tout l'intérieur de sa maison : installer une salle de bain, acheter un set de salon, un set de chambre. Le plus bel achat fut l'installation d'une fournaise à l'huile. Rose craignait de descendre à la cave sur une seule jambe, au moins six fois par jour. Elle devait beaucoup chauffer ; il faisait froid dans le bureau de poste à cause des portes qui battaient à cœur de jour.

Rose laissa passer une année, puis elle fit recouvrir l'extérieur de la maison de *clapboard* blanc. Ovide acheta des portes jaunes et des persiennes noires.

Rose se plaisait dans cette maison, mais elle regrettait sa coquette maison en face de la rivière. Ses plus grandes joies étaient reliées à cette maison ; même les jours de pluie, elle sentait le soleil là.

Chapitre 33

L'ordination fut quelque chose de grand et d'émouvant pour les parents. Samuel, un jeune homme en santé, très instruit, très joli, renonçait à tout pour devenir prêtre. Il fallait être très généreux pour faire ce choix. Pour l'événement, Rose s'habilla de neuf: une robe et des souliers noirs, une bourse à rayures de même ton et un petit chapeau à voilette. Elle acheta à Ovide un habit gris foncé et à chacun de ses garçons un bel habit marine.

Le matin de l'ordination, Rose était heureuse à en pleurer de joie, elle qui avait toujours rêvé de compter un prêtre dans sa famille.

L'église de Saint-Côme était bondée. Un enfant de la paroisse allait célébrer sa première messe. Presque tous les paroissiens étaient présents pour recevoir sa bénédiction. Qui ne connaissait pas Samuel Latendresse, le petit livreur de pains!

Les gens de la place étaient très émus de voir Samuel monter à l'autel vêtu de l'aube blanche, avec comme servant de messe le curé Beauchamp; ce jour-là, les rôles étaient inversés. Tous les yeux étaient rivés sur Samuel. À son passage, les gens le saluèrent révérencieusement. En passant près de ses parents, qui occupaient le premier banc, Samuel leur accorda un salut respectueux, sans un mot, sans un sourire. Rose était si fière de son fils.

À l'élévation, Samuel chanta avec l'assemblée :

Le voici l'agneau si doux,
Le vrai pain des anges,
Il descend du ciel pour nous,
Adorons-le tous.

Et le jeune prêtre éleva l'hostie à bout de bras.

Moment d'adoration sublime. Toutes les têtes s'inclinèrent.

Après la messe, l'assistance se retrouva sur le perron de l'église pour une photo de groupe. Les parents et amis se rendirent ensuite à la salle Dulong. Rose avait commandé le repas d'un restaurant de Joliette. Il y avait des vol-au-vent et un immense gâteau blanc pour la circonstance.

Laurent, assis près de sa sœur, s'informa :

– Diana, c'était qui la jeune femme, assise dans le dernier banc ? Elle a pleuré tout le temps de la cérémonie pis, à la fin, elle est sortie de l'église avant tout le monde.

– Je ne pouvais pas voir, j'étais dans le deuxième banc d'en avant. Ce ne serait pas Jasmine ? Pourtant, si c'était elle, tu l'aurais reconnue.

– J'ai pas pu voir sa figure. Elle portait un petit chapeau avec une voilette qui cachait son visage.

– Ses parents avaient confirmé leur présence, ils devraient donc être ici.

Diana étira le cou et tourna la tête d'un côté et de l'autre pour repérer les Taillefer, mais elle n'en vit aucun.

– Jasmine aimait Samuel d'amour, révéla Diana.

– Ça sautait aux yeux. Tout le monde savait ça, répondit Laurent.

– Je l'avais pourtant prévenue de ne pas s'accrocher.

– Avoir su que c'était elle qui pleurait, je l'aurais consolée.

– Tu te penses drôle, Laurent Latendresse ? murmura Diana. Si Marguerite t'entendait, elle te le ferait payer.

– C'est juste une farce.

– N'empêche que c'est triste pour Jasmine.

* * *

L'année de son ordination fut le dernier été que Samuel passa dans sa famille. Chaque matin, il se rendait à l'église de sa paroisse célébrer la messe.

À l'automne, ce fut l'éloignement. Samuel partit pour Sept-Îles avec sa petite valise, presque rien, comme un pauvre.

C'est alors que Rose prit conscience de toutes les misères et les peines que son enfant aurait à subir.

Elle s'apitoyait sur son sort. Elle hier encore si heureuse d'avoir un prêtre, voilà qu'elle se retenait d'aller le chercher et de le ramener parmi les siens. Mais elle ne pouvait faire cela. Elle pria la Sainte Vierge de venir en aide à Samuel, de l'accompagner partout, surtout dans les épreuves. « Tenez-le par la main et ne l'abandonnez jamais. »

* * *

Les vacances d'été ramenaient Samuel à Saint-Côme. C'était toujours un grand événement. Ses frères et sa sœur le recevaient à tour de rôle dans leur maison. Des amis s'ajoutaient. Tous se réunissaient pour lui prouver leur attachement.

Le soir, Samuel se retirait chez ses parents. Il profitait de la soirée pour lire son bréviaire dont il tirait des leçons profitables.

* * *

Les années filaient à toute vitesse. Rose n'avait pas le temps de s'apitoyer sur son sort.

Un jour, un inspecteur des postes se présenta chez elle. Il lui annonça que, dorénavant, le gouvernement lui paierait un loyer parce que son bureau était monté en grade.

– Aujourd'hui, on vous attribue soixante-quinze dollars de plus par mois en attendant la construction d'un nouveau bureau de poste.

Quelle surprise agréable! Rose jubilait.

Ovide demanda la permission de construire. Comme les Latendresse avaient la plus basse soumission et vu l'expérience de Rose en tant que maître de poste, le contrat leur fut accordé.

* * *

Malheureusement, la construction n'était pas terminée que les Latendresse manquèrent d'argent. Ils durent emprunter d'un particulier quinze mille dollars, à huit pour cent d'intérêt. Un entrepreneur de Joliette prit la relève pour terminer la construction, à la condition qu'Ovide lui verse cinq mille dollars de plus.

* * *

Rose se plaisait dans le nouveau bureau de poste. Il y avait des petits casiers, une belle porte vitrée et un chauffage électrique.

Tous les jours, Diana venait aider sa mère à faire le tri, à oblitérer les lettres, à répondre aux clients. Au temps des fêtes, avec les cartes de Noël, le courrier abondait et pas question de traîner, car les vœux devaient arriver à temps. Tout le mois de décembre, mère et fille travaillaient jusque très tard le soir.

Francis et Denis distribuaient le courrier rural.

Rose recevait trois cent soixante-quinze dollars par mois pour le loyer. Avec ce montant, elle devait payer toutes les dépenses et rembourser l'emprunt. Rose parvint finalement à rembourser les vingt-deux mille dollars dus à son prêteur. Avec l'asphalte et les clôtures, le bureau de poste avait coûté trente mille dollars, mais cette dépense en valait la peine.

* * *

Trois ans plus tard, Diana se présenta au bureau de poste tout excitée d'annoncer une belle nouvelle à sa mère. Elle s'exclama :

– Maman, vous allez être grand-mère.

– T'en es ben sûre ? Je voudrais pas que tu sois encore une fois désappointée.

– Oui, le docteur vient de me le confirmer. J'en étais à me demander si j'étais stérile.

– Un bébé, dit Rose, c'est un cadeau du ciel, c'est sacré.

Rose se leva à l'aide de ses deux cannes et embrassa sa fille.

– Chus ben contente, Diana. Mes petits-enfants sont mes plus grandes joies, peut-être parce que je retrouve mes enfants en eux.

* * *

Épilogue

À soixante-cinq ans, Rose commença à ressentir un peu de fatigue. Appuyée sur ses deux cannes, elle devait marcher quinze minutes, soir et matin, pour se rendre au bureau de poste.

Elle avisa l'inspecteur des postes qu'elle se retirait.

– Vous savez, madame Beauséjour, qu'après tant d'années de loyaux services, c'est pas notre ministère qui va vous imposer la retraite. Vous la prendrez à votre heure à vous.

– Mon Francis connaît le métier pis y est ben content de prendre la relève.

* * *

Rose profita de sa retraite pour effectuer quelques petits voyages avec son mari et ses enfants : en Abitibi, au Témiscamingue, à Québec, à Saint-Michel-des-Saints, à la pêche au lac Taureau.

Ovide mourut, entouré des siens, à quatre-vingt-quatre ans. Rose lui survécut pendant plusieurs années.

Dans son vieil âge, elle écrivit une lettre à Réjean, son aîné.

Réjean, mon fils chéri,

Demain, je vais avoir cent ans et, depuis des années, sans doute comme tous les vieux de mon âge, je n'ai plus rien d'autre à faire que de ressasser mon passé, mes peines, mes joies et mes regrets. Je sais que ce sera bientôt ma fin et je ne veux pas partir avant de te dire toute ma reconnaissance pour t'être si bien occupé de tes petits frères lors de mes séjours à l'hôpital.

Tu as joué parfaitement le rôle de père et de mère à la fois, au point d'oublier que tu n'étais qu'un petit garçon à l'âge des jeux, de l'insouciance. Tu étais bien trop petit pour tant de responsabilités : les repas, la vaisselle, les soins de toilette de tes frères, le lavage, les lunchs en plus de ton école, et ce, sans jamais une plainte. Quel esprit de sacrifice ! Quand je m'arrête à y penser, les larmes me montent aux yeux.

J'espère que la vie te rendra tout le bien que tu mérites.

Merci pour ton dévouement sans borne !

Je remplirais une page de mercis que ce ne serait pas assez.

Ta mère qui t'aime,

Rose

Après une vie bien remplie, Rose s'éteignit subitement à cent ans, pendant la messe de minuit. Dieu, en lui donnant des années de paix, la récompensait de son dévouement.